中国现代小说经典文库

邱东平 （上）

主编：黄勇

汕頭大學出版社

图书在版编目(CIP)数据

中国现代小说经典文库. 丘东平：全2册／黄勇主编.—汕头：汕头大学出版社，2014.3(2016.4重印)

ISBN 978-7-5658-1202-6

Ⅰ.①中… Ⅱ.①黄… Ⅲ.①小说集-中国-现代 Ⅳ.①I246

中国版本图书馆 CIP 数据核字(2014)第031851号

丘东平　　　　　　　　　　QIUDONGPING

总 策 划：赵　坚
主　　编：黄　勇
责任编辑：宋倩倩
责任技编：黄东生
装帧设计：袁　野
出版发行：汕头大学出版社
　　　　　广东省汕头市汕头大学内　　邮编：515063
电　　话：0754-82904613
印　　刷：北京富达印务有限公司
开　　本：695mm×940mm　1/16
印　　张：20
字　　数：240千字
版　　次：2014年3月第1版
印　　次：2016年4月第2次印刷
定　　价：59.60元
ISBN 978-7-5658-1202-6

发行/广州发行中心　通讯邮购地址/广州市越秀区水荫路56号3栋9A室　邮编/510075
电话/020-37613848　传真/020-37637050

前　言

作为"七月派"极出色的代表作家，丘东平（1910—1941）的一生把生活与创作与战斗结合得异常紧密，正如于逢所说，"他是在革命风暴中诞生的，又消失到革命风暴中去。"

丘东平原名丘谭月，1910年出生于广东省海丰县梅陇镇的一个农民兼小商人家庭。少年时代参加过彭湃领导的海陆丰农民暴动，起义失败后亡命香港，做过渔夫、摊贩、水手，同时也尝试向当地报刊投稿。1932年经由大哥丘国珍引荐，到十九路军翁照垣旅当文书，参加了上海"一·二八"战役和后来的福建倒戈反蒋事件。其间结识胡风，并在《文学月报》发表处女作《通讯员》，引起文坛重视。1934年底丘东平赴日留学，期间参加了"左联"东京分盟，曾向郭沫若请教，郭写了《东平的眉目》一文，认为其作品有"一个新的时代的先影"。全面抗战爆发后，丘东平加入中国共产党并参加了上海"八·一三"战役，与欧阳山等合著中篇《给予者》，开抗战小说先河。1938年春，丘东平加入新四军，由此进入了他创作生涯最活跃、最有成就的时期，其代表作《第七连》、《一个连长的战斗遭遇》等十数篇小说和战场特写都发表在胡风主编的《七月》

上，充分抒写了全民族的抗战意志。其后丘东平全身心投入战争当中，1941 年 4 月，日军"扫荡"苏北盐阜地区，丘东平率鲁艺二队的二百余人突围受挫，以庄严的道德感拔枪自杀，实现了作者人生最绝决的创作，"我是一把剑，一有残缺便应该抛弃；我是一块玉，一有瑕疵便应该自毁"。死时年仅 31 岁。

丘东平早期小说多以他在海丰和十九路军中的经验为素材，以略带表现主义的笔法刻画国难当中的国民心理，洋溢着沉郁的战斗激情和庄严的道德意识。处女作《通讯员》表现了一位"最有胆量"的通讯员未能保护一个年少的战友免遭敌人残害而难于忍受心灵的磨难，最后开枪自杀的悲惨故事。初步显示了丘东平小说的特殊格调，落笔沉重，并带有突出的心理描写，质朴而遒劲的风格中表现了现实人生的深层悲剧。在名篇《沉郁的梅冷城》中作者发挥怪异诡谲的想象，把南国风物和异国情调进行了不谐调的糅合，产生一种迷离、紊乱而不失别致的艺术效果。作品散发着野性而又诗化了的艺术意味，风格奇僻激荡。

上海"八·一三"抗战的炮火，引发了丘东平新的创作热情，也激起了他后期创作中悲愤的生存意志。小说《第七连》以连长谈话的口吻，表现了受难的生灵在战火中由惶恐趋于平静，进而鼓起与战斗共存亡的可贵精神，把人的七情六欲和逐步萌发的必死的意志搅和在一起，产生了某种野性的真实感。而在他具有更完整的小说形态和更强的描写力度的作品《一个连长的战斗遭遇》中，作者通过对一个混乱环境中觉醒的战斗者悲剧命运的描写，确立于个人创作基调的最终形成，即胡风所说的，在描写伟大的民族战争中，以受难和跃进、苦难和欢乐的两极碰撞，直追人物的心理性格，进而把作家的主观战斗融入叙事和抒情相互纠结的漩涡。

本书收录了丘东平小说创作的精品，从中读者可以体验到作家文如其人的冷峻、悲郁的品格。

目 录

上册

沉郁的梅冷城 ……………………………………… 1

多嘴的赛娥 ………………………………………… 14

一个小孩的教养 …………………………………… 22

红花地之守御 ……………………………………… 27

通讯员 ……………………………………………… 42

中校副官 …………………………………………… 53

骡 子 ……………………………………………… 71

慈善家 ……………………………………………… 79

白马的骑者 ………………………………………… 86

运转所小景 ………………………………………… 129

正 确 ……………………………………………… 133

将军的故事 ………………………………………… 136

尊贵的行为 ………………………………………… 141

谭根的爸爸 ………………………………………… 144

兔 子 ……………………………………………… 150

下册

火　灾 ……………………………………………………… 155

马兰将军之死 …………………………………………… 219

圣者的预言 ……………………………………………… 226

新唐吉诃德的出现 ……………………………………… 231

第七连 …………………………………………………… 234

我们在那里打了败战 …………………………………… 245

我认识了这样的敌人 …………………………………… 251

暴风雨的一天 …………………………………………… 263

一个连长的战斗遭遇 …………………………………… 268

王凌岗的小战斗 ………………………………………… 297

逃出了顽固分子的毒手 ………………………………… 303

友军的营长 ……………………………………………… 309

沉郁的梅冷城

一

为着一个愚蠢的守卫兵被暗算，也许是再微小些的原因吧，以致梅冷在防御上偶然失手的事，是一点儿也没有什么稀奇的。保卫队有着克服一切骚乱的能力，经过了一场恶战之后，暴徒们趁着夜里来，又趁着夜里走了。

但是，保卫队还有着不能不严重地加以研办的事。

保卫队宣布了一连三天的戒严令，把梅冷的四关口都封锁住了。人们只可以从外面走进城里，却不准从城里放出一个，——这唯一的任务，是搜捕在城里作着潜伏工作的叛党。

注意力的集中点，在于×军袭城的时候，城里发现的一颗炸弹。

炸弹在一间理发店的门口爆炸了。

爆炸，除却在那街道上深深地挖成了一个窟窿之外，它似乎着重于一种无谓的忿恨的发泄，理发店的玻璃窗，给震裂得像不懂得爱惜精力的小孩子拿着铁锤儿细心地一片片去锤成的一样。

于是，一切成为臆测中的事了。

那最简单，最易于给抓在手心里的线索是：

第一，对于这炸弹爆发后的更严重的事态的继起之假定。

其次呢：投掷炸弹的人之必为×军的内应，那是毫无疑义的了。

并且，……

最可注目的是那理发店里的理发匠。

马可勃，那理发匠是最初受审问的一个了。

马可勃是一个刚刚学会理发的小孩子。他的父亲在通行外洋的大轮船里当水手，常常隔了很久才回来一次，母亲是在他两岁的时候就去世了。马可勃给寄养在一位亲戚的家里，不久，从远远的地方，传来了他的父亲在船上失事的噩耗。从这时候起，马可勃给亲戚赶开去。

他在田野上糊涂地乱跑，学会了用竹篾片子编成的有着葫芦嘴的小篮子去小河边捞鱼的事。

有一次，天刚刚下过了大雨，马可勃偶然经过一个满装着春水的池塘的岸畔。

太阳透过低低的薄雾射出了新的光辉，水银一样披泻在那朦茸、碧绿、带着水影的禾苗上。青蛙儿咽咯、咽咯异声同调地唱着它们的歌曲，弹着天生口吃的舌头，不怕千遍万遍的重复。

马可勃远远地望见了：那边，在一条田径和另一条田径之间流着一条小小的沟渠，沟渠里露出了一个人头。马可勃所看到的是梅冷的中年以上的农人，喜在后脑上留着的一排短发。当那人偶然回转头来，发现了马可勃正从这边向着他走去的时候，他张开着嘴巴（他一定遭遇了什么怪异的事），并且，他显然对着马可勃呼救。可是马可勃的耳朵给蛙声吵坏了，一点也听不出什么。

那人的下半身浸在水里，一件给雨水淋得湿透的薄薄的破衬衣，像街市里的墙壁上胶着的广告纸一样，胶住了他的紫黑色的皮肤。

从他那痛苦的脸相上，马可勃所受的刺激，突然的叫那小小的心灵向着最伟大最成熟的方面扩展开去。

马可勃于是高高地站立在那小沟渠的堤岸上。

"啊，你可不是受了伤？"

马可勃这当儿的胸腔里装着光亮的灵魂，他快活极了，对着那人居高临下地发问着。

那人依然张开了嘴巴，但是，一点儿也没有效果，他用着最忍耐的声音低低地呻吟着。马可勃始终听不出他说的是什么。

他看着那人伸出了一只手。

"对啦！"

马可勃暗暗地点着头，在一束禾苗的脚胫下拾起了一顶给浸得快要化掉了的帽子。

并且，这样的时间是一霎眼也不能迟缓的，他依照着那人的无声的吩咐，在那湿帽子的夹布里找出了一包类似炭灰一样的药物，丢进那人的嘴巴里。

过了一会儿，那人终于活跃地挣扎起来了。有一条很大的箫子蛇在他的手里给抓着，翻出了白色的肚皮，一条长长的尾巴在半空里卷旋着。

经过了这件事，马可勃依着成年人的行径结识了那怪异的家伙，就是那个幸而让他救活了起来的捉蛇人。

不久，那捉蛇人却又让一条最毒的毒蛇咬死了。

马可勃，于是，重又退下来从成年人变成了小孩子，到一个村庄里去给人家牧马。

但是马可勃始终得不到一个安息的地方，主人没有留给他一点儿的情面，因为他突然变成了冒冒失失的样子，在马尾上点着了火，把马尾烧掉了。

当他做了理发匠的时候，他还是觉得自己没有一点儿的成就，因为他鄙视着理发这一行业，他用自己积下来的钱买了好些把凿子和小刀，要去学习雕刻。

关于雕刻，他听过了一个故事。

这故事的好处，在于说这故事的人不在了，不晓得是从谁人的嘴里传下来的。他希望这故事能够在世上绝了迹，那末，他将变成了这故事里的人物，希望着这故事的再演。

马可勃于是游荡在他的神妙的幻觉中了。

但是，他天生着一副忠实的脸孔；他勤于做事，肯于受付托；从他的嘴里最容易得到答应。

马可勃在军法处受审问的时候，他变得越发驯良了，像是听从着理发店的师父师兄们杂乱的叫唤声，一下子扫地、一下子拿刷子般的，那小小的脑袋忙碌地转动着；站在检察官的面前装着不曾听见或者不曾觉察的傻头傻脑的样子，于是成了一件顶难的难事。

"这样的吗？……那样的吗？……"

检察官的发问像锋利的剑尖一样喜随着他的口供，紧紧地追踪着。

"是的！"马可勃的心里，有着一条长长的退路，这退路恐怕是和那雕刻的故事，也有点儿关系的，"……炸弹，什么呀！唵，是的，这炸弹……是那个挑夫契米多里，他从别处带给我的，我知道这件事。……"

二

从那一百几十个囚徒群中，契米多里，他被提到军法处来了。

听说这个人曾经拒捕，他的左手遮和保卫队挣扎的时候给砍断了。他的妻曾经结识了一个牧师，在牧师那边知道了一种止痛药，那是所有的止痛药中最能止痛的一种，契米多里的创口一点儿也不要紧，有着这样的药在敷着。他原本就长得强壮而且高大，两条裤筒高高地卷在大腿上，一对巨粗的脚胫像弯弯的刀板一般，朝着相反的方向牢固地分站着。为着身上失了许多血，这下子他的神情变得有点儿憔悴了。

契米多里是梅冷城里的人，为梅冷和海隆两地间的商号输送货物的一个挑夫。

从海隆到梅冷，没有河流也没有铁道，只有一条峻险的山路，要流转彼此的货物，挑夫，这就是独一无二的交通利器。

契米多里走在从梅冷出发的挑夫群中，和平常时候一样，在正午以前到达了海隆。他们把货物分送给许多商号，再又从许多商号中接受了向梅冷方面输去的货物之后，依例是聚集在一间馆子里，解下了自己带来的干粮，没有带干粮的便吩咐店伙做几个黑面团。

契米多里有着别的任务。他连中饭也不在这里吃了。这一天，一走进了海隆，便没有看到他的影子。

契米多里哪里去了呢？

自己只管照料着自己的人们恐怕不会这样问。

这样，契米多里在一点儿也不受注意的时间里做完了许多事。

现在，他是可以回去的了。

但是，他必须把时间拖延下来。譬如往常回来的时间是在下午一点，那末这一次就必须拖延到两点，最好还是在两点以后，这样，在路上，他可以躲开了他的同伴们，避免许多无谓的阻梗，他们已经到了前面很远很远的地方去了。

一条小山溪，在那坚凝、峭厉的山谷里苦苦地挣扎着，幸而打通了一条小小的门径，冷冷朗朗，发出悠闲轻逸的笑声。从海隆到梅冷的山路，逶迤沿着那小山溪的岸畔走，小蛇儿似的，胆怯而又诡谲地，忽而，爬上了那挂着威吓的面孔的石堆，忽而，穿过那为长长的红脚草所掩没的小石桥。两边，高高的山峰，用着各种各样可惊的姿势，人对那小山溪所流过的地方俯瞰着，而且无宁说是寻觅着。契米多里挑着沉重的担子，一步一步地喘着气，在一处有着野槐的浓荫的路旁歇息下来。他像一头吃人的野兽，在未曾把人攫在手里之前，却反而躲避起来了，简直有点儿怕见人。但是这当儿，路上走过了一个戴着第一号大草帽，有点儿像大商号的出海一样的人，接着是两个抬着空轿子的轿夫，……契米多里倾斜着上身站立着，吐了一嘴口沫，变换脚胫的姿势，这样的动作都似乎给予了可疑的材料，而他所干的事就要毫无隐匿地败露了！

契米多里的经过是良好的，过了一会儿，他爬上一株高树去作一回瞭望，知道附近至少是半里之内再也没有一个过路人。契米多里于是把两条指头夹着拿进嘴里，用力地一吹，发出了哨子一样的尖锐的声音，接着，从那树林里爬出了一个人。这人是谁呢？契米多里不认识，但是他所认识的不是伤的面孔，却是一种共通的讯号。

契米多里终于说出了，……

这是超过了一切的忍耐力的肉体的痛苦迫着他说的。他给倒吊在半空中，有三条夹着铅线绞成的皮鞭子在他的给脱得赤条条的身上交替地抽打着。他晕了过去，又给用冷水喷醒来，另外，在那断臂膊的伤口敷着的药给扔掉了，换上了一包盐，在腌着。

契米多里怪声地叫着。

"……炸……炸弹……是从那……那人（从树林里出来的那人）的手里交给我的……"

契米多里鼓着他那将近死去的活力说。

三

"马可勃，"检察官回转头，有条不紊地呼着那小孩子的名字，"契米多里把炸弹运来了，放在你们的店子里，等到那一夜，×军在城外开枪的时候哪，……喂，马可勃，你害怕着什么呢? ……你说吧! 你就把那炸弹交给别人，不，那显然是你自己动手掷，真的，你一定连炸弹一离手就立即爆发的事还是不大懂的，……是这样的吗?"

但是马可勃摇荡着他的小小的脑袋。

"不是的，"他辩白着，"有一个人，他来得慢了一点，手里拿着一张纸条子，上面有着×××××（×军的首领）的签名，从我的手里，他把那炸弹取去了! ……什么，喔，这个人的名字是记得的，他叫作克林堡……"

这样，事态就突然地转变严重了。

检察官双手放在台面上，互相地盘弄着指头，对于马可勃的话装作不曾听见。

"什么? ……你说的是谁呢?"

马可勃睁大着眼，……但是，他立即镇静下来了，他回答得更加确凿而且有力。

"谁? ……就是克林堡呀!"

保卫队的总队长，华特洛夫斯基，他是有着一位名叫克林堡的弟弟的。

检察官沉默下来了。他回转头，对着和他并排坐着的总队长望了望。

华特洛夫斯基一只手握着指挥刀，一只手放在膝盖上，左胸上挂着的一排精巧的勋章儿，摇摇荡荡，刺眼地闪烁着。

华特洛夫斯基隔壁是军法处长，他年纪老了，头上披着光亮的银发，曲着背脊，喀！喀！一声两声，为着要调剂这突如其来的寂寞，他谨慎地适当地咳嗽着。

华特洛夫斯基于是耸着那高大强壮的身躯站立起来。一对严峻的眼睛，经那高高突起的胸脯向下直视着马可勃。

马可勃颤抖着。

华特洛夫斯基作着简短的语句怒吼：

"你说什么人？什么人叫克林堡？你发疯了！"

马可勃正想重又说出克林堡的名字，但是华特洛夫斯基已经挥起了他的皮靴尖，马可勃的屁股重重地倒撞在审判所最中央的一块红砖上，哼的一声，像小孩子在梦中时叫了出来的声音一样。

四

克林堡是一个年少而且精干的面包师。他还不曾结婚，可是很早就成长了，他的上颚苫发着一根根的粗硬的英俊的胡子。他不善于应用他的强健的体格，那突挺着的胸脯不肯让它张得更挺，那高高的肩峰不肯让它张得更高，并且，克林堡在刚刚发育的时候就有着这么的一种奇异的想头，他觉得自己在空间里占去的位置太多了，一个人这样的长大起来似乎是未经允许而应受干涉的一般。克林堡想极力地把自己的身材缩小，但是不行，只是把背脊弄得有点儿驼罢了。

克林堡的父亲是马福兰的村长，当他的大儿子华特洛夫斯基还不曾在梅冷当总队长的时候，他自己已经很早就出名了。

约翰逊·鲍克罗（那村长的名字）的祖先是远自热带迁来的，所以，他不但是虔诚的耶和华的信徒，而且有着很深的释迦牟尼的气味。他进了高等学校。他说他的信仰是和生物学也有着密切互通的关系的。从生物学也发，他主张除了他自己，别的人都应该吃素。然而这样是不够说明他的为人的，他是一个怪异的人物，至少克林堡已经开始有着这种判断了。

有一次，一个小孩子捉到了一只鹭鸶，在村长的门口经过，给约翰逊·鲍克罗觉察了。

"你捉了它干什么用？岂不是要把它活活地弄死去吗？"

小孩子当为做出了大不了的反事，被严峻地诘问着。

"不，……"小孩子惊异地回答，"我要把它带到梅冷去卖的，……"

"为什么要到梅冷去呢？到梅冷去，为着卖一只鹭鸶，……太远了呀！你卖给我好不好？"

他把鹭鸶接在手上。

"什么价钱呀？"

他侧着颈脖，诡谲地对着那个小孩子笑了笑。

"三个戈比就好了！"

"这样贱的吗？"

说着，一面把鸟脚上捆缚着的绳子解开来，双手高高地举着，一耸——那幸运的长脚鸟就远远地飞去了。

约翰逊·鲍克罗于是怪声地笑着。

他交给那个小孩子六个戈比

"那末，你回去的时候，就告诉你的母亲吧，我给了你多一倍的价钱了！"

卖鹭鸶的小孩子走后，约翰逊·鲍克罗带着克林堡踱出门外，避着猛烈的阳光，在菩提树的浓荫下站立着。顺着一片碧绿的田野眺望，在天和地相接的地方，若隐若现地浮泛着一种奶白色的气体，疏荡地笼罩着那一线苍郁平淡的远山。约翰逊·鲍克罗的喜悦从放生了一只鹭鸶的事继续下来，他对着克林堡说了许多话，态度比什么时候都要和蔼些。他说的是关于从人类的道德出发，去想象一只鹭鸶之被杀戮是如何悲惨的那回事。

那时候，克林堡是比那个卖鹭鸶的小孩子还要小，他好奇地发问着："要是那鹭鸶给杀死了，它的同伴会发传单，宣言，把消息告诉别的同伴们不呢？"

"对啦，你的意思我明白了，那是关于反抗，暴动这一类的事情的吧？"

约翰逊·鲍克罗突然觉察了自己的优美的思维受了妨害。

"克林堡呵，"他的眉头有点儿蹙着，"你每一天都跟着我走，但是你说的话却不是我所教给你的。在路上碰见先生的时候你对着他鞠躬没有呢？我说的话你总得记住，还有你的哥哥华特洛夫斯基，他年纪比你大，学问和阅历都比你深，你也应该听听他的……"

克林堡起初除却在心里预备着对父亲说什么话之外，没有觉察到别的事，但是一提起华特洛夫斯基他就有点儿恼怒。

有一次，克林堡给嫂嫂带到一位警官的家里去赴宴会。那警官人倒很好，分给他许多朱古力糖，而且有着一个漂亮的儿子，他穿着黄灰色的特别制服，头发剪着威猛 的陆军式，手里不时地拿着一把精巧的小刀——不，那小刀上附带着的一把锉子，在锉着，……那警官用粗硬的指头。像铁钳儿般地钳着克林堡的颗颥骨，钳得很痛，一面对克林堡发问："你是华特洛夫斯基的令弟吗？"

这样一连问了三遍，那钳在颗颥骨上的铁钳儿没有放掉。

克林堡没有回答。

过了一会儿，警官哈哈地大笑了一阵，随后就走到别的看不着的地方去了。

克林堡的嫂嫂突着双眼迫视着克林堡。

她把这件事告诉了她的丈夫。

华特洛夫斯基严重地叫克林堡来到他的面前，但是他突然地在心里忆起了别的急于要办的事，于是踏着阔步子走开去了，连看也不看克林堡一眼。

克林堡准备着受鞭挞，不想所得到的侮辱比鞭挞还要重。

华特洛夫斯基养着一匹雄伟的白马，并且，请了一个年轻的马伕。

华特洛夫斯基对克林堡说："马伕正要牵马到草场上去了。你跟着他吧，你必须时时刻刻地看住他的手，我的那匹马的身上，有一个地方（到底什么地方克林堡没有听清楚。）是他的手所不能摸的……"

克林堡和马伕，一块儿在一座古墓的祭台上坐着，听着马伕讲故事，让那匹马系在石柱上，高举着长长的颈脖在望天。

马伕说的仿佛是一只鸡，不然就是一只野狐；他说那只野狐诈死。在什么地方碰见一只狗，又怎样地穿着女人的绣花裙子，假装一个爱哭的女人，……克林堡的思索力常常走在那故事的前头。他觉得只有马伕的话是他所爱听的。

后来克林堡长大了，华特洛夫斯基叫他进保卫队里去受训练，但是他不肯，而且，凡是华特洛夫斯基所鄙视的人，都成为他的朋友。他有着抗拒华特洛夫斯基的能力。他宁愿在一间酒楼里，当一个面包师。

大搜捕的头一大，克林堡和他们同一间酒楼的工人一起被缚。但是他和华特洛夫斯基做兄弟有一点儿益处，那就是，只要他肯提起华特洛夫斯基的名字。每一个保卫队都可以决定把他释放。

晚上，华特洛夫斯基使人带了一王纸条子到克林堡的酒楼里。叫电林堡跟着一同去。

华特洛夫斯基和他的女人在用晚饭的时候。克林堡进来了。

嫂嫂道着晚安，克林堡冷淡地回答着。

这房子充满着新的桐油的气味，堆积着许许多多的新用具，在一个贵妇人的眼里，这是一部最丰富的书，她要指给许许多多的客人们看，千遍万遍地背诵着它们的价目，它们的新鲜名字和远远近近的出处。

克林堡随手翻着报纸，他觉得在这房子里坐着已经太久，他不能不对着哥哥发问到底有什么事。

华特洛夫斯基趁他的女人进厨房里去的时候，他对克林堡作了一个手势，叫克林堡先到他的寝室里去。

随后，他带来了许多水果，叫克林堡一同吃。

他和善地吩咐着克林堡，仿佛已经重新开拓了一个天地，这天地是值得克林堡进去参观一下的。

克林堡没有表示。

但是，华特洛夫斯基已经对克林堡说过了：表示和不表示都没有什么关系。

五

第二天的早上，大约是八点钟的时候，克林堡为着一夜没有睡得着，正沉没在酸痛晕疲中，突然有许多人涌进酒楼里，把他从床铺上揪下来，拉到街道上，街道上的人成千成万地拥挤着，克林堡在群众的殴打下找不着半点掩护，脸孔变成了青黑，张开着的嘴巴，喊不出声来，只是在肠肚里最深的地方"呃呃"地哼着。

墙壁上的布告已经预先贴出了。

今天，有一百七十二个参加叛乱的罪犯给处决死刑。

有着华特洛夫斯基的亲弟克林堡在作证明。克林堡是叛党的主要负责者，但是他自首了。

如今在和克林堡为难的是那一百七十二个的亲属，他们要为他们可悲的被难者向克林堡索命，分吃克林堡的肉。

克林堡的耳朵还是有点儿清醒的。

那边，远远地响着震人心脾的号声，一百七十二个囚徒排着长长的行列，像两枝青竹夹着一枝柳王的篱笆般给一连保卫队夹在中间。总队长华特洛夫斯基骑着他的雄健的白马殿在背后。慢慢地，这行列分开了那拥挤着的人群，在克林堡所站立的街道上直伸而过。

克林堡双手抱着痛苦的头，有无数只绝命的手在对他挥舞着。

要是克林堡还有一件事应该做，那便是牺牲了他自己，救回那一百七十二个。

克林堡于是向着那相距不远的行列奔去，他摆动着双手在群众的重围中打开了他的路。

克林堡一只手揪住了华特洛夫斯基的白马的头辔，一只手高举着。他刘着前头的行列高喊："停止！停止！"

华特洛夫斯基以为遇到刺客，立即拔出了他的手枪。他对着克林堡的面孔眈视了一分钟之久……

群众的声音太嘈杂了，克林堡的声音没有人听得见。

克林堡当着群众的面前质问华特洛夫斯基：那一百七十二个给定了死罪，到底是谁人去作证明。

华特洛夫斯基是有着他的过人之处的，他命令保卫队驱散了群众之后，随即把克林堡捆缚了，给五个保卫队送回家里去。

因为，他说："克林堡今日得了疯狂的病症了！"

大约过了二十分钟，保卫队便枪决了那一百七十二个。

（选自《沉郁的梅冷城》，1935年9月，上海天马书店）

多嘴的赛娥

赛娥出世的时候，那将一切陈旧的经验都神圣化了的催产婆，把耳朵里的痛苦的呻吟声搁在一边，冷静地吩咐着："尾审仔，来啦！……"

同时，一条指头指着那土灶旁边的小铁铲，眼睛睐了睐，用一种特有的符号发着命令。

尾审仔拿着小铁铲到屋子背后去了。回来的时候，赛娥那不幸的婴孩带着巨深的忧郁怪声地啼哭着。

催产婆突然丑野地笑了。

"菩萨保佑，这是个牛古儿呀！"

赛娥的母亲听了，几乎要跳将起来。伊用肮脏的指头拼命地揉着那泪水湿着的眼睛。

"我喜欢了！真的呵，我这一次绝不会受骗了，尾审仔！……"

接着是那催产婆的名字，还有其他（凡是伊所认识的人）的名字都给虔敬地、恳切地呼叫着。菩萨的名字倒给遗漏了。

但是赛娥的母亲不能不受骗。

赛娥是一个女的，这半点也没有变，和伊以前两位姊姊一样是女的。

伊的母亲把伊丢在村东的大路边的灌木丛下，让一个乞食的老太婆拾了去。

赛娥慢慢儿长大了，而且出嫁。大概是做了人家的童养媳吧，但是谁也不知道伊的事。

母亲负着重重的苦痛，有机会的时候就打听着。只有一点消息是一个小铜匠所带来的。

那小铜匠每天从梅冷城出发到乡下来，到处摆设着小小的修理摊。他耸着那高高的肩甲骨，在大拇指和食指之间拼命地卖气力，一把锉子像七月的龙眼鸡一样，加略加略地叫着。那转动着的石轮子在光线稍微平淡的地方发射着点点火星。

对于赛娥的母亲的探问，他向来没有回答什么，反而时时地盘诘着，而赛娥的母亲却只管对他点头称是。赛娥的消息几乎是从那小铜匠的盘诘中发出疑问，再从母亲那边得到回答，然后才一点一点地受到了证实的。

有一天，赛娥拿着小木桶走出门口，恰好有一队从甲场回来的保卫队在巷子里经过，有一个兵士抬着一条从尸体上割下来游行示众的大腿，伊清楚地瞧见着。

伊吓得跑了回来。有一个装麦糟料的小钵子放在门阈上，赛娥这下子变成了冒冒失失的样子，把那小钵子一脚绊倒了，麦糟料和碎瓷片一齐飞溅着。

中午的时候，谭广大伯伯从保卫队部那边回来了。有人告诉他关于赛娥的事。

谭广大伯伯把一顶保卫队的军帽子挂在壁钉上，然后，他卷着袖口叫赛娥来到面前，爽快地臭打了伊一顿，像在盆子里洗手一样。

经过了这件事，赛娥再又在什么地方瞧见了许多被杀的尸体。特别在市门口的石桥上，有一具尸体是给剖开了胸腔的，在桥头的石柱上高贴着的布告叱咤着说，什么人从这里经过，一定要用脚去踏一踏（那尸体），赛娥也跟着用脚去踏过了。

但是，一个晚上，正在用晚饭的时候，赛娥的筷子在菜汤里捞起了一片切得很薄的萝卜，心里突然想起了有一次，伊在保卫队部的门口经过，瞧见那檐角下悬挂着示众的两片血淋淋的耳朵，不行，喉咙里作怪了，哇的一声把刚才装在肚皮里的东西一齐呕吐出来，喷在桌子上。

赛娥的焦红色的头发给揪住了，……

这其间，小铜匠因为住在隔邻的关系，不时地听见赛娥在没命地哭喊着。

那小铜匠是奇异的，他知道凡是小孩子都有一点坏处。

他在巷了里瞧见了赛娥。

"是呵，赛蛾，你说什么人要打你，为什么？你一定多嘴，我顶怕小孩子多嘴，我要打多嘴的小孩子，不要多嘴呵，唉，我瞧见许多小孩子都是多嘴的，像木桂那样有缺点的小孩子几乎到处都是，他多嘴啦，他什么都爱说，而且不尊重年纪，是吗，赛娥，你一定也是的呀，……"

他只管独自个喃喃地说着，仿佛在白天里见鬼。

赛娥停了哭，给小铜匠带到一个食物摊上去吃了一点东西。但是伊简直做了一回把自己出卖的勾当；小铜匠的慈蔼的态度叫伊深深地感动了，对于那随意加上的罪名绝不会有所辩白。

那小铜匠依照着自己所断定的对赛娥的母亲说了。

赛娥的母亲虽然听到赛娥常常挨打，但是伊决不怜悯。因为赛娥多嘴呵！

赛娥终于从谭广大伯伯的家里给赶走了，逃回了母亲的家里。

母亲是绝不怜悯这样没出息的孩子的。

况且伊又躁急、又忙碌。伊必须和别的人们一齐去干那许许多多的重要的事。

晚上，村子里的人们有一个重要的集会。赛娥没有得到许可，偷偷地跟着母亲走到会场里去。

在一张高高的临时摆设的桌子上面，那第一个说话的人站起来了。

"大家兄弟！"这声音很低，轻轻地把全场的群众扼制着，"今天我们的村里初到了一个值得注意的人，是来自梅冷的。现在要立即查出这个人，最好不要让他混进我们的会场里。"

在无数骚动起来的人头中有人高举了一只手。

"同志，是赛娥！是赛娥！"

这是赛娥的母亲的声音，伊硬着舌头，像捉贼一样带着恐怖的痉挛在叫着。

赛娥颤抖了。接着给抓了出来。

母亲像野兽一样地暴乱地殴打伊。

当伊给赶出会场去的时候，母亲在背后怪声地号哭着，因为有着这样的女孩子的母亲应得羞辱。

赛娥的受检举是出于另外的一种意义，但是伊本身就有坏处。伊多嘴。虽然这只有伊的母亲自己一个人知道——另一个人是小铜匠，小铜匠的脑子被赋予了特殊的感觉，他知道凡是小孩子都有一种坏处。

"是呵，赛娥，你说什么人要打你，为什么？……像木桂那样有缺点的小孩子几乎到处都是，他多嘴啦，他什么都爱说，而且不尊重年纪，是吗，赛娥，你一定也是的呀！"

是呵，这是小铜匠自己造的谣！

赛娥在田径上走着，又悲哀、又恼怒。

伊在草丛里赶出了一只小青蛙，立刻把它弄死，残暴地切齿着，简直要吃掉了它一样。

接着，有一群拖着沉重的屁股的天鹅给恶狠狠地赶到池塘那边去。

赛娥一面发泄着心里的愤恨，一面偷偷地哭着。

在那高高的石桥上，伊瞧见了小铜匠。

小铜匠从这个村子到那个村子的搬运着他的活动的小摊子，劳顿地喘息着。

他歇了担子，在一束葫芦草的上面坐下来，那有着特殊功能的大拇指和食指像铁钳儿一样钳着自己的两颊，两颊给钳得深深地凹陷着。

他对着赛娥招手，使唤伊帮着拔去了裤上的草虾。

赛娥跪在小铜匠的脚边拔草虾。小铜匠的眼睛对着远远的浅蓝色的山张望着，冷静，悠然，不被骚扰。小铜匠的灰黄色的难看的面孔引起赛娥一种有益于自己思索的感动。

一会儿，小铜匠搬运着小摊子走了。突然又停了下来，对着赛娥招手。

当赛娥走来的时候，他的嘴里嚼着一条长长的红脚草似乎有助于他的思索什么的。但是他决定了。他把赛娥带到梭飞岩妇女部那边去。

"这个女孩子是有缺点的，伊多嘴，但是你们好好地加以教练吧！"

小铜匠说着，又搬运着小摊子到别处去。

赛娥驯服，静默，没有反驳。直到伊干起了一件差事。

冬天，赛娥在一个村子里见了总书记林江。

伊稍微地曲着背脊，嘴里呼着白色的气体，间或望着窗外的渺无边际的雪，静默地听着林江的吩咐。而林江这时正被一种不能渗透的迷惑所苦恼，他松弛下来，嘴里说着的话好比一张纸，上面写着的字一遇到错误就立即加以修改，甚至一手把它撕碎，间或又短短地叹息着，把嘴里的白色气体喷在赛娥的脸上。赛娥更加静默了。伊凝视着林江的一点也不矜持、不矫装的奇异的长脸孔，像一只在马的面前静心地考察着而忘记了啄食的鸡一样。

赛娥出发了。伊的任务，要通过梅冷和海隆的交界处的敌军的哨线，到达龙津河的岸畔，去打听当地的×军怎样和从别方面运来的军火的输送者取得联络的事。

雪下得更大了，天空和地皮像戏子一样涂着奸狡的大白面。赛娥走得很慢，伊的黑灰色的影子几乎总是和那小村庄保持着固定的距离。不过一霎眼的工夫，赛娥的影子在雪的地平线上远下去了，变成了一个小黑点在雪地里蠕蠕地作着最困苦的移动，像一只误入了湿地的蚂蚁一样。

下午，赛娥到达了另外的一个神秘的村子。梭飞岩的工作人员的活动，和从梅冷方面开出的保卫队的巡逻，这两种不同的势力的混合，像拙劣的油漆匠所爱用的由浅入深，或者由深出浅，那么又平淡又卑俗的彩色一样，不鲜明，糊涂而且浑蛋……这样的一个村子。但是从梅冷到海隆，或者从海隆到梅冷的各式各样的通讯员们却把她当做谁都有份的婊子一样，深深地宠爱着、珍贵着，而那婊子，伊利用伊的特有的色彩，把那一个对手好好地打发走了之后，随即接上了这一个性质完全相反的对手，依然是那么温暖、那么热炽；对于战斗，伊是一块蓬松的棉花，这棉花的功能，要使从天空里掉下来的炸弹也得到不炸裂的保证。

赛娥现在受着一位神经质的老太婆所招待。这老太婆正患着严重的失眠症。伊用水烟筒吃烟，教赛娥喝酒，又恬静地、柔和地，用着对每一个"过往人"都普遍地使用的——然而并不如母性的洁净的情分，对赛娥的家境、赛娥的一切都加以询问。而当这询问还没有得到回答的时候，伊就已经满足了，点点头，喷去了水烟筒上的火末，这当儿，伊的眼睛还有一点青春的火，是那么的微弱，像一支火柴的硝药的炸裂一样，飘忽地闪一闪就失去了，于是学像悲观者的消沉的叹息，转变了语气，对赛娥作着更深刻的询问。

伊烧了一点茶给赛娥吃，又分给了赛娥两块麻饼。赛娥正式地受了爱抚，显得特别的美丽而且高大。伊说着一个少年战士如何倔强地战死的故事，怎样他的枪坏了，从什么人的手上夺来的枪，配着又从什么人的手上夺来的不合度数的子弹，怎样在同一个时候里不知发生了多少故障，……

"枪坏了，就该退下来才对，要把那坏的枪修整一下，但是他不退，"伊的眼睛明亮地闪耀着，驾御着伊的故事从一个高点驶进那悲惨的深谷里去，"他拿着一块石头，敲着枪杆上的螺丝钉，而他蹲着的那地方，正是敌人集中着火力冲锋的最要紧的第一线，有三个敌人同时扣着枪上的扳机对他瞄准，这却是他所不知道的……"

赛娥的声音有时很高，遇到窗外有什么人走过的时候就吐一下舌头，却不在意，接着飞快地把身子旋了好几转，像跳舞一样。

现在，那老太婆送赛娥出去了。

赛娥离开那温暖的村子，继续滚入那雪堆里去。

但是在赛娥的对面，有一队保卫队正沿着赛娥所走的路，对赛娥这边开来。老太婆要隔着那么远的地方叫伊，对伊重新地加以吩咐，好几个手势都预备好了，但是赛娥大胆得很，伊绝不回转头来望一望。保卫队和赛娥迎面相碰了，他们抓住了伊，检查伊的头发和口袋。最后是什么也没有的走了，临走的时候却又把赛娥一脚踢倒。赛娥滚进那路边的干涸了的泥沟里去。

老太婆站立在一片石灰町边旁的竹林子下，眼看着赛娥从一个患难中跳过了第二个患难，那将各个手势都预备好的手没有动过一动，却痉挛地交绊在背后，嘴里喃喃地说着："喂，赛娥，你怎么不爬起来呀！他们走得很远了，他们之中没有一个知道你是替×军带消息的，因为你是一个谁都不注意的小孩子呢！……"

但是，那老太婆的失眠症太严重了，伊的背后有两个保卫队在站着，他们是刚刚从村子的背后绕过了来的，从伊的嘴里，他们把赛娥识破了。

赛娥，伊就是这样地被抓在保卫队的手上的，而伊在最后的一刻就表明了：伊坚决地闭着嘴，直到被处决之后，还不会毁掉了伊身上所携带的秘密。

（选自《长夏城之战》，1937年6月版，上海一般书店）

一个小孩的教养

永真的父亲都猴友，和马福兰全境所有的村民一样，一面种田，一面结草鞋。都猴友有着比其他的人熟练的手法，而又得到了永真的一些零件上的帮助，他一天至少能够出产二十双草鞋。马福兰地方出产的草鞋的坚实耐久，在某一个空间里代替了文明国土的工厂所制作的橡皮底，为军队所乐用。都猴友的草鞋，比马福兰全境所出产的更要坚实些。都猴友一生没有参加过战斗，却在战斗中存有着特殊的勋劳，因此，都猴友没有例外，他的积极的行动，终于不能逃出敌对者的精警的嗅觉和视听。

都猴友，马福兰地方的一个村民，用草鞋接济自卫军的叛逆分子。

在梅陇的保卫队方面的秘密通缉的名单上，都猴友的名字给开列着。

有一天，梅陇的保卫队开到马福兰地方来了。

马福兰的村民在一幅广阔的草地上剥麻皮，当着烈日，有许多剥好的麻皮刚刚晒干，就立刻给使用在结草鞋的粗劣的机械上，产生出新的富于麻皮的香味的草鞋。对于这种职务的操作，无论老、少、男、女，一致地参与着。

向马福兰方面进发的保卫队，在树林里隐没，在山岗上显现，终于惊动了那聚集在草地上的人群。

现在，保卫队已经对他们的目的物取得了极短的距离，而且开始跑步了。黄色的影子，夹带着杀人的利器的光焰，在烈日下闪耀着。最后是散兵式。

马福兰的村民舍弃了他们的工场，像可悲的羊群一样，负着巨深的灾祸逃命。

骚乱、颤栗、绝望的祈求，震动山谷的哭声。

保卫队对那四散飞奔的人群展着巨臂，按照着战斗的方式，确定了对他们的目的物的绝对的包围。

作为这恐怖的展开的中止，保卫队的长官用着平和无事——惯于为人类所亲近的笑脸在人群中出现了。

——你们看，他说，保卫队一个个的枪都是背在肩上的，他们决不对你们开枪，你们的恐慌是毫无意义的，懂吗？

接着，他说明了保卫队的到来，只是为着调查户口的一件事。

有另一个背皮包的长官跳出来了，他拿下了军帽子，用手巾擦去了里面的水蒸气；头是秃的，下巴却长满了胡子，显得又老实又奸狡，看来似乎是一个走红运的骄傲的小商人。他的嘴里哼出的声音常常是那第一个长官的声音的语尾，这声音的作用，要使村民了解那军事式的微笑的背面，正有着铁一样的严峻而无可违背的命令。

“你的姓名？”

“丘妈送。”

第一个被盘问的村民的名字给那背皮包的长官用铅笔记在本子上。

“你呢？”

"谭水。"

照样。

"那么，你说吧！"

"高君龙。"

照样。

"靠左。隔着下一个。说，快说！"

"法相卯。"

照样。

直到一百二十一个。

完了，剩下来的是一些小孩子和女人。

第一个长官开始用一种严峻的眼光查察着。

"你们隐匿了，马福兰地方还有人，但是你们秘密着，……"

全部的村民互相地呆视着。

空气突然的紧张起来。

但是那第一个长官有着固定不变的笑脸，这笑脸正在不惮烦地指示着一种灾祸向何处预谋解救的途径。

这当儿，有一个小孩子从人群中出现了。

这小孩子头大，身长，背脊有点驼，脸上有着无数的赤斑，双眼像驴子一样对不可知的一切发问着。但是他是镇静的；他有着原始的、以毫无警觉的官能去亲近仇敌的、绝对的忠诚和善意。

"还有一个，那便是我的爸爸都猴。"

都猴友的儿子永真说出了，有无数只睁得圆而且大的眼睛对他凝视着。

永真现在有一种神秘的、变态的、义勇的冲动，对于那长官的再次的盘问，他直言不讳地作着如次的回答：

"都猴友今日运货物到黄沙方面去了，他很忙碌，并且爱用黄沙地方出产的烟草，还有，他回来的路上有一个专门让行人歇息的茶亭，……"

"那茶亭距离这里很远的吧？"

"不，"永真欣喜自己所叙述的话有了着落，一只手向北指着，"这边，过了一条独板的石桥，有一个旱园子是种甘蔗的，再转一个弯，那里……"

两个长官的直竖着的耳朵正确可靠地在听取着，那微笑的面孔像复杂难懂的机械，尽着微妙的功能，把永真的供词引向更重要的方面……

得了！

他们和永真分别的时候，远远地还扬着手，对永真嘉赞着。

永真胡乱地呆站着，有一个人用嘴巴附着他的耳朵低声地说："你错了。你不能把你的父亲的行径那么愚蠢地就告诉了他们……"

现在要看永真如何挣扎他的痛苦的生命了。

永真像凶狠的猫头鹰般地蹲在一个三角石的上面，双眼向着天空里最远、最深的地方直射着。

永真的痛苦是无可比拟的，他忏悔的仪式履行在恰恰逼临着绝灭的一瞬间。

在这里，没有一个人会给予永真一点帮助，保卫队临走的时候曾经对全部的村民警告着："在我们离开这里以后三个钟头的时间内，你们必须回家里去躲着，不能走出门口一步。"

永真的忿恨把这警告粉碎了。他熟悉着马福兰地方的最偏僻、最直捷的路径，他沿着一个干涸了的山溪的沙坝。利用着低凹的地形迅急飞跑，身边鼓起了云雾，风在耳朵里呼呼地叫着，遇着高而显露的地方时，他卧倒了，作着蛇的样子前进，好几次他像田鼠一样躲在路边的乱草丛里，听着在附近经过的保卫队咳嗽、喷嚏，以及放小便等等的声音，终于他越过了保卫队的前头，到了比保卫队所到更远的地方，然后，他在那路边的旱园里蹲着，作着刈草的样子，一面用全身的力集中在眼睛上，对那路的两端警戒着。

保卫队必定是到那有着茶亭的地方就停止的，他放心了，只是远远地眺望着那路的前头。

太阳刚刚从天空的正中向西倾斜，空气热得沸起了白色的泡沫，蚱蜢到处地弹动着那怪异的大腿，发出爆炸的声音。永真的背脊给太阳烤炙得发疼，汗水淹没了他的头发，再又向颈下冲洗着，但是他一点也不觉得难过，只是对着那路的前头眺望。路上的行人一来一往，那白色的沙土犹如一条长长的蛇，它翻着肚皮，在行人的践踏下痛苦地蜷曲着、痉挛着。

时间拖着长长的尾巴过去了，永真那孩子背着巨深的灾难站在他的父亲的归路的前头，用发火的眼睛远远地指示着。他至少等过了三个钟头，太阳已经加强了倾斜的角度，光线渐渐地衰褪了，周遭的小树林里仿佛开始有了初夏的晚凉在流荡着。永真兴奋得犹如一瓶丢了塞子的酒精，强烈地蒸发着，胸腔里开始不安地突跳起来，他甚至怀疑自己的眼睛，恐怕他的父亲的影子已经很早就从他的眼底里溜过去了。

他问了好几个从黄沙方面回来的行人，但是太生疏了，他们连永真的父亲的面孔的轮廓还不能回答出来。

永真的心里焦灼地焚烧着。

他变得非常软弱，简直要掉下了眼泪。

这当儿，他仿佛望见远远地有一个人在对他招手。他向着那对他招手的人走，……那是永真的父亲的朋友，一个忠实的邻人。

他告诉了永真：永真的父亲都猴友的可悲的凶讯。

都猴友，一如以上所述的情形，在他的无教养的儿子永真的蠢笨中送了命。他躺在那茶亭的边旁，无可挽救地给保卫队杀害了。

然而，这就是无教养中的教养呵！

（选自《长夏城之战》，1937 年 6 月，上海一般书店）

红花地之守御

我们的队伍有一个奇特的标帜，就是，我们每一个人的背上都背着江平客籍的居民所特有的箬帽，这箬帽，头是尖的，有着一条大而牢固的边，上面是一重薄而黄色的油纸，写着四个字，"银合金记"。我的朋友们也戴这样的箬帽，并且也在上面写着四个字，什么"浪合诸记"、"补合冻记"之类，大概都是自己安的番号，冠首的两个字还没有什么，所觉得珍贵的是那"合"和"记"两个字，几乎无论怎样都不能把它们抛掉。江平客籍的居民平常安的是短带子，短带子只适合于把箬帽戴在头上而已。我们把这短带子改造了一下，安成长带子，不戴的时候可以在背上背，这是从军队里传染到的气习。我们，几乎每一个都觉得非把箬帽背在背上不可，头上呢，有日头的时候让日晒，下雨的时候让雨淋，都没有什么关系，大概是我们现在都自以为已经变成军队了的缘故吧。我们都很年轻，而且一大半脱离学校生活的日子还不久，大家都有点孩子气，爱学人家的一点皮毛上的东西，而况我们向来对于一切工作所取的态度正也是这样。虽然一面是严肃地并且几乎是机械地在功利上讲究效率，别一面，却像小孩子戏玩似的，样样都觉得很有趣、很生动。因为这战斗无论怎样野蛮、残酷，对于我们，却都有着更深一层的东西，我们竟能在这野蛮残酷的里面去寻出饶有趣味的消遣，从战斗的本身就感受到一种刚强的美、沉毅的美！……

杨望所戴的箬帽是新的，安着绿色的长带子，那上面所写的四个字是"猫合狗记"。他的结实而坚硬的脚穿着"千里马"。"千里马"的带子也是鲜艳的绿色，就连系在墨水笔上的一条小绳子也是绿的。墨水笔上系着绳子，好教在夜行或跑步的时候不会把墨水笔丢掉。本来是为着实用，慢慢地也就成为一种时髦的习气了。至于为什么一定要是绿色，那可并不是他自己的嗜好。当然，绿色在鲜艳的一点上和杨望总指挥老大哥的粗野而壮健的体态就已经太不相称了。但是他管不了这些，他忙得很。在这些日子中，从他一身所发泄的精力是强劲而有近于暴戾的。虽然有时候，他的沉着和精细，可以使一件严重的事也化为一种轻快的美谈……并且，凭着少年人的充沛而奔放的感情，他可以有一种异乎别人的嗜好。这不单指的是所用的带子一定要是绿色，就是别的也一样。例如尽管手紧握着枪杆子，而嘴里却还老哼着引逗田边少女的情歌；或者，如一般的朋友们所最易染到的习气，木棍般的黑色而粗糙的脚也穿起最漂亮的绯红色的袜子来了；诸如此类。但是对于杨望总指挥老大哥，可不要冤枉他吧，他连对自己的箬帽上的带子看一看，鉴别它是红是绿的时间都没有！而况这箬帽又是别人给他的。他身上几乎没有一件物品是通过自己的嗜好、用自己的钱去购买来的。他穿着一件黑灰色而有着极难看的黄色花纹的短衫，据说这短衫是在广州的时候，一个莫名其妙的车仔佬朋友给他的。而他的裤却是有点怪异了，那是一件十足的日本货，赭褐色，有着鲜黄色的细小的条纹，条纹上还闪闪发亮。这些乱七八糟的颜色涂在一个总指挥的身上，多少要使他变成一个戏子，在动作上显得矫揉造作了吧。这又越说越和他的性格离得远了……

从这一次战役中发生了的特殊事件所昭示，杨望，这总指挥老大哥的钢般坚硬的格调是造成了！这之前，我从他的身上所得的印象还是有点杂乱。他从广州回来的时候，背上背着的是正规的队伍所用的铜鼓帽，穿着蓝布衣服，很脏，赤足，腰边歪歪地背着一个黄色皮袋，面孔是比现在还要黑，头发的芜长和杂乱还是一个样，不过那严厉而沉郁的神情比现在还要老一点。我们第三区梅陇市有一个类似邮差的替人送信的人物，那样子是和他相肖极了，并且连他睁圆着长睫毛的大眼，狞恶地笑了起来的表情也很相肖。他说话的时候，曲着五指，像抓住了一件什么，眼睛向前面直射，牢固的双颚互相地作着有力的磨动，磨动得很痛苦，以至嘶嘶地喷着口沫。那一次，他的样子有点鲁莽，一径冲入我们的"俱乐部"来，也不按门铃；那时我在这"俱乐部"里当着秘书长的职务，我是有权力阻止他的，但是他抗拒了，仿佛他是百年来长居在此间的老主人，而我不过是一个新近才被雇佣的仆役一样。我不认识这个人就是我们的老大哥杨望，而他在广州的××情报《先锋》上面每次发表的文章，却已经读过不少了。……他曾经请我和女朋友慧端去茶馆里喝茶，他说他身上有八个大洋。在茶馆里谈起了一些有趣的事，竟至露出了他的一排整齐得、洁白得类似女人的牙齿，哈哈地大笑起来。一只手把他的皮袋揉动得吱喁吱喁的响，这吱喁吱喁的响声非常新颖，好几次使我们停止了对其他一切的注意，立意地去寻究这响声发出的源头。的确，他全身都发散着新的气息，他的谈话使我对于远方从未见过的情景也开始思索和想象了。我起初是有点怕他，以后却很亲近他，由怕他到亲近他，我可摸不出此中的界线。有一次，我在自卫军的总指挥部遇见他，他热烈地接待着我；这时候恰巧他的母亲来向他要钱，说自从他的父亲死后（父亲是眼看着儿子做出了许多残暴的事情，恐怕将来要累及自己，所以自杀死去的），她的日子很苦。杨望在自己的袋子里搜寻了半天，卒至把袋子捣翻了，许多碎屑发臭的东西都跌落下来，只得到一个铜板。杨望把这个铜板交给他的母亲之后，挥着手叫他的母亲"走"！像我们平时对付乞丐一样。这些事情，在我们许多朋友中都很喜欢谈起，有时甚至还激起了小小的争论，参谋团的主席董仲明就不齿他的所为。例如有一次，杨望叫他的弟弟去放哨，他的弟弟是一个什么都不懂，驼背，鹭鸶脚，又患着"发鸡盲"的可怜虫。那一夜恰巧是杨望自己去查步哨，那可怜虫忘记了叫口令，杨望竟然立即一枪把他结果了。像这样的事，主席董仲明就讥笑他过火，或者做假！以后，关于杨望，还有种种的谣传：据说杨望有一次到碣石、金厢沿海一带的地区去解决了许多军事上的困难问题，当地的农民竟然像信仰菩萨一样地信仰他。"这是不吉利的现象，"那时候有人投给县政府的匿名信是这样写着，"因为，我为什么要那样激烈地反对他呢？岂不是，如果长此下去，民众的整个的信念，要转移到个人的信仰上去了吗？……"而总指挥杨望，他一向是这样的朴素，他绝不在口头的声辩上去费工夫，他着着实实地工作着，他渡过了不少的难关，也爬过不少历史的极高的顶点。他所取的全是一种阔达、高远、俯瞰的态度。他仿佛脚上穿着厚而牢固的皮靴，不管脚底下有多少荆棘，只是向前迈步着，这在他几乎是失却感觉而麻木了的一样，……

但是不管怎样，我却要重复地再说，从这次战役中发生了的特殊事件所昭示，杨望，这总指挥老大哥的钢般坚硬的格调是造成了！

我们，背上背着江平客籍的居民所特有的箬帽的队伍，在九月初旬某日的下牛，乘着日将下山，暮气笼罩的黄昏，从夏风城出发到红花地前线去。我们没有在公共体育场集合、开欢送会、演说等事，一点也没有。我们从各分队的驻地独自出发，分散了外间的注意力，到距县城二十多里的双桂山地方才作一个总的汇合。我们决定和敌人接触的时候作一次不怎么认真的轻兵战，服装和所带的物品都力求简单，一点多余的东西都不带。平时我们作一次示威游行就预备了一些救伤队，现在却什么救伤队都不用；工读学校的女生几乎全都愿意在救伤队里服务，她们都是些体格壮健、胆略过人的女朋友，但是我们不需要。如果她们诚恳地请求着要跟我们来，我们也拒绝。我们现在最着重的是轻便。像单单只剩了两手两脚时的轻便。在黑夜中进军，我们愿意我们的队伍是一条黑——和黑夜一样，不要参进别的任何色彩，就是农民的梭标队也不要。看来，总指挥杨望是有着这个企图：因为我们这新组织成的三个分队担任作战还是第一次，总指挥杨望要给我们这新的队伍以最干脆的考验，他要看清这个新队伍的机能，如果战斗一旦摆在它的面前，在它上面所唤起反应是怎样。这些，他都非从一次最单纯的战斗中去细心地加以试练不可。其实我们夏风城的军队都开到别地去应战去了，如今要守御红花地的阵线，这职务就只好留给了我们。

在双桂山集合的时候，总指挥杨望对我们的说话简单得很：

"诸位，"他的声音遏制得低低地，他仿佛知道我们在初次上火线之前都有着可怕的死的凝思，以至成为一种有力的沉醉，这样他的声音一高了起来，就要把我们从这沉醉中惊醒似的，"我们的阵地在红花地，你们知道红花地距离县城不过三十多里远吗？如果红花地不能守，就逃回县城去挖自己的墓穴去吧！……喂，记得吗？在路上要静，连一点咳嗽也不准有！"于是挥动了他的右手，"走吧！"低低地叫着。他的面孔堆着怒容，似乎很忧郁。但是他平静地说完了他的话，声音没有抑扬，始终不曾稍微有所激动。他的怒容也始终没有改变多少。

我们很静默，不过都没有立正，用各人自己喜欢的姿势站立着，大家互相地来一个壮健的微笑，有近于散懒或松懈的样子。这时候，太阳发出粗线条的光焰向我们平射着来，整个的队伍呈着腐败可怕的白色，总指挥杨望的黑面孔几乎有半边也变成白的。别的人却避免了夕阳的猛射，把面孔躲在灰黯的阴影里去。枪尾的刺刀有的有，有的没有，很不整齐；弹药带有的是皮革制的，有的是蓝布制的，围在各人的背上。此外是在胸前作着交叉的红红绿绿的箬帽带子，简单、明了，再没有别的更复杂的配备了。……当我们在撒满着粗粒的砂石的小路上走着的时候，总指挥杨望默默地走在我们的前头，他的身边跟随着的两个武装的传令兵，自觉得很寂寞的样子，当队伍一弯曲的时候总是频频地对我们回顾着。我们整个的队伍都静静地走着，路上的砂砾在草鞋的践踏下互相地磨动着、跳跃着，低低地发出了一片喑哑的噪音，这嘈音并且还似乎标志着我们队伍行进的速率。的确，我们的队伍是行进得意外的急促。夏风城的屋宇本来不成样子，是那样的又破烂又低矮，离开了它，就显见得更加干瘪了，回头一望，只有一些高低不等的树梢在地平线上耸立着，仿佛是一座废圩，踪迹不明似的模糊下去了，疏远下去了；苍色而阔大的天，冷淡地毫无异样地把这个给千万人的热血冲激着的城覆盖着，简直是有意抛掷了它，从而干脆地忘掉了它似的。这个城现在却也变得很寂静，所能望见的深蓝色的树梢，正和近边的一些死灰色的小山阜衔接着，简直是荒原一片。天是一阵黑似一阵，而那深蓝色的树梢，也很快地变成了一簇簇的阴影。我不晓得我们和夏风城离别的那个黄昏为什么是这样的忧郁无声，……我们的队伍也是这样出奇地静默着。战斗，似乎只是可以远远地传闻着而不会在自己的近边发生的事。我们现在是亲自地承受着、担当着；并且，从这里所将要发生的一切变动，我们是亲自地承受着、担当着。就这样，我们静默着，我们要用这静默来陪伴那静默的城，来安慰那静默的城，……

最初出现的星儿，辽远地发射着壮健而充溢的光亮，并且默默地互相鼓涌着、激动着，发出了誓言似的，要用那光亮来延接已经过去的白昼，渡过这个夜晚，以抵达明天的晨晓；这个活跃而生动的挣扎使夜幕变改了黄昏的衰颓而沉进了更深的黑暗，星儿们也因之更加鲜亮，更加企图着把黑暗区别在光亮以外的地方。路上的白色的砂砾渐渐地在黑暗中显现了，不过泛出了河水一样的油光色，教我们像看见了磷火一样地怵惕着，然而我们行进着的草鞋却还是急促地一步步踏实着它。——冰冷的夜风送来了远近的村落的狗吠声，这狗吠声总是那样的若断若续，似乎是疑惧不定，又似乎是故意发出的讯号，这讯号仿佛要使一切秘密地行使着的暴力都失去效率。——黑夜中的树林，猫头鹰学着最古旧最可怖的声音，骄倨、自大，拉长地重复地呼叫着，仿佛所有一切黑暗的势力都被召集来了。路边的小沟渠，爽朗地弹动着喉咙，长远不息地歌唱着，……

当天色微妙地从黑暗开始慢慢地变白的当儿，我们，还不到两百人的三个小小的分队，就在红花地的深邃的森林里掩藏好了，……

红花地是夏风城北面莲花山麓底一幅长达五十多里的斜坡，浓密地长着由老鼠畏、杉木、黑山绸、白土藤、有刺的麻竹等混合而成的大森林。我虽然在夏风这一小块的土地上出世，是一个道地的夏风土人，但是这有名的红花地大森林于我却还是生疏得很。这里面，一向给夏风的乡民认为神怪的地区。樵子和"割草婆"们的口中，关于这神怪的地区有令人慑栗的可怖的故事在传闻着，这些传闻使所有的樵子和"割草婆"们都趑趄不前，教全夏风十数万人群把这富饶的森林抛掷不用，而他们在日常生活上所需要的燃料、木具，以及建设上所需要的木材，就只好仰给于外境。在那些不能一一命名的种类复杂的树木里面，不晓得有多少凭仗了那可怖的传闻的威力，和世人隔下了强固的长城，保全了几千百年的寿命。这实在是一座森林的最古的城垒，现在，为着军事上的需要，我们把这城堡占据了。这里有一条小路是夏风县境西面一个颇重要的进入口，据确实的探报，敌人的进袭夏风，除了用他们的主力向后门、梅陇一带推进之外，他们的别动队正采用了这条小路。这别动队的前头队伍约在这天（我们从夏风城开拔的次日）午前到达边境。我们是这样匆匆地、冒失地走着来了，依照一句叫喊了很久的口号——欢迎敌人的来临！

　　临晨的北风吹得更紧了，这古旧的大森林咻咻地呼着长气，间或又深深地叹息着。我们——实数一共一百八十五名的队伍，按照着复杂多样的计划，单薄地分散在不同的地点。随着天色渐次的明亮，我们躲避了所有显露而易于被觉察的地方，接连变换了不少次掩藏的地点。梅陇人高伟、莫愁、彭元岳，捷胜人刘宗仁、刘友达和我，一共 六个人，在一条山涧的岸边，面对那相距有六七步左右的小石桥据守着。这山涧的两岸、涧底，总之它全身的骨骼都是一些奇模怪样的乱石所造成。奔泻着的流泉，从上到下，十分威猛披着瀑布，飞溅着、怒喷着，废除了所有的节拍和韵律，疯狂地叫嚣着；两岸，在黑色的大石的边旁，长长的红脚草很有礼貌地、隔着那疯狂的流水，互相地点着头；一种不知名的深绿色的土藤，用厚而多汁的怪异的躯干，悄悄地从石底裂缝里爬了出来，分了支，又各自据着不同的方向出动，在石底每一突出的部分，前行的蛇似的高举着头，互相地窥探着，浑身发散出一种强烈得几乎令人喷嚏不止的奇臭。水面上升腾着白烟，仿佛那疯狂的流水是真的在沸着。上面，森林的巨粗的木条交织着集密的楹栋，楹栋上又给枝叶铺成了极厚的屋顶，隔绝了天空，新的阳光从这屋顶的缝隙漏下来，斜斜地从这一边射过那一边，奄奄地变成了蛛丝一样的嫩弱了，……

就在小石桥那边，来了三个敌人的尖兵。他们，一样高低的个子，穿着一律的黄色制服，戴着赭褐色的钢盔，敏捷、精警、要觉察别人，不要被别人所觉察。走起路来，像精警的野兽，可以完全听不见脚步的声音。正规的队伍，受了严格的军事教育，在操场上和讲堂里所学得的一切都可以搬到山林里来应用了，瞄准、射击，都可以依据着一定的姿势；弹道在空气里所绘画的弧形都可以分出最准确的角度来！

但是我们却从最不易被觉察的地方在窥伺着他们。我们看得很清楚：开望远镜、耳语、糊里糊涂地皱着眉头思索了好一会儿，鲁莽起来就拔足挺进的表情和动作都一无遗漏地映入了我们的眼帘。……我的胆子大起来了，不知怎样，急于要放小便似的，浑身总觉痂痒得难以忍煞，情绪已经变成了极度的暴躁和野蛮。——在这里，我觉得除了宗教二字之外，当战士在处理他们的猎获品的当儿，再没有更虔诚更果决的形容词了。想到敌人在临死的千分之一秒钟的时间以前还可以不觉察自己将至的运命，而这运命是恰好在自己的手里掌握着，什么是强劲，什么是胜利的真谛也深深地领悟了。这又是唯有战士才能享受的幸运！

六个人中的首领，梅陇人高伟，一个当木炭伕出身的壮健的少年人，他的圆大的眼睛，像下等动物的复眼，拼命地去凝视敌人，并且拼命地把敌人的影子扩大着；他是委实太鲁莽了，他对于这战斗的范围的大小是可以说毫无计算，就是处理一件最微小的事，也不惜动员了毕生的精力。对于他，战斗和世间上所有一切有趣的玩意儿完全两样，他是彻头彻尾地把战斗当做一个最残暴、最严重的主题在发挥着；他对于战斗的凶恶，战斗的丑野毫无忌讳，他喜欢赤裸裸地在战斗的红焰焰的光辉中灈浴着。……他斜斜地倚靠在大石边的上身摆动了，他在瞬息间所决定的主意，不单是他自己，而且还有我们五个人在绝对忠诚地一同执行着！这是一个奇迹：彭元岳、莫愁、刘宗仁、刘友达和我，我们五个人在战斗中和我们的分队长高伟，完全地互相配合，高伟的左手紧紧地握住了枪杆，枪尾的白色的刺刀分外地发亮着。

约莫过了吃一顿饭那么久的时间，什么都完毕了。总指挥杨望所决定的最初施行的计划，成功得像无意之间从路上拾得的一样。当然，敌人的密集队伍这时候是可以安心放胆地向这神秘的大森林里长驱直进了，而他们安在额上的触角给我们悄悄地拔掉了却还不知道！

西面，距我们这里约莫二十里远的地方，大森林像突然暴病了似的暗哑地深隐地叫号着，因为老大哥杨望所直接带领的战士们已经把紧密的排枪放射了！

战士们利用了复杂神秘的地形，并且凭着极短的距离，他们在每一颗子弹放射之前都握有着沉着地正确地瞄准的余裕，当每一次的猛烈的排枪放射之后，趁着敌人的队伍狼狈地分散的当儿，他们学着敌人的兵士所能懂的方言，喊出了清晰的最高音："缴枪！欢迎投降！"……和敌人仓皇地还击的杂乱的枪声交换着……这火线是从最远的地方点燃起，随之迅速地蔓延到近边的地方，我们这里要算是火线的终点，而我们六个人的排枪，也已经远远地和最前头的排枪呼应起来。

我们发现了从那整列的队伍中分出来的一队敌人，他们的人数约莫在三十左右，他们显然很镇静，在这样深邃的大森林里面，东西南北的方向还能够认清，但是是他们一味儿只是夺路而走的企图却被我们阻止了！在这里，我庆幸着，我发现了高伟的战斗的天才，他的胆量又好。射击又准确，他每一次从"静"入"动"，从沉默着到挥动着臂膊奋力高呼，其中都有着很足以使我长远地记忆着的明确的特点。而我却实在抱憾得很，我终于没有把这些都微妙地加以雕塑的能力，总之，他作为一个战士的威武是淋漓尽致地表现了。他在敌人的面前最先出现，他奔向敌人的时候，上身总是过分地向前面突进着，而他使用刺刀的姿势，我现在才明白，原来有他父亲教给他的自己的手法在应用着！他的父亲在他们的村落中是一个有名的拳师，无怪他向来就鄙视着举枪、瞄准、射击之类的军事教育。我好几次看见他的刺刀还未对敌人的身上实行劈刺之前，敌人的枪尖就已经对着他瞄准了、射击了，不，其实（如果可能！）这还是千分之一秒钟以后的事，而高伟却正在这千分之一秒钟的时间之内，利用了最难于被觉察的优势，把敌人制服着！他杀死一个敌人，总是用刺刀拼命地冲进敌人的胸膛，然后，他决不把刺刀很快地就拔出来．他要亲眼看定他的对手是怎样地在他的刺刀之下确实地死了去。而他的对手从身上着了刺刀的一瞬间起，继之倾斜着身体躺倒下来，以至于在地上仰卧或俯伏，这些变动，几乎没有一点不是直接地受了他的刺刀的威胁的结果。

其次是彭元岳，他有点肥胖，个子不高，他是一个不折不扣的农民，正和通常的农民一样，没有受教导的习惯，一种有力的教导到了他的身上，就要成为一种迟钝而不能深入的东西，几乎是一种天定的性格使他和教育隔绝了。他的面孔是又圆又大，表情很皮相，看不出更深的东西！他又爱笑，不管和谁人交谈，总是听见他哈哈地笑着。但是他也有着他自己的特点，他的射击是比高伟还要准，对于敌人，他有着很确当的轻蔑。为什么这轻蔑是确当的呢？因为他在轻蔑中并没有半点放纵敌人的意念在留存着；他的动作虽然有点近乎迟钝，但是和敌人的惶急而仓卒的动作相比，这迟钝在战斗的效用上是恰恰成为了必要，而他爱笑的面孔也已经正式地紧张着！

刘宗仁和刘友达在射击的位置是自头到尾地并排着，他们两位是同出一家的堂兄弟，面孔却像亲兄弟一样的相肖，在陆安师范，他们是高我一年级的同学，他们同样是出人头地的体育家，直到进了我们的队伍，体育家的身份还是保持着。

那夺路而走的数十名敌人，严正地保持着他们的成行的纵队，而且是一个颇为严紧的纵队，他们在危急的时候惶乱地散开了，这当儿．他们一个个都几乎要为路边的大石或大树的横根所绊倒，甚至手脚忙乱得枪也开不成，把整枝枪杆抛掷到我们这边来了！但是一经集合而又成为纵队之后，他们的失去的胆量重又恢复，他们总是斜斜地向我们的近边横冲着。这横冲所加于我们身上的决不是一种直接有力的压迫，不过我们却并不以为这样就对我们本身有利。我们要奔过他们的前面，迎头拦住他们的去路，利用着他们鱼贯而成的直线。使我们所发射的每一颗子弹都能够杀死他们两个至三个以上。于是那最激烈的"白刃战"开始了，……我们，预早就给派定了负担这特务工作的六个人，每一个的枪尾都挂着雪亮的刺刀。在这里，莫愁，那很早以前就在军队里混过的高个子，和我实行了最微妙最确当的合作。好几次我们用两把刺刀去逆袭同一个敌人，而当另一个敌人决定了他自己的方向，单独对着他或者对着我直扑而来的当儿，我们似乎从中取得了约会的余裕，又是一齐地用两把刺刀去迎接着！

三十名左右的敌人已经有三分之一倒下，还有三分之一失去了战斗力，其余的三分之一也正在急速地分解着的当儿，从我们的背后忽然又出现了三个敌人。他们取了适当的地形，三杆枪沉着地一同对准着高伟的背影发射。高伟在刚要爬过一个平斜面的大石的时候，毫无防备地用他的阔大的上身去接受那三颗子弹的横袭，他无能为力地倒下了，在倒下的一瞬间，他的枪还在手里高擎着。于是战斗突然地陷进了危险的境界，原先被我们所追袭的敌人，好像一时有了新的警觉似的，他们已经转回了枪口向我们采取攻势。彭元岳不知怎样，他刚刚一闪过了一株大树干的背面就立身不稳起来，卒至摇摇不定地倒了下去。他是左胸上受伤了，但是他很镇静，他利用这一跌转变了射击的方向，出其不意地使那从我们背后袭来的三个敌人中的一个很准确地在太阳穴上接受了一颗子弹，其余的两个竟然狼狈地舍弃他们受伤的兄弟而走了！紧随着他们的背后猛袭上去的是刘宗仁和刘友达两兄弟，大概已经用完了身上的子弹了吧，他们决不放枪，他们这一去是只管挺着血污淋湿的刺刀，一径向那两个逃走的敌人直奔着。不知怎样，这两个逃走的敌人竟然失去了他们原来的镇静和勇猛，而为刘宗仁、刘友达他们直奔而进的可怖的气势所慑服，他们变成了毫无战斗的能力。当跑在前头的刘宗仁的刺刀接近他们还不到五步的时候，他们便发觉了，虽然武器在手里紧执着也等于无用，都把枪杆子抛开了去，不知愧赧地在两位胜利者的面前屈膝下跪。但是这得不到刘宗仁和刘友达的饶恕，他们是毫无怜惜地结果了这两个俘虏，给高伟复了仇！

这其间，西边一带的枪声慢慢地减少，在中部担任作战的兄弟和我们取得了联络。战斗似乎很早就失去了重心。对我们进行反攻的敌人，火力非常单薄。中部的兄弟有五个已经加上了我们的阵线，我们突然增加了一倍以上的火力，不消说，战斗的胜利从这一瞬间起就已经决定了下来！

二十分钟后，红花地全线的战斗情形，了如指掌地摆在我们的面前：我们小小的三分队，一共还不上两百人的队伍，奇迹地克服了敌人两团的兵力。

遗留在后头，还未开进这森林里来的敌人的大队受了这意外的震惊，已经一拉而断，向西撤退到三里外的布心圩地方去。当然，我们的队伍在这时被发现，对于他们正也是一种很好的情况，因为他们只要抓住了我们这个目标，进攻这事就有了着落。我们呢，对于敌人的更严重的进攻之防御，是从这一刻起就必须紧密地准备着，但是我们整个的队伍却开始了忧愁！

我们，在这一次初始的战斗中除了必须支付的正常的牺牲——死伤之外，剩下了一百四十三个人，用这一百四十三个人去接待敌人更严重的进攻，那是绝对地没有问题！只是还有一件更繁重的任务，就是看押俘虏。这俘虏的人数有三百多，超过我们全数一倍的数目，我们就是用整个的队伍来担当看押俘虏的任务也还不够。我们全部八个分队的武力，有五个分队已经开到梅陇方面去应付那更严重的战斗。在后方，全是赤手空拳的群众，可以说是一兵一卒也没有，我们还能有援兵么！那么，我们只好把红花地的宝贵阵地断送了，我们根本就够不上守御！

杨望，我们的老大哥，这时候毫不动摇地决定了。三百多的俘虏的黄色制服，强烈地、占多数地在我们的服装不一律的、近乎败坏了的队伍中参合着！学生出身的兄弟们比在火线上呼口号更进一步的宣传工作也开始了。三百多俘虏几乎九成九是下级军官和兵士，他们的态度是驯服得很；战斗，已经共同地都认为是过去了的事，他们一般地都陷于一种愁苦而疲乏的状态，有的用手巾在包扎手上或脚上的轻伤，有的在山涧边喝水，虽然一堆堆地聚集着，而可惊的企图在他们之中可以说是半点也没有。他们也许多半都已经打消了各种的疑虑，静待着我们的处理。我们对他们并不曾用过任何强暴的压制手段。他们之中，间或互相地发出了谈话，我们一给他们一个眼色也就把谈话停止了。但是总指挥杨望所发出的命令，秘密地，像强烈的电流，在我们彼此的耳边交流着，为着神圣的防御之继续，并且为着一百四十三名的秘密（在这神秘的大森林里面，敌人始终不明了我们到底有多少兵力），不要在这三百多的俘虏中被发露。总指挥杨望秘密地把他的命令发出之后，就屹然不动地在我们的侧边站立着，一只手拼命地把他的长长的睫毛揉动着，似乎在叫他的两只圆大的眼睛要把这不容易控制的场面把握得更准些。

太阳光从树梢的缝隙向下直射，时候已近正午，森林里的冷气低退了不少，我们也多少感到一种烘热的气流。我的头脑却沉重着，胸腔里起了在战斗中还不曾有过的气喘，呼吸也不容易起来，几乎感受到窒息的痛苦。……我好几次想要对杨望提出异议，但是一看到杨望的一副钢般的黑而冷的面孔时，内心似乎又受了一阵强烈的警醒和启示，因之我的头脑也变成冰冷了，几乎是指头触摩杨望的冷面孔而起的感应。我得为自己庆幸——在杨望所领导的战斗中，我和我手里的冰冷而犀利的武器是自始至终紧紧地结合着。

这惊人的场面是终于痛楚地展开了！

我们，一百四十三人一齐地发射了一阵最猛烈的排枪。这排枪有着令人身心颤功的威力，黄色的俘虏像崩陷的山阜似的一角一角地倒下了。随着那数百具尸体笨重地颠仆的声音，整个的森林颤抖了似的起着摇撼，黄叶和残枝簌簌地落了下来，而我们的第二轮排枪正又发出在这当儿。

回顾我们自己的队伍，是在森林里的丛密的大树干的参合中，弯弯地展开着，作着对那黄红交映的尸堆包围的形势，像一条弧形的墙，……

（选自《长夏城之战》，1937 年 6 月，上海一般书店）

通讯员

一

林吉的门口，长着一株高大的柠檬树。六月初间，曾在这柠檬树下杀死一个收租的胖子。他的尸身横架在树根上，嘴巴还在一下一下地张合着；但是背步枪的已经回去了。在四面站着的人，望着林吉腰边带着的皮盒子说：

"哼，我说你哪里去！——来啦，你的曲尺到现在还不曾用过？……还不来，你这傻瓜！"

于是，林吉拔起了他的曲尺，对准那胖子的前额。

"砰！"林吉觉得手里有点震荡，那胖子的头颅便裂开了一个角。

"第一！"许多人都举起手来，挺着一只大拇指。

经过这样的事情以后，林吉便给大家称做一个最有胆量的人了。

二

林吉当了江萍区的通讯员，很少回到家里来。他每天都是跑路。

就是回到家里，至多也是吃一餐饭，或者上半夜和妻子睡一觉就走了。

邻居的人常常到他的家里来看他吃饭。林吉在一张跛脚的木凳上坐着，只是吃自己的饭，并不向他们打招呼，他们自己也随便找一张小木凳来坐。大概这样的小木凳只有一张，其他的便背着门板站了。他们常常用咳嗽作一作声，有的却半声不响，也有把两只手交叉在胸口的。

这时候，林吉的妻一面向灶子里送草，一面给丈夫添菜。她用袖口挨一挨眼睛，便懒散地向他们招呼一声，大多是这样说："大家吃过了？"

或者是："早？"

以后，她便微微地笑着，自己一个人踏出门口，两只手交绊在背后，背脊靠着墙，一只脚站着一只脚向后蹬在墙上。这样，她留心地瞭望那远远地插在山堆上的一枝青竹；这青竹每天有人在那里轮流看守，倘若看守的人把青竹倒下，那便是敌军来了。

趁着他的妻踏出外面，这许多人便向他问起一些秘密的事。

"听说，××落船出香港的时候，他的卫队有十五支手机关枪放在碣石，现在已经给我们掘出来了，那是在地底下掩埋着的；但是很奇怪，半点也不曾生锈，不过有几颗油珠在枪柄上粘着咧！你听过吗？"

有时，他们也说："法琉山脚有一条崔坡桥，你也走过的吧？近这边，有两架摆茶水的摊子，喔，你也不曾看过，那里不是有一个歪了鼻子的妇人在走来走去的吗？呸，你也跟人说是通讯员！有许多轿夫坐在那里等客的，那摊子的下面有许多破碎的电杆上的白瓶子丢在那里，你也不曾看过？十五天前，喔，不错，十五天前，那里来了一个营长，——从东海来的？那是一定！——喂，到了不走

43

运的时候，不前不后，他一经过这里，就恰好我们的——喔，那班家伙！——在那个乡里吃了芋头刚才出来。哈哈，鸭笼里还有隔夜的蚯蚓吗！在那竹林里抢出来，连人带马都牵到法琉山上。哈哈，不多不少，齐齐整整缴十支驳壳！你想得到吗？他有八名护兵，一名马弁。用什么机关不机关，这一边只消十二个人，三个空手的，两个拿锄头，六个拿梭标，只有一个是带着一支不会响的土曲尺——我看过了，没有你的那么好；你那一支是德国的，不是会连放？"

但是，林吉一面把嘴里的鱼骨吐在地上，一面只是对他们把箸微笑，从来是不多说话的。

他往灶子上的铜锅里再装一碗饭，把筷子敲一敲桌子的破板，又吃起来了。倘若他没有吃完饭——不，倘若他没有离开这里，这些邻居的人，总是非常喜欢和他一起的。一定的，他们又有话说了：

"嗳，我问你，林吉！有人说，一只耳朵可以藏起三封信，这是可以相信的事吗？我想，这信是细到怎样？还有藏在眼膜里的，等到碰见敌人的时候，一定赶快装做瞎子吧？"

"你说，我是瞎子！但是，你身上没有带布袋，也没有带铜锣子，他们能够相信吗？"

"读熟甲子乙丑的甲子花要紧咧！布袋和铜锣子还是闲事！哈哈哈！……"

他们说到好笑的时候，林吉也就笑了起来；但是，他把煞尾的那一口饭咽下肚里之后，掉过身来又装饭了。

"喔，老林，你一定不肯告诉我们的，仙机不可泄露咧！譬如，你的通讯员是给我当了什么的，我说譬如！那时候，我要经过一个关口，好像黄土墩的茶店一样，每天一定有许多敌军在那里把守的，那么，你看我要拿出什么计策呢？你猜啦，叻？——没有什么，单单一个轿斗！——什么，你倒说大吗？通讯员永久只好带信！送宣言、送传单，这有什么办法呢？哼，一个轿斗，你看其中有几条大竹管！不要说传单、宣言；我要在那里藏左轮，你有法子看出吗？不过，我说，头一回经过那个关口，是驮着一个轿斗；第二回经过那个关口，又是驮着一个轿斗，这样有点不便罢了！要做轿夫是容易的事咧：我不能把屁股拉长一点吗？……呐，老林，这全靠我们自己变化就是了，你说怎么样？"

林吉经过了许多的微笑之后，这才回答一声："那是一定！"

三

林吉走路的时候，大抵是打扮做平常人的。他穿的是浅蓝色的短衫，黑柳条的裤；左脚的裤放下来，右脚的裤却折到大腿上去。

这一回，他的工作，是带一个人从江萍到梅冷。这是一个担任政治工作的少年，非常喜欢说话。林吉告诉他，在夜间行走，连脚底踏到地上都不许发出声来，因为，他说："敌人的尖兵，有时会把耳朵紧贴在地上，半里远的步声还可以辨别出来。"

但是，要是不能给他说话，他便时时地咳嗽着了。

从江萍到梅冷，必须经过一处很危险的山坳，两边的山上有许多敌军在那里放哨，林吉打算趁这天还没有亮以前，走过那里的虎口。

"嘿——"林吉拉住那少年的手，把嘴巴挨近他的耳朵说，"你的脚——哼，你半点也没有经验！倘若你找不到实地便踏下去，你说翻一个斤斗就了事吗？给敌人听见了，你将怎么办？"

那少年正要发出声来答应他，林吉已经用一只手来掩闭了他的嘴。于是，他又跟在林吉的背后走了。

月亮早下山了，但是天空还有星光照耀，山坡上的树林，在他们的前面显出幢幢的黑影。平时十分沉默的林吉，到这里就变成灵精的狼，后面的少年，在灰暗的夜色中看出林吉的头是不住地转动着。他当心在辨别林吉先行的足迹。要是林吉突然停止脚步，他便吓得突跳起来了。

"你，"林吉仍旧把嘴巴挨近少年的耳朵，"你看住我吧——我现在要你蹲下去，你听出了吗？"

少年蹲下了，林吉却是向下卧倒，前面的树木都从那清朗的星空显映出来，林吉的眼睛，像尺子一般在打量前面所能看到的黑影。这时候，仿佛周遭已经绝灭了一切的秋虫，林吉的耳朵，全为夜的沉默所穿透。

这样的过了一会儿，林吉把脚尖的拇趾触一触少年的颈，叫他起来；林吉在他的前面，他又跟着走了。

但是，突然，前面响出了野兽的叫声，

"口令！"周遭是更加沉寂了，然而，接着又是响出了一声严厉的"口令！"

林吉往后退了一步，正要蹲下来，就听见"扑通"一声，后面的少年已经跌进左边的水涧里去。林吉刚把身闪开一下。前面的手电和子弹已经一齐射来，他只好赶快把身伏下，爬进附近的山坑里去隐匿着。

林吉隐匿的山坑距遇事地点并不远，那被捕的少年怎样结果，他是听得十分清楚的。

四

这一天的早上，大约是八点钟的时候，林吉已经回到江萍，报告那少年的死事。一个同志偶然遭了意外，其实这算得什么！横竖这一辈子是准备拿"死"做出路的了。那负责的人，认为这样的事情是十分平常的，对于林吉，不但没有半点责骂，而且恳切地加以安慰。然而从此以后，林吉的心里便好像起了不可排解的苦痛，他的形状是突然改变了。

起初，他决意向人寻问那个和他一同遇事的少年，是叫做什么名字。他的神情好像变成疯狂了。许多人因为自己的工作太忙碌，都不同他说话。当他踱过区公所的门口时，碰见一个武装的人，好像队长，他立刻上前去拉了他的手，请求他答应一句话。

"嗄，兄弟，你一定是他的朋友吧！那孩子，要我带他到梅冷去的，你晓得他的名字吗？"

"你看清楚了吗？你不是认错了人？"

"哦，认错，谁呢？不，我问你是不是晓得他的名字，你不能答应我吗？"

他万想不到对面的人，突然便生气起来，撒了手；又掉过忿怒的面孔，叱骂着说："哼，你这王八！"

这时候，他的心里觉得突然受了一种痛苦的谴责，两只手抱着颈脖，随即跌倒下去。他的头非常沉重，面上烘烘的发热。无论他是怎样的想，那少年临死时的各种叫声，总是存在他的心头，这样，他便暗暗地惶急起来，因为，无论如何，他总是没有法子抛去这件痛苦的事情……

"口令！"周遭是更加沉寂了。

"口令！"

他往后退了一步，正要蹲下来，便听见"扑通"一声，后面的少年已经跌下水涧去了。然而，手电和枪声一齐射来，他怎么能够在那里多站一刻呢？他已经伏下他的身，并且安全地爬到那山坑里去了；然而，……

"我不能跳进那水涧里去挽起他？倘若我到了他的身边，他不会跟随我从那水涧里逃出？喔，我却自己先走了！……"想到这里，他觉得非常惊惶；他站起身来，又是跌倒下去了。

于是，他无论碰到什么人都拉着，告诉他那一夜的事；当他说到他的朋友在水涧里给人挽上山坡去凌迟时，他自己假做一只猪，用手掌当做屠刀，猛可地向胸口劈刺下来，于是，他从恐怖的嗓子里发出颤抖的叫声，他立刻又跌倒下去了。

巷口的人，起初在他的四围堆成墙堵，但是，谁都没有听出什么，以为碰见一个疯子，就走开了。现在，他的边旁，只存有几个孩子。

"这一边是树林，"一个孩子挽起他那垂下的头，捻开他那合闭着的眼睛，"那一边是山涧，喂，你刚才是这样说吗？那么，你再叫：口令！砰砰！扑通！……"于是，他伏下身子从林吉的面前爬到背后，"喔，我却自己先走了！我却自己先走了！……"

"哈哈哈！……"他们都笑起来了。

五

现在，林吉在他家里的床上躺着，他是病了。

江萍的同志到他的家里来看他。他本来是微笑着的脸孔，现在已经变得异常愁苦，而且比前枯瘦了许多。他一提起嘴巴便摇着头。但他还是自己诉说自己的事，这却丝毫没有改变。

"少的死了，大的却逃了回来，你说这是对的事吗？"末后，他含泪地问。

"喳！"这位同志却表示没有这回事："这是什么呢！"

但是，停了一会儿，他忽然想起一个譬喻给林吉说：

"老林，我们现在什么都不必说，我单说医生的事给你听。一个医生，到某地方去给人医病，但是病人已经快要死了，医生没有法子，只有眼巴巴，看住那临死的病人在喘着气。他说：'我是医生，我是竭尽了我的能力来医治你的，可是，没有法子，你一定死了；我很难过，因为，无论如何，我是不能跟随你死去的！'你想，别人是不是可以说出这句话来责备医生："你为什么不跟着他死去呢？'——老林，你懂得我的意思吗？"

然而，他便是说了再多一箩的话也没有用处。林吉合了他的眼睛，提起嘴巴来又摇着头问："但是，少的死了，大的却逃了回来，你说这是对的事吗！"

其实，他现在所需要的是一种药石般的责罚；对于认罪的人，安慰是没有用处的。

一天过一天，他的病渐渐地沉重下去。他的妻，从另一地方探得那少年的姓氏，瞒了一总的人，自己走到他们遇事的地点，焚香烧锭，望着山堆上放哨的敌军，念出那少年的姓氏来，替她的丈夫讨魂，但是，这也没半点效果！

邻居的人，依然常常到他的家里。他们也曾说了许多的话，给林吉开心的。

"哼，老林，——人家晓得什么，也学人在夜里走路，容易？"这个人，他是非常厌恶学生走到他的门口来演说的，一提起便讥笑那被难的少年；"嘿，燕洲吴石龄的事，你听过吗？ ，读两本书，只会做麻骨梯玩耍，出来干什么鬼？喔，那一夜，一个同他带文件的人，险些儿也给敌军做了。你说怎样呢？那个交通员——带文件的。

——走在他的后面，他说他的胆子很好，你有什么法子呢？那个地方，大约也是敌军放哨的所在，右边一条车路是直通东海的，从我们江萍到县城也有一条车路通过那里，那个山，原来是很小的，但是它生在这两条车路的总口，四围又是很平坦的田园，站在那小山的顶上，可以瞭望到很远的地方，敌军也很有眼色，一来便爬到那小山上去放哨了。那孩子——吴石龄呢，刚才在老婆的裤肚里爬出来的！——他较有见识！他就提议了：'呐，这地方太危险！'又说什么'不好两个行在一起！'他的胆子很好，并且说：'我做尖兵，我先走过去！'那个交通员，姓李，喔，将军山脚李潭水，鹭鸶脚，坏了一边鼻管的，你不曾看过？你叫他落火坑也不用加嘴的啦，其实哪里没有胆子呢！但是，要说他走在后面，这倒也可以！那时候是中夜一点钟左右，吴石龄真的先走过去了。照公道说话，这衰丁两条腿子倒也长得十分结实咧！但在前头等了一个时辰，便觉得不妥当起来。原来他是和李潭水约定半点钟后到前面的一座古墓相等的——其实，他连一个时辰也等不过去，——，叫这粪箕仔纸还未解完的孩子，自己一个人走近那座占墓，连魂都散了，李潭水还不曾走到，他心里一着急，便喊了起来——'潭水呀……潭水呀……'这样喊着。但是，李潭水刚才在那小山下走过一条石桥，他听见有人叫喊，一不留神便踏错了一块石板，'京——贡'的发出声来，山上的敌人，到了夜里是散布到陇畔上去巡逻的，那时候，他们便立刻开枪了！……"

"以后呢？"另一个问。

"以后？——你说这样不是很危险吗？"

停了一会儿，他又接着说：

"李潭水后来又是那个衰丁救了他，吓，谁想得到呢！"

"这是活该的，吴石龄听见枪声就走了。那里四围都是水田，吴石龄像一只涂龟，在水田的泥浆里爬过去的，哈哈。这孩子，连吃奶的力都出完！他走了四里多远，穿进了一个乡村，——新寨？孔子寨？那乡村叫做什么名字呢？喔，我忘记了！——那时候，敌军还没有开始围乡，四乡都设有巡夜的人，在提防敌军的侦探。各地的同志是约定了秘密的信号的，——你不晓得口令？但是吴石龄慌得口令都忘记了，'口令！'他听得前面有人，心里着急起来，便向一个池塘扑进去，于是，全乡的人把铜锣敲动起来，集合了许多梭标队，一面包围着那池塘，一面派人带剑子跳进水里去搜索，他们以为吴石龄是敌人的侦探了！他们的铜锣声和喊声引起子四围的乡村，四围的乡村也起了骚动。在那里放哨的敌军，至多也不够一连，他们有法子在那孤小的山子维持下去吗？——连屁股都丢掉了！李潭水便从他们的手里活活地逃了回来！"

"吴石龄在池塘里给人搦死了吗？"又是另一个问。

"哈，我说到这里又要失笑！你说吴石龄这个涂龟，他是钻进哪里去了呢？那池塘的岸畔，架着一架水车，有人准备在那里踏夜车的。天旱，高的田已经开了裂缝。吴石龄便在水车的底下藏着，他们也没有法子把他搜索出来。末后，李潭水走来了，他把大概的情形告诉他们之后，大家都晓得刚才是追错了人，李潭水站在池畔，就把吴石龄叫了出来，——哼，还要叫，倘若我是李潭水，我一定给一把剑子结果他——留了他有什么用呢？"

但是，这样的故事除却增加林吉内心的痛苦，也没有半点用处。当他们在谈论的时候，林吉常常是不舒适地在床上翻转着，不然，便是紧闭了眼睛，或者睡着了。

有一次，在他家里谈论的邻人，有一位忽然对林吉诘问着说："喔，老林，为什么你那时候不开枪还击他们？身上的曲尺，不是碰见敌人的时候拔出来用的吗？哼，你这傻瓜！"

这时候，林吉却含笑地扳起身来，把那位朋友的手拉到自己的额上，对他说。

"你说得十分对！——你拿起拳头来击破我的头吧！来，你听我说，我要……"

于是，这位朋友假意在他的额上拍了一下，然而这使他很忿激。

"我要你击破我的头，一点也听不懂？……"

说着，立刻拔起了他的曲尺，许多人都惊慌起来，青了脸，连忙跑出了门口。

林吉的妻听见了，随即碰进屋里去。然而，她只看见丈夫和那支手枪一同在床沿跌倒下来，她的耳朵受了一阵过激的震荡，立刻昏过去了！

（选自《长夏城之战》，1937年6月，上海一般书店）

中校副官

陀子头南面相距不远有一个小村庄，它像单靠着躲藏来维持自己的生命的鹧鸪一样，紧密地躲藏在一片黝绿的松林里面，对于长城一带的急急惶惶的战事，似乎取着不闻不问的态度。十日前，有三师左右的中国军，不惮远征地从别山方面开来，在陀子头，只是经过而已，并没有驻扎，但是也教那小小的市集整整地骚乱了三昼夜之久。这样他们都向滦河方面出发去了，却在刚才所说的小村庄里设下了一个兵站。

这个兵站有它的极大的重要性，因为它是直接隶属于军部的；军部和平谷、密云、帮均、高楼等处的友军的联络，凭着电话、短波的无线电，以及传令兵的单车队等等，在这里设下了很密切的交通线。军部派一个中校副官在这兵站里负全盘的责任。

副官是一个稍近衰老的壮年人，没有胡子，面孔很白皙，背脊有点驼。他不像一个粗俗的武夫，不像军队里所常见的人物。嘴里老是承认着自己是一个军人，头脑简单，什么都不懂；心里却目空一切，骄倨、自大，否认着世间所有一切的道理。他的学力很好，军事上的不用说，政治上，也很有修养。但是，像另一种文武全才的人物：在普通人的行列里，时时露出自己是怎样的壮健、英勇，以及别的近似军人气概的特点；一到军队里去，却把所有的同事们都看作蠢愚无知，如牛似马，自己却装起斯文来了；那也不是的。他对于比自己低下的人们，非常和蔼，却并不凭着这一点去蔑视长官；为着同情这些低下的人们而至于对官长抱着抗拒的态度，在他是没有的。他承认长官在作战的指挥上是怎样的重要，并且，当一个将领指挥他的部属去战胜敌人的时候，（不要就说是战胜吧，只要肯站硬着脚跟，让自己的部属在火线上和敌人比一比身手，不要发下退兵的命令就好了！）将领就是一面神圣的旗子，标志着民族的光荣，要在全世界的人们的面前炫耀的，……因此他十分地敬重他的长官。对于军长，他是当为偶像一样地信奉着；军长对他也很看重。别的人，他们有时会因为和自己的长官过于亲近之故而把长官的尊贵都忘掉了，他却不是这样；军长对他越亲信，他是越能够体认他的尊严。他喜欢当军长不在的时候. 对着别的人们传述他（军长）的许多令人感动的故事，而这当儿，他的态度是庄重的，他决不特别地显示自己和军长有什么密切的别种关系的身份。只是在这里，他往往露出了自己的短处，就是过于爱发空泛的议论一些，而在他管辖下的人们，因为晓得他这个人很好，有时候虽然也反驳他、诘难他，但从不曾对他露出什么不恭敬的地方。

那么，兵士呢，他们在作战……上，不重要吗？

遇到了这种发问的时候，他说：

"自然，作战是全靠着兵士了！可是这样说有什么用呢？我们的军长如果听了这样的话，他是要气恼的，你们难道不了解他的脾气吗？他是一个很有自信的指挥官，他承认指挥官在战斗的胜利的把握，有着极神圣的尊严，这是好的。因为一个长官必须具有这样的态度，如果我们把兵士的地位提得太高，……喂，诸位，有什么用呢？我们的军长，他是要气恼的！"

"你们看吧，"他接着又说，"当了一个主管官的人，如果不明白自己的职位的重要，那就是一个草包！我们的军长，他处处对自己的职位负责任，也就是说，他处处对国家民族负责任。如果他不懂得这一点，我们的民族就不需要这样的指挥官。然而我们的军长，他是负责的。单是这一点，就值得我们的尊敬了！有一次，我和他两个人骑着马到野外去视察，他问我结了婚没有，我也不好意思怎样回答。这时候刚巧要走过一座桥，他因为对于这桥存着警戒心，竟然下马了，这就是他的伟大的地方。……而我，当时还不大明白此中的意义，以为他不敢骑着马过桥，是一种懦怯的表示。如果你们看到了这样的情形，又觉得怎样呢？大概都一样吧？所以，对于自己的长官不能够有着深刻的认识，这实在是我们当部属的人的耻辱，对吗？劳司书你说吧！"

他最看重劳司书，因为劳司书是一个学生，他的年龄虽然比别的人都小，但是他做事负责，勤勉，而且很聪明。

劳司书，当然，他是这样说了："是的，譬如一个人向东走，那么他对于南、北、西三方都逃避了。一个真正的革命者，对于宪兵和侦缉一类的家伙，是尽可能去逃避的。一个人趋向于大的成就，对于许多小的，就看轻了。一个勇敢的将领，为着要把勇敢用在大的上面，而不是用在小的上面；用在这一线和那一线的作战上，而不是用在这一阵地和那一阵地的作战上；用在这一民族和那一民族的决斗上，而不是用在这一队伍和那一队伍的决斗上；遇到了无意义的场合，把懦怯当做甲胄一样套在身上，是必要的，而对于一切小的无须有的牺牲，都逃避了！"

"说得好，不错！对！"副官嘉赞着，"那么，诸位也就懂了？没有疑问了？"

人们只好缄默着，因为，如果再说，就会变成了论辩，在军队里，论辩并不是一种好的习惯。

副官于是快活，那白晰的脸上焕发着光彩，却不笑；如果笑起来，就要坠失了军人的尊严。军人的脸只能够留存着忿恨和暴戾，而且应该是坚决的、悲苦的。

每天早上，他很早就起来了。他不怕寒冷，就是下雪，或是刮风，都不能阻碍他早起的习惯。他一起床，总是很快地穿好军服，绷好裹腿，像临到了要出发或者从军长那边接受了什么紧急任务的时候一样，一点也不懈怠，自始至终是那样的紧张。这样他独自骑着马到这村子的前后左右去视察了一周，回到办公室里，这时候大概是五点三十分左右，于是打电话到望府台司令部的参谋处，从询问中得到了"卢龙城前线安静如常"的情况之后他对着煤炉坐下来，拿了一条铁条子捣动着那已经冷熄了的煤炉。如果这时候，偷闲的勤务兵还是在别的角落里躲藏着不肯出来，那么，他自己要在这煤炉里生起火来了。他绝不会为着一点小小的事而激起了怒火，动辄就在勤务兵的身上大发雷霆。

"把传令班长叫来！"

传令班长进来了。副官一点头，还了他的敬礼。

"今天能够有五个传令兵留下来吗？"

"报告副官长，昨天派出的两个还没有回来，一个新的还不曾把脚踏车学好，只剩三个了。"

"这样好。叫他们不要随便乱跑！"

传令班长出去之后，于是叫无线电生。

"到此为上，把接到的消息都拿来吧！"

无线电生把电报拿来了，大概这电报只有一张，因为从来电报绝不能在电务人员的手里有三十分钟以上的逗留。

"北平，×月二十一日，"无线电生念，"最近日苏国交之危机，日苏战争不可避免等等谣诼，甚嚣尘上，其流布于日本者既如此其盛，……"

"喔，这是关于国际方面的了，"副官说，"这个消息旧得很，我很早就已经知道，……当然，所谓战争者到底是什么？那是两国，或者数国之间，在生命线上发生了政治的经济的冲突的时候，用以解决矛盾的一种方法而已。就世界大战说吧，……诸如此类的政治的经济的矛盾，我们从远东的历史中也可以举出同样的例证：日俄战争的当时，日本把持大陆政策，朝鲜不用说，就是隔岸的满洲，也想去吞并，以入自己的版图；当时帝国主义者俄罗斯也同样想在远东求得出路。从前面的例子来看目前远东的形势，日本和苏俄两国之间，有同样利害的矛盾吗？有这种政策上的冲突吗？换句话说，使日苏战争不可避免的原因，在目前日苏两国的关系上，已经存在了吗？……"

副官在这样连串地提出发问的时候，他的温暾的目光，庄严地对无线电生迫视着。往往是这样，他从某一电报里（顺着自己的兴趣）把捉到一个问题之后，一切的议论都集中在这问题的上面，甚至把别的电报都舍弃不管。大概这是一种记忆中的书本上的记载，要说明一种事件也许是足够的，可是要说明讲述这事件的人，就微乎其微。副官却喜欢这样。在这一点上，他确实表现了十足的书呆子的气味。不过，这已经涉及他的性格上的那一面了。……对于这样的国际问题的讨论，如果无线电生有什么独特的见解，那么就参加进去也无妨。无线电生，当然，他是对于全世界的排×运动很有研究的，他这么说了：

"……我看，言论机关，当其作为手段的时候，是非常猛烈的，一九一八年，十一月，休战成立，同时英美言论机关也泼辣起来，渐次造成了排×运动的气势，于是反应在中国的新闻报纸上，由一九一九年，五月，正当排×风潮最激烈的时候，英美的言论机关差不多全都负起了抨击××的任务，其中特别活动的，是北京、天津的《太晤士报》、《华北 明星》、《益世报》、《上海新闻》等等，……"

在这会议厅一样的严肃的空气里，如果劳司书那孩子也加了进来，那么，他是要受一番试验般的考问的。

"今天的《进军》，你想出什么题目来写呢?"

《进军》是军部出版的小日报，小到只有油印的一张纸，劳司书自己一个人担任了写稿、编辑、刻钢版和油印的完全责任。

"我想好了。"

劳司书依例是这样说。

这时候，他还不曾洗脸，眯着惺松的双眼，军服套在大衣的里面，合着大衣一起胡乱地披在背上，两只手掌互相磨擦着，前胸上露了出来的赭褐色的卫生衣喷着酵母般的酸霉的热毛，他总是起得很迟，是一个贪睡的孩子。

"一个关于机关枪和掩蔽部的（题目）吧? ……我似乎听见你说过了。"

"不。那是'武装的民众到前线去!'"

空气又变得凛然的了。副官严肃地把着微笑。要知道，在军队里，这微笑是一个"不加惩罚"或者"嘉勉"的记号。

无线电生于是敬服地望着劳司书的一张结实而英勇的小脸。而劳司书这时候却紧张起来了，他在这个题目之下还有附加地说明："这文章写出来，该是最雄健、最有刺激性的一篇了!"他自己热烈地鼓噪着。

"你打算怎样开头呢?"副官似乎很能够体会着文章上的风趣一般,说,"我想,譬如振臂一呼,创病皆起的气势,用起来倒是很确当的。并且有一个要点你应该提及,就是,民众到底是怎样武装?所谓军民联合的游击战术,在目前的国际战争上,譬如,当我们的军事势力占××的优势的时候,……那又是怎样的呢?"

"我想,我必须说,第一,中国的民众是不可侮的,他们应该反省……其次,中国的将领,必须放弃过去狭窄的态度,充实民族意识,绝对负起领导民众的信任,在火线上,要像信任自己的部属一样,信任民众;第三,兵士,不但在作战上站在长官的前头,并且在意识,在勇气,乃至在政治的把握上,都要站在长官的前头!"

"好的,"副官果决地赞成了说,"就这样写吧!写完了,就拿来给我看,记得吗? 如果你把兵士的地位提得太高,……注意,那是要加以修改的,……"

那么,他接着就叫黄服务员。

黄服务员是一个管理电油和军械的勤勉而忠实的家伙,但是他爱喝酒,这样的性子,像着了魔似的,无论怎样都不能改变。

"你给我问一问那汽车夫,他说军长的汽车坏了,……你少喝一点酒吧! 喂,……"

黄服务员、无线电生,两个人一齐对着他敬礼,走了。

劳司书重又回到寝室里去。他摇摇摆摆地,大衣的两只袖口在左右挥动着,一面踱着,一面哼着他自己的音节不明的调子,很有一点名士的气味,……

日本的飞机在这村子的上面经过两次,掷下了一个炸弹,落在村子东南面的一个还未下种的旱园子里,炸了一个很大的窟窿。卢龙方面,却是一天一天地转变严重了,据望府台军部参谋处的报告,从卢龙派到抚宁去的一团，和当地的保卫队二百余人，为日本第十六师团蒲穆所包围，由廿三日向晚开始激战，到次日上午九时五十分，战斗结果，——全灭。中国的军人现在正陷于一种非常苦痛的境地，他们像从运命里给注定了下来的败北鬼，每一次战争的开始，以至第一次战斗的结束，这种惨痛的史实往往给写在同一电报的里面。他们所演出的始终是一个悲剧，对于全国的民众，是专用这悲剧去激动他们，而向来被称为低等的中国民族，（这也是命运的指使吧！）他们一生下来就给决定了：他们只好对着这悲剧痛哭，痛哭掩盖了他们整个的一生，而他们的热情对于这悲剧的支付却永无限制，是一个发出悲痛的无尽藏的宝库，甚至呈出了泛滥的状态。滦东的急讯，正如喜峰口、南天门和冷口等处的失陷一样，是从一个可怕的巨灵所发出的连串的讯号。整个的中国民族，四万万广大的人群，每一次接受了这讯号的指使，每一次在那风声鹤唳的黄昏的国境中作着绝望的可悲的喊叫……从北平方面传来的消息，告诉这些在岌岌可危的火线上苦守着的战士们，全国的同胞又鼎沸起来了。这充满着悲惨的哭声的鼎沸，对于那兵站里的严肃的工作者，也正如对于所有等待着民族的自信的爱国者们一样，所激发而起的情绪，是那么的崇高而尊贵。每一次看到那报纸上的如火如荼的爱国运动的记载，副官，那可敬的勇士总是兴奋地喊叫着：

"你们看，中国的民众都起来了！广东的抵货运动还是由抗日会在领导着，南京、上海一带没有抗日会，却有屡次自发的学生运动在抵制着。中国的学生，真是中国民族的灵魂，他们无论站在任何一个人堆里面，都是这个人堆的精华、活力和推动者！我以为学生运动只是一种幼虫，在我们的救亡的工作上，学生运动必须由幼虫变蛹，由蛹化蛾，才有希望。就是说，学生必须一个个离开了学生的本身，参入别的救亡的队伍中去，……如果过了一个时候，还是保持在他们学生自己的队伍里，不会蜕化，就像这幼虫死了，它并没有变成了在天空里飞着的蛾！……"

或者："你们听见谁说，'中华民族是无望的'，你们就躲开了他吧，像遇见了虹疯鬼的时候一样，千万不要受他的传染！这样的人，他们说出来的道理是很多的，材料也够丰富，有时候也像梁任公的《饮冰室全集》的行文，叹息着，哭哭啼啼，再悲切些就吟一首诗，但是那唯一的目的是什么？无非要下一个这样的结论。证明整个中华民族必至于死灭，如此而已！……你们应该确信，过了这个难关，中华民族的复兴期就近了。"

如果一个人能够为自己的前途确立一种坚固的信念，即使是模糊一点也不要紧吧，那么，无论怎样严重的艰巨都可以担当起来。日本飞机的可怖的空袭是开始了，……这个一向安静下来的村子，现在正遭受到非常惨痛的蹂躏，日本飞机的精警的鹰眼已经觉察了这村子的重要性，仿佛每一次把炸弹掷下，每一次都决定了这村子的运命。村子的房屋给炸毁了一大半，石砌的巷子为了不胜炸弹的爆炸力的震荡，都裂开了。女人们守着炸死的尸骸，镇日地号哭着。为了避免被袭击的目标，而至于一天到晚不敢在炉子里生火，每一个人都让肚子饿着。兵站里的人员们受了这样的威胁，除了躲在地窟里守着无线电、电话等几个通讯机关之外，几乎把一切的工作都停止了，这样，还不能使天空里一天到晚飞旋着的飞机减少了一点注意。他们也确实太骄纵了，就是看到一个农民的影子，也要任性地放下了三颗以至六颗的炸弹，而使这小小的村子在扑面而起的尘土和烟火中翻动着。……不过，虽然如此，兵站里的工作还是永不间断；暴力的恐怖不能使这些勇士们的情绪低落半点。中校副官也比前英勇了，他对于同事们的推动没有别的方法，只凭着坚毅而纯净的人格，以及他的严格而温暾的可敬的态度。

随着一种震破耳鼓的巨响的激荡，地壳立即起了一阵疯狂的颤动，这炸弹落在村子东面的松林里，松树连根部被拔起了，地上的积雪飞溅着，被炸断的松枝像火箭似的往天空里直射，一阵灰白色的烟幕夹着土地的温暖的气息慢慢地浮动起来，荡漾在村子的四周。村子里的愚蠢的老百姓们，还缺少认识这暴力的智能，他们在门缝里探着头，有的竟然忘记了兵士们屡次的警告，为着满足他们的可怜的好奇心，要看一看那暴力所开挖的窟窿深浅如何，都跑出去了，甚至在那窟窿的旁边聚集了一大堆。兵士们力竭声嘶地喝止着，并且把枪口对着他们，几乎要决然地放弃了对民众施行军事教育的责任。对于这样的情景，中校副官，那温暾可敬的少年长者可就要深深地蹙着他的眉头了，他一面叹息着中国民众的愚蠢无知，而一面却愤恨着兵士们的野蛮和暴躁。

"这是中国的民族运动起得太迟了的缘故呵！如果早一点发动，我真不相信中国的民众还会这样的呆笨，对于战争是一点也不懂！……"

有一次，一个年幼的勤务兵受不起炸弹巨响的震吓，躲在粮服部的库仓里，蹲在地上，身上用五张棉被覆盖着，给一个少尉服务员知道了，少尉服务员把他抓到中校副官的面前，报告了他所看到的情形，中校副官抚摸着那小孩子的头，剀切地问他说："怎么，你是这样怕死的么？"

"我……我怕！……"勤务兵回答说，颤抖着嗓子。

但是他错了；他以为这样说会得到中校副官的怜悯，却不想这时候中校副官突然脸色上起了严重的激变。

"混账！住口！我不准你乱说！"他伸出一只手，抓住了勤务兵的一个耳朵，并且严重地把耳朵捣动着，"记得吗，如果下次再这样，我就枪毙你！"

旁边的人们都凛然地肃静了，在中校副官对于那勤务兵的简短的责骂中，人们不能不严酷地检验自己的灵魂的强弱。当然，战争是残酷的，中华民族的勇士，却不能不在这残酷的战争中，为着宝贵的胜利的夺取而赋给这慷慨赴死的身心以可歌的壮健和优美。

……在这些日子中，卢龙方面的战况是日趋危紧了。卢龙，那均齐、优美而带着黝黑色的古城，展布着忍苦的齿，在沉郁的雪天里颤动着。一天的早晨，东方的低压的天空，那阴惨、浓重而失去了光泽的气体，在初升的旭日的迫射中，渐渐地紧张起来，变得很薄，像一块玻璃似的透明，而卒至于透过了新鲜的阳光；这是一个富于大陆气息的神秘的晨晓，沿着滦河的岸畔向北上溯，那峥嵘、美丽的山岳却还是深居远藏，在乳白色的雾霭中，只露出了苍郁平淡的一线。雪是在昨天晚上就停止了，凛冽的寒冷却还是无所底止地往下沉淀着。卢龙城东面的郊野，隐隐地发射着连续不断的机关枪声，每逢那沉重的炮声一响，卢龙城上面的平静的天空总是痛楚地起着痉挛的抽搐，接着又红光一闪，盲目地落下那杀人的巨弹。在这紧张着而几乎要崩决下来的火线上，气馁而力乏的中国军，他们的苦斗似乎只能够尽一点按捺或控制的作用。他们，从早上两点起，就开始向滦河以西实行撤退了；夜的翅膀是温暖的，它偏溺于一种秘密的姑息和防护，使败残下来的中国军，在这严重的战局中取得了安全的退兵线，他们为着执行长官的命令而设置的最宝贵的机构也赖以保存……

突然，枪声在滦河的岸上发作了。

滦河以西的中国军，除了大部分远远地向望府台方面撤退了以外，全都躲在滦河西岸的掩蔽部中；他们用机关枪向那滦河以东的沙滩上漫布着而进行撤退的中国军射击，制止他们的接近，掩护一连工兵在滦河桥上施放地雷，爆破滦河的桥梁，因为这是上官的命令，滦河的桥梁必须在此时立即加以爆破，要使凶猛的敌人在追袭的途中受了阻遏，而落后在滦河以东的中国军的残余队伍，无论多少，为了战略上的需要，也只好任其牺牲！……

激烈的战斗开始了。漫布在滦河的沙滩上的中国军，现在全都卧倒。在沙滩上作着蛇行，接近着桥梁的先头的部分，受了强烈的机关枪的扫射，都失去了自制的能力，高举着的手和手里握着的枪起了分解，一个个地倒下了。用杉木和高粱叶荐成的板平的桥梁，他们也不能在上面再作一刻的攀附，都顺着桥梁的左右滚进滦河的水中。但是在后面继起的队伍又向着桥梁的这边实行猛烈的进袭。在他们的后面，还积塞着无数的精悍结实的骑兵。而骑兵的后面，远远地和卢龙城相接的黑灰色的一线，也开始了急激的钻动，晶亮的阳光照耀着他们身上悬挂着的金属物，至于使它们发出锐利的闪光，并且交错地互相辉映。……他们的进袭是可怕的，在桥梁的一端工作着的一队工兵，终于给干净地扫清了。他们的无数的枪口都集中在工兵的身上，子弹在空中卷旋着，结成了铁的急流，像从高趋下奔泻着的流水，冲激着桥梁上的工兵的尸体，使尸体在桥梁上起着跳动。这当儿，滦河西岸的掩护部中，那最活跃的机关枪至少有五架左右，凭着战斗所必需的沉着和镇静，这些机关枪的射手握有充分的余裕，而况这射击的距离是太短了，他们一面使机关枪疾速地发射，一面监视着他们的目的物，甚至还可以叫他们所发射的子弹在每一目的物的身上取得了最平均的分配。这战斗从早上六点钟起，一直继续了两个钟头之久。而其间，火线是继续地展长着，因为那精悍、结实的骑兵决意把桥梁放弃了，却在进行着渡河。……

两个钟头过后，据望府台军部所得的报告，滦河以西的队伍已经确实地执行了把滦河的桥梁爆破的命令。所有的退兵也大部分都集中到望府台方面来了。中国军在漫山遍野地溃退着，日本飞机的鹰眼远远地一望，这一片向来为他们所熟习的白色发亮的土地，这时候该是发腐而苗发了菌类似的变成黑灰了吧。那么，他们的巨量的炸弹可还要毫无顾惜地抛掷下来，为着克尽扫除的职任。

日本飞机炸弹的轰炸是更加猛烈了。这轰炸线似乎决定在望府台附近的周围，从望府台到野鸡陀之线还是颇为紧张的，至于陀子头，就较为和缓了。陀子头兵站的工作人员们，庆幸着这平静的一天，都跳出了地窟，在中校副官的管束之下，为着弥补这几天来的工作上的空白，他们的工作的紧张的情形几乎突破了以往的最高限度。中校副官，凭着他的冷静而沉着的情绪，他把所有大大小小的工作都注意到了。一个能干的工作者在对于最繁冗的工作的处理中也保留了极多的余暇，他们兴奋地带着一种畅舒而闲适的样子，让背脊比平时稍微更驼些也不要紧。他是那样活泼泼地，像一个有着多余的生活力的小孩子，却一点也不暴躁、不动怒，他总是轻着步子，屏息着，偷偷地绕着那死钉在办事桌上的工作人员们的背后横渡而过，连一点呛咳也没有。碰见那些难以教育的低能的勤务兵的时候，总是招着手，叫他"来！"把他带到另一个处所，严厉地训斥着："你的'风纪扣'忘记扣了！"

或者指责他们一点关于裹腿打得难看——诸如此类，甚至一点一滴的细微的事。

今天，一早起来，他照例打电活到望府台军郎参谋处去询问战况，不知怎样，电话总是打不通。但是这件事在他的心中所引起的焦灼是极短的，当然，电话不通可以说是常有的事，只要打发一个通讯兵去巡视一下就行。而北平方面，从无线电传来的消息，因为数日来卢龙的中国军已经正式地对日本军作壮烈的抗战，正引起了极大的反响。就是上海、广州、汉口等处的民众，也开始了激烈的踊动，全国同胞的视线，正一致对滦东的战局集注着。中校副官，他感到了极度的昂奋，在全国民众的激发和鼓舞中，他深刻地认识了军人在一国中所占的位置是怎样的崇高……趁着胸腔里的情绪正达到最高点的当儿，他把劳司书叫来了，畅快地吩咐着说：

"给我写吧！给我写吧！今天的《进军》，你应该有一篇最动人的文章，要把全国民众对于这一次抗战所怀抱着的热望，他们如何壮烈地在呼号应援的情形，都详细地、动情地转告我们前线的战士，对他们作一个最有力的刺激和提醒！中国的军队和民众联合的可能性，已经在战斗的实践上证实了。我要特别地指出，第一，日本是可怕的吗？战争是必须逃避的吗？快些，立即把答案写下来吧！"

"日本是不足怕的！战争是无需逃避的！"

"日本的飞机是如何威猛，它们总是一天到晚地爆炸我们的阵地！在火线上，日本的坦克车充分地发挥了它们的威力；日本的大炮，也连日对我们的阵地施行最猛烈的轰击。胆怯气馁的不抵抗主义者们总爱这样问：我们是凭什么去抵抗的呀？"

劳司书，他的面孔凛肃中带着愉快的微笑，他是这样鼓噪地回答了："是的，飞机、大炮、坦克车，凡是足以蹂躏我们、杀戮我们的，日本都齐备了！但是我们却用不到这些，我们和日本军的战斗只是肉搏！肉搏！……肉搏所需要的只是一颗热腾腾的心，杀敌的心，坚强不屈的心！这便是我们所凭借的武器。中华民族的胜利和光荣，只有在这上面才给予显著的证明！"

"不错！对！那么，你把所有的问题都解答了！你赶快给我写吧！但是你不要忘记一件事，就是，你应该最好在每一行都提及我们的军长的名字，因为他在我们一军中，是唯一的光荣的标帜！"

这样，在那热情、虔敬，几乎近于疯狂的工作者——中校副官的影响之下，这兵站里的热烈而紧张的工作继续下去，直到退兵的消息传到之后，那才给浇上了满头的冷水。

传递这消息的是军部的传令兵，他这天早上八点从望府台出发，到达这里的时候已经是午后二时左右。

军部对这里的兵站正命令着赶快结束，因为依据军部的预测，不出两日，滦河一带的中国军的阵地，有被日本的飞机炸弹所糜烂的可能，随着这新局势的转变，军部所预定的防线，已经缩短到通州，……

副官现在败退下来了，他的白晰的面孔变成灰暗。他双手在背后交绊着，低着脖子，在办公室里焦灼地，踏着沉重的步子，一来一往地乱踱着，显得有点跟跄的身体在那挤得很紧的办事桌子之间磕磕撞撞，至于把上面的墨盒和纸笔之类也弄翻下来。他的温暾和蔼的样子完全变了，简直是非常的暴躁，叫勤务兵的时候，只是短促地一声，如果听不见，就不复再叫，却悲苦地带着寻端肇衅的面孔，总在严酷地注意人家的短处和错误。他这样独自苦苦地挣扎了几乎两个钟头之久，最后是果断地决定了：他骑上了自己的一匹棕色马，匆匆地向望府台方面疾驰而去。

午后八时三十分，他抵达了军部。

军部分驻在好几座很小的民房里，为着避免敌军的空袭和炮击，这里所有的房子都看不到一点火光，只在内层的屋子里点着洋蜡烛。军长的隔壁住着参谋长。参谋长是个高个子，消瘦，蓄着一撮小胡子，在一张有靠背的木椅上倒躺着，双手交绊在脑后，面孔朝着屋顶，静默地避免了所有一切的烦扰，全身一点也不动。中校副官踏进来了，向参谋长举礼，一副坚硬的黑皮靴发出了极高的音响。参谋长很冷静，似乎很早就已经觉察那进来的人是谁，却半点也不惊扰自己，对中校副官点头还礼之后，双手从后脑上拿了下来，这些动作都显得格外的沉重。他淡然地对中校副官询问着，但是在未询问之前就已经决定了自己的主意，而副官这时候对他说出了什么都不会发生任何意义和作用。

中校副官于是又见了军长。

军长是一个又高大又强壮的中年人，脸很长，像马的脸一样，说话的时候，鼻端两翼在扭动着，这一点和马更相像。态度很和蔼，并且似乎没有什么顽固的成见，那情调较之狭窄峭厉的参谋长，的确有很大的差别。

副官现在用一种最诚恳的态度说：

"没有一个中国的同胞不对你抱着热烈的希望。在卢龙指挥作战的将军是谁呢？我们祝祷他不是×××不抵抗主义者的同胞骨肉兄弟！他忧虑着些什么？粮食和军饷，我们是有的，我们帮助他、供应他，甚至连人都可以让他编入自己的队伍中去，只要他是勇敢的，他能够负起保卫民族国家的责任！这绝不是一个人的胡说，是全国民众一致的要求。中国民众的意志是坚固的。并且中国民众在国家民族的大事上从来不曾表现过他们的无知和愚蠢。他们有着一致的明确的意识，他们绝对地信赖，并且拥护能够抵御外侮的将军或领袖。……"

"你以为我应该怎样办？"军长简短地问。

"你应该统率所有的部属在原来的阵地上固守！"

"不，我的命令已经下了，从明天起，我们要向通州方面实行撤退。"

"我知道了，军长，凭着我对你始终如一的敬爱和忠诚，请允许我在你的面前提出这个发问。"

"尽管说吧，我信赖你。"

"我要问你为什么退兵的理由！"

"喳，这有什么，只不过为着战略而已。"

这当儿，副官痉挛地颤抖起来了；他显然有着不能遏制的怒火，那是一个忠贞而耿直的人所常有的。他整个的身体都变态了，眼睛皱成一条狭小的缝，对军长作着可怕的迫视。

"为着战略？战略？"他的上下唇的牙齿在肘肘地锯着，"战略教你把国家的领土放弃了？（于是暴烈地）这是放屁！这是胡说！"

空气突然地严肃起来了。

军长，他的身体在坐着的行军床的边沿上稍微倒退了一下，他拔出了手枪，用锐利的眼光沉默地对副官的死灰色的面孔注视了三分钟之久。

军长于是厉声地对着副官怒吼。

"倒退三步！举手！"

就在这当儿，他开枪了，枪口的红光在只点燃着一支洋蜡的灰暗的屋子里一闪。

副官应着枪声倒下去。

门外的卫兵都迅急地冲进来了，有三支手提机关枪对那躺倒着还在挣扎的黑影瞄准，但是军长却加以制止。参谋长跑进来的时候，他问："什么事？"

"没有，"军长冷冷地回答，"这左轮坏了，走火！"

说着，他蹲了下来，让副官的上身靠在他的稍微屈着的大腿上，用电筒检查副官左胸上染着血污的创口。他的面孔是沉郁的，几乎表示了最虔诚的悲哀和追悔。副官则仰着惨白的脸，睁得圆而且大的双眼，发射着黄色痛楚的光焰，却沉默地、坚强地把上下唇紧紧地合闭着，……

就在这个晚上，大约是九点钟左右，从望府台远远地可以望见，卢龙城上突然发现了冲天而起的烟火，隐隐地可以听见机关枪和手榴弹的爆炸声，更远一点，大炮的隆隆的声音也发作了，为了不能渡河而遗留在卢龙城的中国军，现在正和日军进行着必死的决斗。

望府台方面，军部所得的报告却是，——卢龙城突然有一支强劲的中国援兵开到了，……

这"援兵"确实是"强劲"得很，经过了一夜的残酷的挣扎。他们终于击退了日本军。

当然，军部所下的退兵命令显然是一种不必要的过虑；第二人，军部拍给北平方面报告战况的电报是这样说：本军据守滦东一带，当抱战死不屈之决心，不使丧失一寸一尺之土地！

（选自《长夏城之战》，1937 年 6 月，上海一般书店）

骡　子

风，你平静了一点吧！

唉，我养身的故土，我朝夕常见的树林与原野啊，你们都不许再会了么？天呀，把这椒辣的灰尘拨开一点吧！然而，那是云呢？还是落日的光呢？那是星河呢？还是月亮的白脸呢？——生疏，生疏得很！那苍郁的、平淡的，是远远的山么？啊，我的归路在那里？那永久也无从寻获的么？……

等一等吧——等我多喘息一下吧……等一等呀！……唉，我再也不能喊出更大一点的声音么？……

风，你平静了一点吧！

天呀，把这椒辣的灰尘拨开一点吧！

——哈哈！——这不是石子么？这不是高粱的茎么？哈哈！——哈哈！——好的，我试把我的眼睛掩闭了一下吧：啊，都不见了！——我什么还不曾死去呢？我的眼睛告诉我说：你全身都死了，仅仅死剩一副眼睛！

然而，那是云呢？还是落日的光呢？那是星河呢？还是月亮的白脸呢？——生疏，我从未见过这些东西，那是覆盖过我的天么？……我从窗口探望那天的一角，我记得天是蔚蓝而且晶亮的！

好了，我的主人就在这里了！我的主人，他的手放出醋般的强烈的气味。

——噫——噫——我已经向右走了；

——噢——噢——他又要我靠近左边。

——哒，嘟噜……哒，嘟噜……他把皮鞭子在地上打得哒哒的发响，好像放火炮的声音；于是，我疾速地往前飞跑了。——我不是疾速地往前飞跑了么？……

我刚才做了一场梦么？

唉呀！——唉呀！——痛啊！……我的身体好像被拆散了！

哼，那小孩子的一副奇异的眼睛只管在凝望着我的蹄——是的，我的蹄为什么只管在颤抖着呢？

小孩子对他的同伴说，

——你看那骡子的蹄薄得好像一重薄薄的纸！

于是，他拿起他的棍子在我的蹄上轻轻地敲了一下，——呀，我的妈！痛啊！好像一根铜针刺进了我的脚底，我把全身紧缩得发麻了。

——啊，死了，现在就死了！

我隐约听见孩子们在叫着。

一个拾马粪的农人，走近我的身边，用他的小铁铲在我的背脊上敲了一下，好像查看一个坛子里面还有没有东西在装着似的。

——你见过它撒屎么？

他问那小孩子说。

——没有，小孩子回答；我看过它流眼泪！

——傻瓜，骡子会流眼泪的么？

他说骡子是不会流眼泪的！哼，石头流泪了你还未曾看过呢！——悲惨的日子到了，石头于你的心目中也会流出眼泪来的！

——不错，他正在那里哭呢！

——傻瓜，骡子会哭的么？那拾马粪的农人又这样说；你告诉你的姐姐，叫她不要经过这里，要是她给骡子碰见了，骡子真的会大哭起来的。——可是，那不是哭，却是笑；笑的声音变成哭了；骡子碰见女人的时候，总是这样叫着的。

说着，他就走开了。远远地，我还听见他在哼着山歌。

我想问问那小孩子：这个人到底是谁呢？

但是，我已经知道了。他是一个拾马粪的农人。

拾马粪是最开心的事么？他真是找不出半点愁苦的人。

现在，一个穿皮袍的胖子也走近来了。

他的面孔暴胀着，血般的发红。他刚才是在馆子里喝过了酒么？是的，他走起路来，总见得他的肚皮比谁的都来得沉重，——他的肚皮至少已经装下了三斤花卷和两斤羊肉，那就无怪他是这样的欣欣然，有喜色啦！

在远远的地方，他就诈狂诈笑地对这些小孩子喝着说，

——你们堆在哪里看什么鸟啊？

于是，他就慢慢地走近来了。——他知道这里将被遇见的，不过是一只可笑的骡子么？

——一只骡子！

他显然已经表示他对于这只骡了施以极度的轻蔑了。

——它快要死了，连爬起来的力气都没有了！

小孩子告诉他说。

——是的，骡子是最善于诈死的；善于诈死的骡子，就是打得

皮鞭子断了，也不会使它走上一步的。

他双手在背后交绊着，眼睛滟望着很远很远的地方，——这恰恰是他最开心的时候啦！

——你用手摸一摸它的鼻子吧！它的鼻子只管在耸动着。

——那是骡子笑了。骡子笑的时候，总是耸动着它的鼻子的！

他一面说，一面慢着步子走开了。

——你看它的蹄吧！它的啼，薄得好像一重薄薄的纸！

孩子们必定要他回过头来看一看这只可笑的骡子么？然而，他们就是告诉他比这蹄更奇特的东西吧，那也不足以使他掉转回来。

那胖子回答他们的话，正好像他们和他的距离一样，是越去越远了。

——那么，这只骡子一定是病了。这是天下最奇特的病，一万只骡子之中至多也不过一只是患了这种病的；患了这种病的骡子最喜欢跑路，因为它要利用路上的砂石来磨掉它的蹄，它的病就好了！……

孩子们啊，来吧！让我们告近点吧！世界上只有你们是最真实的人，——你们的眼睛所看的是一只将死的骡子，所以你们的口里所说的也是一只将死的骡子。

孩子们啊，来吧！让我们靠近点吧！——靠近点呀！……给我伸出一只手……在我的耳朵抚摸着……唉，我可怜的耳朵，它好像枯萎了的高粱叶一样的低垂！……于是，我回忆起我的母亲——它把颈项伸过我的脖下，微微地颤抖着它的全身，发出一种深沉而又近似叹息的声音……它的舌头是多么的温暖而又柔润！它猛烈地舐吮着我的颊、我的额、我的腿以至于我的全身，这样叫我慢慢地躺倒下来，在一种怅惘而又快慰的仿佛已深入于沉睡的心境中安息好

我全身的任何一部，……于是，我的灵魂以诀别的手指着我说，

——死了！——现在就死了！

我一定死去好久了，好久了，不然，地毒殴我的棍子一定使我立刻就暴跳起来，——

那是另外的一个人。他的身材是异乎寻常的高而又异乎寻常的消瘦，绝不像我一向在长城以南所见的中国军或中国军的敌人；他是从草泽中爬出来的巨蟒么？他绝不用人的手段来对付骡子，好像他这样对付骡子的手段就可以看出他不是一个人。我的主人的朋友，他曾经问我的主人说，

——日本军来了，他们要把每一个中国人都杀死的么？

我的主人回答他说，

——日本军一定不杀死中国人，因为他们说中国人是骡子，骡子是永久也不至为人所杀死的。

从此以后，我才知道人是不会把骡子杀死的。

这个人，是恐怕日本军要杀死他，所以预先来杀死这只骡子的么？

——哒，嘟噜……哒，嘟噜……

他一面用棍子把我殴打，一面对我怒喝着，发出好像北中国的农人惯常用以吓制骡子的凶恶的声音。

我已经衰疲得全身麻痹，他殴打我和怒喝我，是必定要我站起身来驮他逃跑的么？——他的确有点好像准备向远地逃跑的人，那么，他就非把我殴打死了，而且也听不见他怒喝的声音了不可的！

——哒，嘟噜……哒，嘟噜……

他怒喝的声音更加凶狠，我衰疲得麻痹的身，现在也在他恶毒的棍子下颤抖起来了。

——哦——哦——哦——哦……

这是我哀哭的声音么？我的耳朵，还能够十分清楚地听见着。

但是，我的哀哭的声音也渐渐地低微了。

我听见他在问那旁边的小孩子说，

——这只骡子的主人是谁呢？

——谁都不是他的主人，小孩子回答他说；那是前天从这里败退的中国军丢下来的。

不错，那小孩子回答得对。

——中国军没有马么？他们为什么骑骡子和日本军打仗呢？……我细细地看一看他的面孔，但是，我认不清楚，他是怎么样的一个人呢？他比较那当骡子作马认的人仅仅是聪明了一点！

——骡子在军队中不是用来骑着打仗的，是用来拉重车运载给养的。

不错，那小孩子真的回答得十二分的对啦！

——那么，供人乘坐的骡子又是哪一种呢？……我更细细地看一看他的面孔，他真的是这样百无一知的么？这使我越发认不清楚了！

——在军队中拉重车的骡子，原来就是供人乘坐的骡子。

那真实无伪的小孩子，把他所必须知道的都——的告诉他了。

——那么，我现在就乘坐这只骡子好了！……这只骡子，能够走多少远的路呢？

——未知你要它走多少远的路呀！

那小孩子的眼，闪耀着智慧的光焰，他能够以最聪颖的语言去讥笑那冥顽、卑拙而冒充人类的两脚兽——而且，他显然已经对他施以极严厉的责罚，责罚他为什么对这将为憔劳而死的骡子，还问它能够走多少远的路程。

——我从密云到这里，现在要从这里到承德，大约是一百八十里的路程。

——密云是中国军的，承德是日本军的；你从中国军那边逃到日本军那边去的么？——你是不是我们的中国人？

——军队叫做"中国军"或"日本军"，这在我们是没有什么分别的，军队能不能打胜仗，能不能保护老百姓与维持治安，那倒有极大的分别。日本军把中国军打败了，日本军能保护百姓与维持治安，而中国军则不能，我们逃难的人要逃到中国军那边去呢？还是逃到日本军那边去呢？——而且，乖觉的小孩子呀！我是中国人不是中国人这一点怎么能够给你懂得透呢！……哼，我不但是一个中国人，而且是一个管理中国人的中国官吏，——仅教你多认识一个人吧：我是密云县第一区的区长呢！

我一定死去好久了，好久了，不然，那猛击我的石头，一定使我立刻就暴跳起来。

……这是谁的骡子呢？它一定患了病了，——是的，它的蹄，消削得好像一重薄纸，……但是，这里已经起了一种谣传：这只骡子为什么而致于死，是不会为人们所了解的；人们对于自己所不了解的东西总是说它疯狂，——我已经被认为一只疯狂的骡子了。有两个恶汉，手里正握着石头在窥伺我说，

——它现在诈死。等一等，它就要一跃而起，——疯狂的骡子也未见得驯服于凶狠的狼，——准对着它的额吧，我要猛掷它一个石头，……于是，一个高举他那握着石头的手，——

——砰！

……呀，我的妈！……我的眼睛冒出火焰，我的颈项颤抖得好像弹簧；死了，这下子就真的死了！我竭尽全生的力来忍受死亡的

痛苦——痛苦啊！我忍受痛苦的牙齿交碰得几乎碎裂了！

然而，死亡绝对不是晕沉，死亡寓有最清楚最灵敏的感觉，——死亡的痛苦于我的感觉竟是这么显明而不模糊。

我听见一种谴笑的声音说，

——哈哈，现在连叫也不会叫出一声么？

残暴的人在施行格杀的时候，不一定是出于某种仇恨的。骡子终于为人所杀死了，然而，骡子于人，却从未有被仇恨。于是，我以颤抖的声音哀叫起来，

——人啊！骡子啊！……日本人啊！中国人啊！

中国人虽然做了日本人的骡子，却没有骡子的耳朵；没有骡子的耳朵，就听不出骡子的声音。那两个恶汉，他们以无知的眼瞪着我说，

——哼，你在讥笑我们还未曾把你击死么？

——是的，驯服终竟是残暴的解说者；骡了终竟也必至于人所击死的！

（选自《长夏城之战》，1937 年 6 月，上海一般书店）

慈善家

当太阳高照着的当儿，慈善家，那老头子吃完了他的快活的中饭，想着第一个儿子在远地的军队里从一个录事升上了军需，不是的吧，也许是一个书记。而第二个儿子是比那第一个当书记的还要坚定些，总之，就是问一问他的第三的儿子也好，都已经长大了，而且恰恰是有了成就。这时候，南风儿夹带着新的禾苗的气息，悠悠地向他的身上吹来，将他的刚刚为了吃饭而把热度升高了的身体揉拂得一片凉爽。他也不气恼，平心静气地骂了一声两声他的短工，并且对于那个曾经借过了他的钱后来却反而比他站得更高的一个叫做什么的赌鬼，也怀下了深深的仇恨，于是把儿媳妇们或轻或重地分别教训了一顿。

他的屋子位置在这村庄的南边，是一座旧的但是好些重要的部分都已经一步步修整了的半新的矮屋子。在这个小小的村庄里，这矮屋子短暂地答应着对别的许多屋子的友好，好像说，你们是多么的寒酸呀，不过，我也一样，而它的主人，那老头子的气态和它正也有所吻合。他曲着背，肩膀后面的故旧的筋肉高高地起着脊棱，作着什么都像受着极度的追迫或阻害的无可奈何的怪样子。但是另一面，他要呼吸得比这村庄里所有一切的人们都舒畅些，当他从那矮屋子的门口踱了出来的时候，他为了肚子里刚才多受了一番消磨，周身正衰疲得像一只将死的狗；那么，他的心里究竟怀着多少碎碎屑屑的奸计，自己也乐得由它一团模糊。这时候，许多的小孩子，牵着他们的牛——这些一辈子不懂得祖先的来踪和自身的去路的畜牲们，生活在一个最毒的杀身的鬼计里面，却占据了人类所有的空间，把两片坚硬的蹄子在那石砌的路上踏得比谁的脚步都要响些。这一队行列从他的身边经过了，他的心里给震惊了一下，这震惊，一忽儿便过去了。那一下子给装满了强暴的蹄声的耳管，正又开始了受着别的骚扰。

孩子们嘈嚷起来了，他们问他要不要鸟儿，那么他就顺口应答了他们，这语气凶恶、厌烦或者虚假——不过这些都不必加以闻问。

"你们有鸟儿吗？"

他并且还要对孩子们反诘着。

"好得很呀！"孩子们爽快地回答，"明天吧，明天就有了！"

孩子们把牛牵到不远的草埔上，放纵了这班牲畜，于是一齐地集中到附近的树林里去。

这树林里突然罩上了严重紧张的空气，开始响出了一片恐怖的噪音，那绿叶子缩瑟地颤抖起来，终于摇动了全部的树梢。孩子们的迫切勇猛的企图，穷尽了所有的效率，围攻着这树林里所有的新鲜活泼的生灵，结果，他们捉得了一只斑鸠，而这斑鸠的生命的留存，却不能不陪衬着巨大的震惊、损害和伤亡。

那最初坠入了可悲的穷途的，是一只纯良、朴质的白头莺。它的身子很肥胖，披着黑灰色的毛羽，却贵重在那毛羽的端末衬着浅蓝色的织绒，两只小小的脚儿是红色而且透明，像麻的又纤细又精巧的叶柄，头上戴着粉白的帽子，黑眼儿的边缘，像女人所有的首饰，嵌着一线薄而贵重的黄金。它所站立的地点要选定在那最细的树枝上面，突着那白色的丰满的胸脯，学着一个有教养——但是并不能把青春完全地抛弃了的少妇之所为，到了一个空寂无声的场所，不免要做出了一点破坏格调的令人爱悦的举动。它于是吱吱地叫了起来，那衬着浅蓝色的织绒的毛羽，每一片的尖端上都轻微地起着颤抖，这颤抖在最快的一忽中就达到了最高的次数。它的声音是那样的洪亮而且成熟，和它的并末衰老的年纪似乎有点不相称，它的体态却又是太轻巧了，像一位笨重肥胖的太太，遇到了非跳跃一下子不可的当儿，她得证实，这种种的含有着人生的深奥的意义的一切，要是令人惊异，那才是一段不可理解的奇闻。……这里，有一个小孩子，正是那孩子们中的一个，他的面孔给太阳焙炙得像一块黑炭，完全丧失了人类为一切的感觉所唤起的表情。他体格雄健，穿着滨海的渔民们所爱穿的自行染制的赤色可怕的怪衣服。这是一个奇特的有意做成的躯壳，这躯壳里躲着的灵魂，总之并不比别的灵魂怎样的不奸狡或者蠢笨。在那额角下开着的两个黑洞子——这里正透出了一双敏锐莫测的黑瞳。他蹑足轻步地走上去，人类对于自然，果然是取着残酷无情的斗争的形势，一种猎获品所加于战胜者的益处，正如盈篇累帙的史书的所载，是那样的广博、高深而且巧妙。这时候，小孩子正张开了一副短弓，把箭尖对着那一片羽毛和这一片羽毛之间的浅蓝色的织绒，那小灵魂必定用了一点小小的机警，使这人类征服自然的前哨，多受了几次的折磨，养成了更叫惊的勇猛。它似乎得到了一种启示，觉察了一种阴谋的暗袭，于是匆促地逃逸了，从那一条轻嫩的细枝逃过了这一条，带着那温暖地给包裹在那丰富的毛羽中的灵魂；当它偶一回过头来向着小孩子的箭尖窥望的当儿，小孩子的晶亮的黑瞳儿正发射着锐利可怕的凶焰。而别的许多的孩子们，正也一样忙碌地在追寻着他们各自的目的物，严肃地学着兵队的沉默，取着纵横交错的不同的方向，几乎要和他互相碰撞。那白头莺的影子 突然在他的黑瞳里扩大起来，它伸着颈儿，张开了那黑灰色的翅膀，……小孩子飕的把一箭发射了，不偏不倚，这一箭正贯穿了它的盖着白色毛衣的胸腔！

　　从另一方向出发，另一个小孩子的勇猛和残暴，正也在这时达到了最高点。这小孩子所追袭的是一只比那白头莺更加美丽的小鸟，它巍然地站立在一棵松树的向下低垂的丫枝上，身子是比那白头莺要来得高贵而且清瘦，头上戴着尖顶的贵重的冠冕，有一副赭褐色的嘴，那嵌在眼睛的边缘上的是一线碧绿的绒毛，它的背上的毛羽是作着艳丽的青色，其中还绘着赤色的斑纹，像一只从远海漂来的从未看到的贝类。这是一个伪造的从一种幻想中取得模仿的无灵魂的物品，就是毫无自主地坠入了一种杀身的灾难，也要在这一种圣洁的爱护中留存了晶莹的躯壳，……注意着，一个不留神，就要把这晶莹的躯壳碰个粉碎！它神秘地察看着四周，嘴里唧唧地叫着，像受了一种魔术的束缚和驱使，它要悄悄地向谁人的面前诉说，请求着给予一些怜悯，要不然，它的神态越发美丽，而它的必将到临的厄运，就越发无从挽救。这是一种火的燃烧的极端短暂的过程，手也不能把捉，情意也不能叫它多所停留。这时候，它仿佛得到了一种启示，觉察了一种诡计的暗袭，它的晶亮的黑瞳里必定起了一种沉郁的阴影。不过，这一切都是死灭以后的记录，它不能样样都单凭自己的感觉去理解；一种杀身的暴力的来袭，最初就必先叫它的智慧上了枷锁，就是要张着嘴高喊，也难以突出这精巧的非战斗的手法不能消解的重围。……小孩子正从不远的地方窥伺着它，而他的手里所握着的是一颗鹅蛋大小的石子，可怜他的技艺还脱不了原始的简单的方式，要想把它活活地捉住手里，当做一个活的宝物，那未免是一件过于优美的企图。他一举手，投出了那鹅蛋大小的石子，那近于幻想的华贵的鸟儿从那高高的松树上跌落尘埃，它的小小的脚儿还在死命地抽搐着，但是那贵重而脆弱的翅膀却已经折断，……

　　这之间，第三个孩子对于一只小灵魂所暗怀着的毒计也正在施行。这是另外的一只，并不像以前的……有着那么艳丽华贵的毛羽；它容貌丑陋，颜色单纯，像一个不带衣物的无赖者，却同样的令人注目。它有着豪爽的气态，灵巧的唇舌，不但唱着自己的俚歌，而且学着鹰的呼啸、狼的号啕。它是那样的活泼、生动。在那丛密的浓荫里流窜不歇，仿佛是这座树林的脉搏，有了它，这座树林将透出那沉郁压抑的气息，要在那广漠荒凉的原野里建立了音响盈耳的热闹的世界。使一些洁身自爱的寄生者们也要承认自己并不是和一切的丑恶绝然无关；到了他们也作为一种材料，和别的旧有的材料一起，在生物界的语言中让人喋喋不休的当儿，究竟哪一方应受无情的鄙薄，恐怕其中揭发这或辩护那的凭证，也就不大有用！……小孩子正用了比别人不同的坚毅，舍不得把这可爱的猎取物一手放弃，他对于那流窜不定，不便捕捉的小灵魂也不觉得厌倦，还是紧紧地在它的背后尾随着，在那纵横交错的树枝的密条里，他发疯了似的迂回曲折地乱撞乱碰，忽而北，忽而南，忽而西，忽而东，把这东西南北的方向搅动得无所凭择，而那不幸的小鸟，恐怕也正在这时候，感觉着心里不很清爽，有点糊混。小孩子的紧张的情绪突然停止，像一条中断的绳子，为着加上了最后的一点重量，……这是第三幕的惨剧的终止，那小灵魂猛然碰在一枝横斜着的树枝上面，扑的一声落下了，它张开着那黄色的像苦竹儿一般布满着斑点的嘴.

一丝丝吐出了些儿的鲜血，些儿的白沫。

现在这座树林已经堕入了巨深的恐怖，涂上了一重极浓的悲惨，小鸟们除了那遇害的几只，其余的负伤，饱受了惊慌，拆散了温暖的家室，破灭了居处的安宁，惶乱地逃到别处去的，正开不出这一笔糊涂账！

但是在这树林里的另一个角落里，有一只逸乐、怠惰，连自己的家也不愿盖好，带着满颈子的红红绿绿的珠宝，镇日里"咽咕——咽咕"啼着的斑鸠，却静悄悄坐享了这树林里的许多悲惨的史事中所支付的代价。它仿佛听见了一声声的震荡心灵的啼叫，那是富有着攫夺或诱致的功能的异性的蛊惑，一首长音节的抑扬不定的短歌，它播送着一种幸运的来临，要使柔情的屈服者依据着空气里的每一个小环的结集，向着那隐约、缥缈的处所渐渐地追溯到底，犹如钢铁之于磁石，那唯一的方向，无非是要消灭两者间的距离——在那不远的地方，它发见了，那是一个铜丝编成的奇异的笼子，它悬挂在一条并不怎样高的胡桃树的丫枝上，为别一个孩子所看守……那笼子的里面，住着一只年少美丽的斑鸠，它依然"咽咕——咽咕"地啼叫着，那戴着华丽的珠宝的颈儿一伸一缩，圆而丰满的下身作着一种令人窘惑的舞动，似乎是不断地对着那可怜的冒失鬼下以警告：凡事不再三思维，失足是自己的过错，也只好自作自受。但是那热情高涨的来者所听得的却并不是这，这里本来就失去了明显的因果性，胆怯而虚伪的色情者对于他的对手就常常爱说：我承认了自己所走的是可怕的歧途，然而使我走入了这歧途的却是你的责任！这里的时间不能有一刻的延缓，那匆匆的来者一踏上了那笼子的门口，触动了机关，扑的一声，就给关进了那笼子的里面。

第二天，在村庄的南边的矮屋子的门口那边，这里是那舒畅地生活下去的老头子，而对面，正又是昨天和他相碰的那些看牛的小孩，此外就是那一只活的斑鸠——老头子交给那带着斑鸠的小孩三个铜板，似乎还对他赞扬了一顿，于是 把斑鸠接在手里，高举着，一纵，那斑鸠像听受了一道尊贵的命令的打发，扬长地飞去了。它不知什么时候会觉得精力的疲惫呢，它的背上正累积着巨深的恐怖和笨重可悲的运命！

老头子于是怪声地笑了，拍着手，未必刚才染上了尘土，现在拍一拍，就又变成了洁净！

孩子们嘈嚷起来了，他们依照着以往的口吻，问他要不要鸟儿。

"喔，还有——?"他惊异着。

"多得很呀，"孩子们爽快地回答，"明天吧，明天就有了!"

（选自《长夏城之战》1937 年 6 月，上海一般书店）

白马的骑者

谢金星当了马夫不久,有一天,副官长在司令部门口的广场上严厉地大声地叫了,

——马夫!——马夫!……

副官长的面孔骄傲地向着天空,向着屋顶,像发出了一个最单纯、最容易懂的符号一样,这声音是正确,毫不夸张,而且一点疑问也没有。

这声音猛然地在对面的马棚那边起着剧烈的震荡,把马棚里的好几匹又矮又瘦的劣马都吓得身上的毛一根根像海胆般的直刺起来。

谢金星当着猛烈的阳光,把那肥大、臃肿、轮廓不明的面孔缩成了一大块,扁平的鼻子羞涩地藏匿在更低凹的地方,——他这个黑灰色的影子从一个墙角边迟钝地爬了出来,喉咙里独自个在咕噜着,

——他……可不是在叫我?

一个年纪小,面目清秀的小兵,看着谢金星这般如痴如梦的怪

样子，觉得又好笑又惊异，一面避开了副官长的注意，一面用锐利的目光迫射着谢金星的面孔，几乎是毫不怜惜地对谢金星的脖子砍下了一斧似的严重地说，

——哼，叫你，还不去，……丢那妈，等一等就枪毙你！

谢金星像一只熊似的带着低劣而沉重的黑灰色的影子，走到副官长这边来了，这时候，他的面孔泛出了妇人一样的柔顺的笑，笑得很久，嘴巴张得阔阔地，连额上也起着疙瘩，——就这样，他惊慌得卜卜地跳着的胸脯才有法子让它平静下来，惊慌也就减少了好一些，那么即使副官长现在用皮靴尖踢他的屁股，或者用别的更利害的手法来凌迟他，仿佛那对于他都没有什么不可以似的。

副官长是一个出色、有教养、毫无缺点的男子，他体格雄伟，面貌庄严，所有一切的举止、动作都和操场上的一无二样，——他决不看轻自己，就连对别的人甚至王八蛋一类的家伙也决不看轻，如果他们一旦做了他自己的部下的话。比方那个庶务副官，肥胖，狡猾，面是扁的，走起来像鸭子一样，那真是再浑蛋也没有的家伙，而副官长却还是同样地尊重他。

副官长现在大声地几乎是喝彩一样地说，

——你这个马夫实在太好了！哈哈，宝贝，我的舅子！世界上除了我之外，怕就没有一个会是这样的欢喜你，——怎么？你的腿子害了脚气病没有呀？可惜我这里的军医官太流口水（劣等），他总是请假到别地去，不然要叫他查查你的屁眼才对！

他于是把谢金星放在一边，大声地叫马夫班长。

马夫班长走来了。

马夫班长驼背，高个子，一对锐利的眼睛蛇一样地泛着毒液，他的面孔在狞恶而凶暴的一点上几乎比一个正式的战斗兵还要及格些——不错，这是副官长所欢喜的，副官长常常就这样说，蠢货们

呀，还要把面孔张得更狞恶、更凶暴一点！如果能够把鬼也吓死死的时候，就最好了！……

——现在，发给谢金星三日的粮食吧！怎么？你该是听见了？你的耳朵会有什么缺点。那真是意想不到的事，我看你将来还有当高级参谋的希望呀！

原来，司令部的好几匹马都委实太劣等了，是那样的又矮又瘦，指挥官已经托人在南宁买了一匹好马，如今是派谢金星这马夫到南宁去把那匹马带回司令部来。

在谢金星临到要出发的前一晚，马夫班长躺在床上，他善意、恳切——叮咛地对谢金星说，

——如果你对我好一些呢，我要比你更好，如果你对我凶一些呢，我要比你更凶，——黄来那家伙你是看过的了，他肥胖，高大，面孔又漂亮，他的鼻子简直不像广西人，广西人的鼻子是四方的，扁的，扁得和鸭嘴一样，但是他也不行，他患着心脏病，他说话的声音低得像蟹叫一样。——只有李发这家伙比较有男子气，他体壮力健，胆略过人，但是他比我却差得远了，……

他深沉，狡猾，几乎不惜用了欺骗的手段，来抬高自己的地位，并且强迫着谢金星一定要在他的面前立即有所表示，而他的声音是由粗暴变成低微的了，简直还在卑怯地起着颤抖，仿佛必定要是这样，才能叫谢金星耳朵里所听取的更有益些。

谢金星于是低着头，有时候用鼻音，有时候用呛咳，却正式地摒除了轻佻、暴躁，或者嘻笑的成分，从马夫班长所说的每一句、每一段落中，按照着一定的时间，毫不懈怠地回答了他，这时候，谢金星的肥大臃肿的面孔总是陷进了一种沉郁、晕贲，甚至近乎睡梦的状态，必定要等到旁边并列地在坐着的徐振雄对着马夫班长有所发问的时候，才能清醒过来，而马夫班长究竟说了些什么，也只

有在这时候才能够懂得了一点点。

徐振雄也是司令部里的马夫之一，他的脾气很坏，喜欢在别人的面前乱暴地凌迟他所管辖的那一匹年龄衰迈的褐色马，仿佛那匹马不幸做了他自己的儿子一样，一点也不懂得马的尊贵，有时候副官长写条子叫他装马也没有能够弄得好，——总之他鄙视着马夫这个职务，他的见地要比马夫班长来得高些。

——据我看，徐振雄这样说了；南宁在今日有着那么高的无线电台，是前一代的人一辈子都梦想不到的！南宁，这个都会会比广州差一点吗？不说别的，单说南宁的影相馆，——啥，不用骗我，我走过的地方多了，到处都一个样，如果那边有一间漂亮的房子，那可以断定：不是教堂就是医生局，不是医生局就是理发店，不是理发店就是影相馆，至于南宁的影相馆，是比平常看到的漂亮的影相馆还要漂亮些，……

谢金星这时候却困倦、乏力，他愚蠢地打着呵欠，几乎把满口发腐了般的臭气部喷在马夫班长的狞恶而阴沉的脸上。

在广西，有着这样的富于天然景色的山野决不是一件奇事，从庆远过大塘以至南宁，沿路不知有几千百里这样美丽的山野在接连着，——凡是到过广西的人都知道，广西有什么景色呢？不是那些嶙峋交错、奇模怪样的石山吗！不是那些从红色的土壤里生长着，一株株穿着绿色裤子的怪树吗！还有那长着塘鹅样的大颈子的女人，……不，这是一种毁谤！是一些见短不见长，毫无德行，专门在攻击广西的人们所说的！——毁谤，攻击，有什么用呢？这对于我们的广西是一点损害也没有！

那么，石山，怪树，女人，……这些都不必再提了，只要是对广西稍微有点尊重的人，就是有了百座石山，千百株怪树，千百个女人摆在面前，也可以装作不曾看见的样子！——当然，这已经是一种虚伪的造作了，如果觉得那些石山、怪树、女人什么的根本对于广西的景色无伤大雅，那却是尽可不必的！

这里，是一座石山，一株怪树也没有，真的，一点也不骗你，——至于长着塘鹅样的大颈子的女人，那是在百色、龙州等处才有；龙州和这里相距很远，百色也是广西的边境，那地方和云南很相近，既然大家以为有了这百色地方存在，——为了它是那些女人的出产地的缘故——对于整个的广西毫无裨益，那么就忘掉了它吧！或者随便让它归入云南的境界里去也行！这里都可以断言，那样的不名誉的女人是半个也没有，……

下过了好几天的大雨，这天太阳一上山就显得特别亮——天幕像蒙上了一重纸，是合着烟雾调得很匀的不常见的气体，从那里渗透过来的阳光，已经失去了一丝丝的线，像一种破坏了纤维的窳败的物体，不过比之大雨倾盆时还是很明亮，飘荡在空气里的一些微小的水点都照见了。

汽车冒着雨，在山谷里绕着高斜度的山坡走，——这汽车是很久以前一个退职的旅长送给指挥官的，现在是老了，破旧了，脾气也变得坏了些，走起路来总是卡通卡通地响，骄倨，自大，把所有的毛病都溶化在自己的性格里面，只有那车夫却镇日里对着它诅咒、毒骂，在全中国最坏的广西的公路上，让它在崎岖不平的石头和罅隙之间悲惨地作着绝望的怒吼，而自己却兴灾乐祸地在驾驶着，——这一次，副官长派了一个中尉副官带两支坏了的匣子枪到南宁军械处去修理，而有一位做政治工作的少年，不知为了什么事，也要到南宁去，副官长于是把车夫叫到面前，对他说，

——怎么？你觉得当马夫好呢？还是抬轿子好呢？在我这里当一个司机总不会辱没了你吧？——来！把汽油倒进油缸里去！开开它！

车夫——那又矮又肥胖的贵州人默默地听从着副官长的吩咐，嘴里咕噜地念着婊子！山贼！饭匙铳！……这一串稀奇古怪的名词，装了油，走进那黑色、满身破烂、在木头和铁相接的地方起着茸毛的老旧的汽车里。

——Kala——Kala————K……K……

不一会儿，那汽车呛咳，呻吟，像一个受伤的人给触痛了创位，痛楚地挣扎了一阵，至于混身都颤抖着。

——它能够走多少里？副官长毫无憎恶，并且几乎是宠惜地问。

——八百里……九百里……大概是这样了！车夫悻悻地回答。

——行！一点问题也没有！我只要它走九百里就足够了！

当汽车向南宁出发的时候，副官长对那携带枪械的中尉副官说，

——我知道全司令部中只有那司机是最浑蛋的家伙，你给我监视监视他吧！如果那汽车中途发生故障，一定是这浑蛋出的诡计，——至于那个学生，我要诡他知道在这军书傍午，交通断绝的时期，还能够坐在汽车的软垫子上，完全是我对来宾的好意。马夫谢金星，他这一次到南宁完全是为了公事，他要坐我的汽车在一天的工夫一直赶到南宁去，是谁都不能加以阻止的！

天又变成了晦暗，雨点一阵阵在窗外横扫着，汽车叫出了比雨声更高的音响，显得勇猛起来了，像一只为狡猾的敌人所围困的怪兽，它正要夺路而走，卑怯地用背脊去接受敌人的袭击，但是前头一受了高高突起的山陇的阻挡，路总是弹簧似的弯曲着，这样教它在悲惨地挣扎着的当儿，也还不能不睁开大眼，对后面的敌人不断地作着回顾，它于是变成了更勇猛的样子，叫得比以前更响，——这时候，雨又忽而变大了，天空是沉重而且低压，几乎和太阳的光亮完全隔绝起 来，只有在闪电一闪的刹那间，这阴暗的山谷里才忽而光亮了一阵，并且把天上一块块还未溶解的云卷也照得透明，但

是过后却又陷进了更深的黑暗，那怪兽不得已把额上的电炬也开放了，集密的雨点在这电炬的迫射中一颗颗像灿烂的明珠般的滴溜溜地滚动着，在空中交进着，一颗颗地分解了、碎裂了、飞散了，在雨点中布起了一重浓白色的雾霭。雨水从山上奔泻下来，混着红色的泥土，在山谷里的绿草与碧树之间流成了红色而华贵的小河。

谢金星坐在车里，非常兴奋，是不是因为他坐这乌龟样的小汽车还是最初第一次的缘故，他欢喜极了，蠢笨的成分减少了好一些，又非常爱说话，而当话还不曾说出口的当儿，他总是莫名其妙地奇特地怪笑着。

他说，

——伍金子那人实在没有用，什么都不懂，又喜欢跟人家吵嘴，——嗄，你看怎么样，我想带他到广州香港去逛一逛——

这时候，汽车正走过一个坳口，据说这是一个在军事上颇占位置的重要的地区，右边，在一个特别高起的山阜上，有许多兵士看押着无数征发而来的农民们在挖散兵壕，他们像没命地经营着巢穴的蚂蚁一样，曲着背脊，高举着锹子，在穿蚀那红色而美丽的土壤，也不顾大雨在身上倾注着，——做政治工作的少年对中尉副官解释着广西的抗×运动在整个的救国阵线中是属于如何重要的一环，夹什着车行的卡通卡通的声音，这解释在一种郁闷、沉重、几乎令人呕吐的空气里进行着，而当问题一从政治转入了军事的时候，中尉副官就坦然地说出了：在这一点上，所有的"学生仔"们都得听受他的教训！做政治工作的少年对于这样的难以控制的场面实在不能不将它把握得更准些，他并不轻视这样的 一个有见地的军人，他只要把任何一个人都当做一种宣传的对象之后，就振振有词起来了，这样他的话说得更加唠叨，简直是滔滔不绝的样子，直至那中尉副官再也不想发出任何妄自尊大的狂语为止，也不管那中尉副官在沉默中蕴蓄着多少忿怒。

少年在中尉副官的身上所做的政治工作既然告一段落之后，趁着这留存下来的余暇，就开始对谢金星发问了。

——怎么？你还不下车？你是要到柳州去的呢？还是要到桂林去的呢？

——柳州？桂林？哦，副官长并不曾对我说过，那匹马是在柳州，桂林，那么我为什么要到柳州桂林去的呀？

——很好。不过我要问你，那是一匹什么马呢？

——一匹什么马？喔，我看那一定是一匹很坏的马，在广西，真真好的马是没有的，——我一生就只有看过一匹好马，但是我的姊夫已经把它杀掉了！

——为什么杀掉的呢？

——它在麦田里踩死了我的姊夫的孩子。

——那你的姊夫真是世界上最愚蠢的家伙，他为什么要把马杀死？他岂不是一下子死了一个孩子，又死了一匹马？

——不，我的姊夫一点也不愚蠢。他把那匹马杀掉之后，一个人走到日里去，在一只很大的过洋船上发了财。有一个看相先生对他说，他如果不杀掉那匹马，他的第二个孩子也要死掉，可不一定要让马脚踩倒。

少年很惊异，他冷冷地笑了笑，但是他的兴趣并不低减半点，他转变了语调，说出了更多的话，每当汽车驶过不平坦的地方，叫出了更响的声音的时候，他说话的声音也就提高了些，简直是在演说，并且双手都舞动起来了，——这是一个政治教育非常充分的少年，他到过俄国，据说在广西的几十个俄国留学生之中，他是颇有希望的一个。他个子高耸，不瘦不胖，面孔漂亮，态度严肃，除了政治理论之外，其他什么都不想谈，如果和他做了朋友，当两相睐隔了很久之后，忽而又碰见的时候，对他问起"你好？——喔，我曾经在什么地方碰见你的令弟，他现在那里去了？"他是绝然地不回答你半个字；如果你连他的姊夫都问起的时候，那简直是侮辱他了。

中尉副官显见得很没趣的样子，他好几次打断了谢金星的话头，又对车夫攀谈起来，以图分散那令人生厌的少年的谈锋，再没有法子的时候就用自己的中尉副官的身份和这里全车的人作个对比，叫谢金星刻刻地谨记着自己，无论怎样，总不过是一个马夫而已。

下午六时三十分，他们抵达了南宁，汽车一直驶进青云街苏家祠指挥部后方办事处的门口来。

雨是老早就停了，天色慢慢地黑下来。后方办事处的电灯，忧郁地放射着黄色的亮光，潮湿的尿酸气从那窳败而泛着铅白色的墙壁上强烈地发散着，充塞着满座屋子。凭着一点夤缘、一张推荐书或履历表，远远地从外省跑入了广西来的朋友或宾客们，白色的衬衣之下穿着短裤子，拖着木屐，面孔、手指，一应都弄得非常洁净，带着三分游手赋闲的样子，并且保持着各人特有的风度，有的不顾一切，拼命地在研究桌子上的报纸，有的双手插在袋子里，高高地拱着背脊，对任何人都表示谦让，当耳朵听到一点声息的时候就不断地把脑袋耸动着，或者有意地把声音弄得很低，碰见什么人的时候就珍重地问，"你好？——饭吃过了？"

他们听见一架汽车突然在办事处的门口停了下来，各人的寂寞、空虚，并且像泥沼一样乱糟糟的心里都吓了一跳，为着要取得一点新的刺激，都集中到楼下的厅子里来。

——从前方指挥部回来的！

每一个都用低而急促的声音互相地把消息传递着。于是静静地窥伺着从汽车里爬出来的什么人，看看他们的动静，——最初爬出来的是中尉副官，他精神焕发，态度紧张，瘦小的面孔很白净，年纪还不大，眼睛放射着轻蔑骄傲而难以亲近的光焰，有两支匣子枪和一支左轮在背着，他对于这些陌生人决不理会，他从汽车里一爬了出来，就趾高气扬地跑上楼上的主任室里去了。第二个爬出来的是那做政治工作的少年，他面貌虽然很漂亮，却黯淡地毫无光彩，他爬了出来之后似乎还在办事处的门口停了一下子，态度的严肃性毫不低减，这严肃中所包含着的是：神秘、莫名其妙、绝大的秘密。但是他也匆匆地走了，走到别的地方去，看来是一个和后方办事处毫无关系的家伙。第三个爬出来的是马夫谢金星，他懵懂、纷乱，一爬了出来就立即给四周的生疏的气氛包围着，……

　　有一个面孔黎黑、瘦小、嘴唇很厚的家伙，他轻着脚步，低着腰，——似乎并不是不知道谢金星是一个下等人物，因而轻蔑地对谢金星挥着手，从那厚的嘴唇里发出一种怪异的声音，使谢金星迟钝而单纯的目光不能不受他挥着的手所引动，——旁的人却每一个的面孔都泛出了轻松的微笑，把目光集中在谢金星的肥大臃肿的脸上。

　　当谢金星走近那厚嘴唇的面前的时候，厚嘴唇低声地对着谢金星说，

　　——总指挥有信给我了……有一位，他名叫何国君，当的是上尉书记，我们总指挥部的布告就是他起草的，你认得他吗？有一位，他名叫钟维岳，是刚刚从德国回来的，怎么？你连他也不认得？还有一位，他名叫蔡霖，……

　　——蔡霖？谢金星愚蠢地反诘着，当别的人对他说话的时候，他很惊惶，而当他对别的人说话的时候，他就平静下来了，因而也从愚蠢中变得精警了些。

　　——是的，蔡霖！还有一位，他的年纪顶小，他名叫郑国杰，……

别的人也来询问了，把谢金星包围着。

谢金星也不再反诘，他冷静、平和，间或说出了自己的 糊、纷乱，谁都不能懂得的意见，使旁的人都喜欢他，并且对他发出了更多的询问。

第二天，大约是上午十点钟的时候，中尉副官把谢金星叫去了。

中尉副官的面孔带着怒气，用短促的声音对谢金星喝问着，随即带谢金星向总司令部的马房那边走。

——你应该是在今天早上就出发的，但是你迟了，……中尉副官严厉地对谢金星责骂着。

在马房的左边，有一列低矮而细小的房子，墙壁涂着黑灰色，每一间的门边都钉着长长的蓝色的木牌子，写的是和马路的墙壁上或电杆上平常所见一无二样的抗×救国的标语。中尉副官在第二间房里找出了一个小兵，小兵又从别的地方找出了一个马夫，——为着要在马房里鉴别出指挥官新买的那匹马，马夫又找到了他们的马夫班长一同来。

马夫班长，一个精警而又决断的壮年人，身体瘦小，声音洪亮，他胸有成竹地呼着另一个马夫的名字，把另一个马夫也找出来了。

马夫班长站立在那些小房子和马房之间的一幅小小的旷地上，和中尉副官作了一阵友谊的交谈。他的态度并不如中尉副官那样的紧张。他询问了中尉副官关于前方的一些情形，而当中尉副官正准备着作更详细的回答的时候，他就点点头，表示自己是早就知道了，于是对中尉副官笑了笑，像狡猾的成年人在一个小孩子的身上取得了一点便宜之后，从而设下了更深的诡计，而自己是始终对那卑怯可怜的灵魂居高临下地俯瞰着。

中尉副官莫名其妙地紧张着，至于红了脸。他于是回转头对谢金星发出更严厉的怒喝，——谢金星已经随着那最后出来的马夫的指引，从马房里把指挥官的马牵了出来。

这是一匹雄伟、壮健的白马，身上的毛白得很纯净，一根什色的毛也没有，额上的鬃毛和马尾都是新剪的，它对于这生疏的友伴也不畏惧，也不自骄，却带着一种神秘的人与马不同类的隔阂，在一转身一举足之间，显出了一种宽宏、柔美的气度，时而把他的友伴谢金星放在一边，高高地举起了那长而秀丽的颈脖，对深远而蔚蓝的天空凝视着。

谢金星骑着指挥官的新马，在这天的下午离开了南宁。

一出了南宁的北门，他就爽爽快快地把他的马快跑了一阵。

回头一望，南宁城的赭褐色的屋瓦向天空喷着灰色而疏薄的气体，——无线电台变成了和天幕相距很远，整个的南宁城似乎都已经陷进了深凹的低地里去，山野像潮水一样，一个浪头逐过一个浪头地在前面涌上来了，天地的中心却显然地正跟随马的狂奔而移动着。

谢金星快活极了。他骄傲地扬着鞭，叫这匹非凡的白马跑得更快些。

他觉得浑身松动，筋骨里充满着新的活力，一点别的拘束也没有。而当那白马驰缓了下来，在慢慢地走着的时候，他就唱——

> 银瓶山顶呀……一对呀——活的鲤鱼，
>
> 砍柴阿兄呀……割草阿姊……
>
> 鹰飞，鸟叫，……
>
> 呵呀，呵呀，……
>
> 落难的馋狗无人睬，
>
> 谁呀？呵，王八，我的皇帝呀……

在路上步行的学生军，听了谢金星的歌，都哈哈地笑了起来。谢金星带笑地喝问着，

——嗖，那里去？

——芦圩，你呢？

——庆远。

——你们是谁的部队？学生军接着问。

——我们的指挥官叫夏威。

——伟大！他们都挺起了大拇指。

——你们到芦圩去干吗？

——宣传。

谢金星觉得很好玩，立即又唱了起来。

宣呀传——传呀宣……

哎……哎……

玲——一东

玲——东

玲东玲东丁……

这时候，谢金星的马已经走过学生军的队伍的前头；学生军对他的背影飞起了石子。谢金星对他们装了装鬼脸，又扬着鞭，叫他的马向着前面高起的山坡冲了上去，回头一望，学生军的队伍远远地落后在低凹的水田边，像一群可怜的蚂蚁。

和芦圩相距不远，这里有一幅布满坟墓的原野，车路沿着旧的路基，跨过原野的中间，路的两边，有无数古老高大的松树在排列着，黝绿而浓密的树梢隔绝了猛烈的阳光，——一辆黄色的长途汽车，从路的那一端奔驰着来了，发疯了似的，在崎岖不平的石头罅隙之间跳跃着，并且狂暴地呼叫着，这声音迅急地自远而近，叫这阴凉、寂静的处所立即失了常态，在一种刺耳的巨大而烦闷的音响中震荡着，——汽车在极短的时间里停了一停，下车的是一个二等身材的中年人，穿着广西流行的灰色制服，手里带着一个很小的藤篓。汽车随又开行了，叫得更响，这声音狂暴而且顽强，地壳都几乎起着颤抖，整个的松林的寂静完全给破坏了。谢金星骑着他的白马刚好急急地跑上了来，他这下子的马应该是跑得最快的，两边的松树往后面飞动着，风在耳朵里呼呼地响，他还扬起了鞭，要叫他的马跑得更快，企图在那汽车刚好在停着的当儿，从它的身边挨擦而过，但是汽车终于开得太快，使谢金星难以叫他的马躲闪起来，几乎要和它迎头相碰，幸而这是一匹好马，而况一路上遇到的汽车正也不少，它决不会为这样的一辆汽车所吓倒，而至于惊惶起来。

——喔，金星，停下！……金星！……

因为始初离开那颠簸不定的车而呆呆地站立在路旁的中年人，突然大声地叫了。

这声音谢金星是听见的，但是他的马跑得太快，听来也很含糊，他仅仅对这声音起了一点疑异而已。他于是把马勒了下来，——他骑马的技术还算不坏，不然他的马跑得那么快，在那样突然地一勒转来的时候老早就摔下去了。那中年人看看谢金星一下子去得那么远，也不再叫，免得叫破了喉咙，只是摆动着他的手。

谢金星骑着他的马走近了来，他看出那中年人正是他的表亲刘玉余。

——喔，原来是你——我倒看不见，……

说着，谢金星连忙下了马。

——我们大概有三年不曾见面了！刘玉余说。

——是的，足足三年……

那时候谢金星在他们的山货行里做工，贪吃，懒做，是一个愚蠢，劣等，绝不会被人爱好的家伙，就是那一次离开他们的山货行，也还是他起的主意，他看不过眼，不能不让谢金星滚蛋，现在谢金星居然混进军队里去了，并且变得这样高大，强壮，又骑了一匹漂亮的白马。

　　——那么，你现在比从前好了！喂，表侄，怎么样？比从前好得多吧？

　　刘玉余暗暗地觉得有点惭愧，以至于说话的声音都微微地颤抖着，他于是又问，

　　——你现在是在……什……么……人的部队里呢？

　　——我们的指挥官叫夏威。

　　现在刘玉余也不说不什么的，只是独自个在点点头而已，这样他决定了自己的主意，他要请谢金星此刻就到他的村子里去。

　　——很近，往那边走，朝南，……喔，那村子以前你 不是到过的吗？

　　谢金星牵着他的白马，这白马现在变得有点不自检束起来，它全身都蕴蓄着强盛的力，使它像梭子般的不是向前彪就是向后退，忽而又蹬着前脚，高高地直立起来了，——谢金星为着要扼制扼制它一下，把它勒得更紧些，但是他显然没有马的力气，马的脖子一摆动，他反而跟随马跳跃着，而且有点纷乱起来，只管前后左右地变更着站立的位置，几乎要把脚跟踩在刘玉余的脚掌上，因之刘五余也跟随那马在跳跃着。

　　刘玉余说话的声音总是很低，他苦于不能把话说得更清楚一点，好教他的表亲很快地就听得见，现在更不行了，那匹马似乎已经发了狂，它每一次跳跃着，每一次叫刘玉余把放在唇边的话抛到别地去，并且从而紧张了面孔严厉地对马怒喝着，那是一种变态的沙哑的声音，在马的耳朵听来，那是纷乱的难懂的，简直是一种错误。

　　刘玉余趁着马稍微平静下来的时候。重又对谢金星说出了刚才的意思，但是这下子是呛咳和喘气阻碍了他，谢金星始终不曾听出他说的是什么，也始终不曾受他的话所引动，——何况马并不是真

的就平静下来，它做着从也不曾有过的凶暴中带着三分游玩的奇特的姿势，猛然地一耸身，叫谢金星抛弃了为扼制一匹马所必须站立的位置，谢金星这下子才好笑，他竟然陷落在马的前胸下面，至于毫无解脱的办法，让马从他的身上一彪而过，好在他心里还镇静，知道把脑袋放低下来，而马却已经从他的手里挣脱了，它义无反顾，笔直地向着西南角的村子奔去。

刘玉余简直吓青了脸，他纷乱极了，一边重重地推谢金星的身子，叫谢金星赶快去追马，一边又发出沙哑的声音喝止谢金星不要动，几乎要唱起以前在山货行里的老调子，动辄就给谢金星来一个老祖宗九十九代。

这实在是懵懂得很，他直到此刻才清楚地意识着，——那马跑去的村子，不就正是他们的村子吗？

——对了，刘玉余轻舒地呼出了一口气说，那么，我现在也不必再强拉，你也非到我们的村子里去玩一玩不可了！——但是这会不会误了你的公事？

谢金星沉吟了好一会儿，他说，

——也好，我不怕赶不到庆远去，这匹马快得很！

在广西，有着这样富于天然景色的山野，决不是一件奇事，从庆远过大塘以至南宁，沿路不知有几千百里这样美丽的山野在接连着，——这里向西，可以望见一座雄伟壮丽的大山，一排排的山峰，向那深不见底的蓝天里高耸着，从上到下，全身富裕地打着贵重的盛装，呈着苍翠华美的颜色，在初秋的晶亮的阳光下，不管那山和这里相距有多少远，也可以显明地看出那上面所绘画着的灿烂夺目的一切，以及每一条新的还未曾消失过的指纹。东南，向着郁江沿岸一带的地区追索下去吧，那苍郁的层叠不绝的山峦，那幻梦一样飘浮在蓝天里的一朵朵的游云，那清泉里的小鱼似的一点点蠕动着的飞鸟，——要是你的眼睛过于受了眩惑，觉得有点疲惫的样子，不能不向近处把视线收缩回来，那么这当儿，你就要突然地给惊住了，像发见了宝藏的贼，贪婪地把这宝藏里的每一件宝物都用了锐利的目光深深地刻上了记号，不自觉地呼唤起来，却恐怕为旁人所觉察，只好不自然地保持着难以忍煞的沉默，每当旁人在疯狂地不能自己地拍手叫绝的时候，就叫你不能不用鄙夷的目光，讥笑他是怎样的浅薄无知，自己却只好暗暗地私自叹息着，觉得人类的语言是如何的拙劣无用，因而就变成了更加沉默……

谢金星身体很好，他跑得很快，不过因为心里忙乱，手一挨擦额上的汗点，把军帽子也弄翻了，军帽子跌进路边的水田里去。他跑得太快了，一时之间很不容易把步子停下来，直到距那跌下了军帽子的水田有十几步远的地方，才回转来，想要拾回那军帽子，但是刘玉余在后面挥着手，恐怕谢金星再还不懂得他的意思的时候，就拼命地往前面伸长了脖子，叫谢金星可以不必去理那军帽子，随后他自己会跟他拾，那么尽管飞步去赶那匹马就是。

谢金星跑过了一条石桥，在一排很高的篱笆下碰见了一群正要到附近的镇里去投市的女人，突然觉得一阵冷风吹上头来，猛然地意识着自己的磨光的满留着烂疮疤的脑袋并没有戴帽子，心里更加着了慌，脚尖冷不防碰着了高起在路上的石钉，上身向前面飞进的速度突然增加了一千倍，立即一个人都猛撞下去了，扑通一声，水花高高地飞溅起来，——这里可并不是水田，而是一个池塘，正满满地装着一池塘绿色的水。

女人们吓了一跳，至于尖着喉咙怪声地叫起来。好在那池塘并不深，而且有许多死狗死猫以及破烂的竹具木器之类在填塞着，那绿色的水载着一重厚厚的绿色的萍，显得很受拘束的样子，只是泛起了几条粗大的波纹，并不曾破口大笑起来。

谢金星从池塘里爬了起来，刘玉余还在很远的地方没有赶到，他慌乱到了极点，也不敢对那些女人回看一眼，急急地就跑过篱笆的尽天处，依旧去追他的马。

这里有一个漂亮的花圃，向日葵和鸡爪菊正在盛开着，靠着那用破旧的木板搭成的横栏的近边，有五株并不怎么高大的木瓜树，正结着累累的木瓜，都已经长大而且黄熟，仿佛那细小的瓜柄已经不胜其赘累似的，如果风一吹动，或者地上一震荡，就几乎要对那黄熟的木瓜实行撒手，让它们一个个地滚下去。花圃的看守人是一个勇猛、自大、整日里背着步枪的小伙子，他看着谢金星从池塘那边匆匆地走了来，满身的军服都湿了，脑袋的烂疮疤泛着水影，在阳光下起着刺目的反射，也不戴军帽子，觉得实在好笑。

谢金星的肥大臃肿的面孔呈着蓝色，他气汹汹地对着那花圃的看守人问，

——你看见我的马没有呀？

岂知不问还好，一问就激起了突变。花圃的看守人暴烈地揪住谢金星的胸脯，他力气很大，手一和谢金星的湿落落的军服接触，那湿落落的军服就不胜其压榨似的痛苦地溅出了水花，至于喷出了白沫。花圃的看守人于是把谢金星猛力地一推，谢金星为了一路上带跑带跌，过于劳顿，完全失去了控制自己的能力，他这一跌更加紧要，后脑砰的一响碰在坚硬的土块上，眼里也跟着发起火来。却不想还有比这更严重的事，——花圃的看守人已经拿下了身上背着的枪，毫不宽贷地对谢金星作起瞄准射击的姿势。

一分钟过后，就晓得这严重的场面不过是一种玩意儿而已；花圃的看守人放下了他的枪，对谢金星挥着胳膊说，

——我已经饶了你了，你此刻就走你的吧！不过我要警告你，如果你下一次对你的马这样放纵，——喂，狗子，这橄榄核是准给

你吃的!

谢金星完全丧失了抵抗的能力,这是没有法子的,他甚至还对那花圃的看守人赔了个笑脸,湿落落的军服上粘满着砂粒和烂泥,就连把精神抖擞一下,让这些不成样子的砂粒和烂泥从他的身上脱落下来的力气也没有!

他爬了起来,还是继续去追他的马。迎面是一条直通村子的田径,猛烈的太阳并没有把这被泥泞的烂泥淹盖着的田径晒干,为那花圃的看守人所威吓的马,正在这田径上留下了狂奔疾驰的马蹄印,这些马蹄印都很深,但是马上就给装满了黄色的水,现在是这黄色的水也和谢金星开起玩笑来了,谢金星一个不留神连二接三地把脚底踩中那马蹄印,那黄色的水像火箭似的飞溅着、交射着,叫谢金星满身嵌镶着砂粒烂泥的军服添上了更多的花朵。

这其间,在村子的另一端,为了一匹马的事正起了一阵小小的骚动。

这匹马不但有那样的壮健而雄伟的外貌,并且还有着它的泼辣而奔放的性格,它是一匹不折不扣的好马。它跑进了这村子,在池边站立着——这又是另一个池,毫无拘束地喝它的水,并且把前脚的蹄蹴着池岸上的石块,蹴得劈劈的响。村子里的人没有一个不爱看它,——他们,只要是留在屋里的都跑出来了,在距离马稍远的巷口站了一大堆,却没有一个不对着那马喝彩。

——这是那里来的一匹马!一个患橡皮脚的中年人这样赞叹着;这样的好马我是从来都不曾看过,你看,它的毛是白得那么洁净,像一只白兔一样的白!

——不,像一只鹭鸶一样的白!一个患黄疸病的小伙子也跟着说;你看那马身吧,有一处抽根结核的地方没有?那马尾又多么好!……

——我看路上必定有军队开过，这匹马是从队伍中跑出来的。有见地的人这样说。

——这样的一匹好马，没有当排长的人还能够骑吗？

——当排长的人有马骑！真是笑死人！那至少也该是连长吧！

——或者是团长也不一定。副官也有马骑，不过不见得有这样好的马，这匹马委实太好了！

这当儿，人堆里突然有人掷给那马一个石子，破坏了马的宁静，它于是响着蹄儿，沿着池畔向东跑去，长而繁茂的尾巴在它的后腿上斜挂着，青色的池水映出了它的贵重而柔媚的倒影，像一片洁白的云彩一样，——从背后玩赏着它的人们，现在都受了这从未有过的美景所吸引，变成了静默默地，再也不响出半声。……

刘玉余的屋子是这村子里顶漂亮的一座，一连三间，建造还不久，墙壁上的石灰还是白的。它位置在这村子南面的外皮，如果稍一留心，从很远的地方就可以望到那白色的墙，而白色的墙，在这村子中是只有刘玉余的屋子才有。屋子的前面有一幅大灰町，靠左还有一个小小的花坞，香蕉开了红色而斑斓的花，像牛的脏腑般的在悬挂着。

如今刘玉余把那匹马拴在他的窗柱上，让它整天高举着那长长的颈脖，那马似乎很不好受，它的颈脖大大地暴胀着，筋肉起着脊梭，刘玉余正想藉此惩戒它一下。人们（其中有一大半是小孩子）站立在和马相距约五步的地方，作着环围的形势。刘玉余每隔了一会儿总是从他的门口探出头来，不辞繁冗地对那些人们作着"站远些！""不要用手动它！"的警告。他的屋子里也非常热闹，稍微有了年纪的人，比较懂得礼貌些的，都乐意走进来对他问讯。他的老婆一时忙死了，她烧了一锅热水给谢金星洗澡，接着又要烧饭和菜，……她的丈夫为着忙于应酬邻人，不曾对她说过一句话，她觉得很郁闷的样子，而她的家姑——那六十多岁的老太婆却欢喜得跳跃着。满屋子嘈杂的声音中，不时地只听见刘玉余在得意地高声地狂笑着。

——你们知道，刘玉余说；在我们全国中，广西是一个最有荣誉的省份。关于广西的建设、民团、学生的军事训练等等的情形，在上海，并且在日本的报纸上，都有着极详细的记载，凡是外省人都对广西表示羡慕，他们说世界上真的社会主义是没有的，如果有，那只存在于我们广西这块土地上！广西的将领从来没有叫过社会主义，在某一时候他们并且是打击红军最有力的健将，……但是广西的社会主义却老早就成功了！我们的白副老总是一个最利害的家伙，他把全国所有的俄国留学生都罗致在广西一省里，俄国留学生是最好的，现在广西全省各县的县长都是俄国留学生，试问有一县的县长不是俄国留学生的没有？

人们静默了一下，有一个已经开始对刘玉余问起了前方的战事。

——梧州的公安局长也是俄国留学生吗——我好像听见什么人说过？又有人这样问。

——哼，公安局长，那还消说！所有的区长、稽查，——连我们宾阳的警察长都是俄国留学生了！

当他说起了前线的战事的时候，他就把谢金星介绍到人们的面前。

——这个人是我的老表，他说；他现在当了北路总指挥夏威将军的部下，是抗×的战士，没有人不敬仰他，没有人能够蔑视他为人的价值，那匹白马就是他骑的！

谢金星洗了澡，把他的湿落落的军服换去了，刘玉余分给他一套政务人员穿的灰色制服，这制服左边的口袋上有一个金属徽章在挂着，取着青天白日的十二角形，黑色，上面镌着"抗×救国"四个字。谢金星的左腿刚才不过受了一点微伤，谢金星这下子几乎把那创位都忘掉了，他的脸上焕发着光彩，他感觉得非常快活。……

　　谢金星决定在刘玉余的家里歇息一夜，预备着在明天赶路。刘玉余因为有要紧的公事，他只能在家里停留了两个钟头的时间，又乘上了长途汽车，——他非在今天午后六时以前赶到南宁去不可。

　　晚上，刘玉余的邻人王爷御大伯伯请谢金星去吃饭。

　　王爷御大伯伯壮健而且高大，在这村子中，除了刘玉余之外，要算是一个最有意义的人物。他曾经到过汕头和香港。那时候他的儿子是一个革命党员，可是不久就在汕头给钟景棠抓去枪毙了。他只有这个儿子，这个打击几乎要使他发狂，此后他完全生活在一种沉痛、压抑、毫无精彩的日子中。他曾经好几次向县政府请求帮助，他要到香港去探寻他的仇人，可是都没有弄得成，他临到了最后的绝望。他的思想受了他儿子的影响，在和他一样年纪的人们之中要算是最进步的一个。为了他的儿子之死，他体验过这一代的年轻人的身上所课与的危难，这使他对于任何年轻人都感到爱悦。他喜欢到处地打探消息，尤其是一种秘密，从报纸上得到的消息决不会受他所重视，因为那知道的人太多了，如果有人把一点消息告诉他，同时又对他说明着这是一种秘密，他的神经就立即起了极大的兴奋，至于严重地站起身来，轻着步子走近四窗口去看看有没有人在偷听，并且事后他一定绝对地严守这个秘密，无论这秘密是伪造的也好。

　　现在他和谢金星并排地坐在一起，——这是他自己的意思，他不愿意谢金星的座位和自己隔得太远，他的夫人却只好坐在他的对面。

　　他们有一个刁狡的女佣人，她什么都不会，只会在投市的时候打他们的斧头。她的手脚很迟钝，如果他们的家里来了什么客人，她决不会把开饭的时间弄得早些；如今天是全黑了，壁上的挂灯的玻璃罩也没有擦干净，灯光在黑暗中只占了很淡薄、很狭小的地位，在这昏黄的灯光下，谢金星的面孔显得非常臃肿，王爷御的沉郁的眉头也显得更加痛苦，而他的夫人却简直在哭泣着。蚊子在满屋子里飞旋着，叫得嗡嗡的响。

王爷御突然把嘴巴挨着谢金星的耳朵低声地问，

——你以前在你们表亲的山货行里当伙计，现在却在夏威将军的部队里当起连长来了，我恭喜你。这消息刚才正从别人的嘴里传到，那是果真的吗？

谢金星不知怎样回答好，他急得张大了嘴巴。

不想王爷御这下子和谢金星挨得更紧些，并且摆动着双手，似乎是把谢金星制止着，叫他不要将嗓子震得太响。

谢金星踌躇了起来，他没有什么，只是点点头而已。

但是王爷御已经满足了，这时候，他可以毫无忌惮地提高了嗓子，谈起别的话来，或者把他的蠢笨、愚蒙、什么都不懂的夫人严厉地教训一顿，而当谢金星这样大声地说，"在庆远，没有一条桥梁不埋下了地雷，没有一座山不开了战壕，没有一间店子不驻扎了兵队，——飞机场用石灰写"抗×救国"四个字，捉到的汉奸都枪毙了！"的时候，他也知道：这的确是一种很可宝贵的消息，但是一经在众人的面前说了出来，就值不上半文钱！

王爷御不断地给谢金星斟酒，他把好一点的菜都推在谢金星的面前，叫谢金星痛痛快快地大吃一顿，一点也不要客气。

这时候，半掩着的板门给推开了，随即走进了一个人，是王爷御最好的朋友蔡定程，——他面目黧黑，样子丑陋，没有像王爷御那样的文雅，他并不是一个纯粹的农民，不久之前他还在梧州经营着贩卖洋货的生意，他的性格和王爷御恰好相反，他豪爽、坦直，说话的声音宏大，并且凡是装在肚子里的东西都可以干干净净地倒泻出来，他不懂得什么叫做秘密。——踏进了门口就大声地嚷着说。

——我听说刘玉余的家里来了一位抗×军的连长——

这使王爷御急得直站起来，连忙摆动着双手，在制止他的朋友的狂妄的说话。

蔡定程一看了这屋子里的情形，就晓得自己的唐突，他几乎红了脸，想着自己为什么这样消息不灵通，这伟大的客人竟让别人先请了，又怨恨起自己来，于是变了口气说，

——哦，……真是对不起连长，失敬了！

王爷御立即给蔡定程斟了一杯酒，又斟满了谢金星的一杯。

——一位是商界的领袖，他说，一位是抗×的英雄，你们都干一杯吧！

谢金星觉得很好笑，他只是默默地喝着、吃着，——这是一种误会，他心里想，但是他们也许要因此而受骗了！

——凡是汉奸都应该把他枪毙！谢金星沉着脸严重地说；庆远的汉奸现在多极了，他们有的藏在妓馆里，有的假装星相先生，有的在马路上乱跑，他们到处地捣我们抗 X 政府的蛋，拒用我们抗×政府的钞票，挖散兵壕、筑城，都冷淡得很！

蔡定程为一种凛然的空气所压迫，始终不能表白出自己的意见，他向来喜欢对人家说笑话，有时简直忘记了自己有多少年纪，以为还是和小孩子一无二样，王爷御就常常告诫他说，如果是这样，他将来一定非吃亏不可，因为世界上并没有一个人预备同他玩。王爷御这下子却保持着更深的沉默，如果谢金星这时候允许他把嘴巴挨近耳朵说一句真实话，那他一定对谢金星表示极热烈的赞同，正如别的人鼓掌、喝彩一样。过了一会儿，他就提高了嗓子说，

——听说蔡廷楷和翁照垣都到我们广西来了，我们是表示欢迎，还是拒绝好呢？我看，蔡廷楷和翁照垣两将军都是当代不折不扣的民族英雄，我们绝不能不欢迎他们，你看，我们的白副老总真是

一个精干的家伙，他已经拨了五万几的军队让他们带了！

当然，这是大家都知道的毫不奇特的消息，是在对着客人应酬的时候说的。

太阳从东山上爬了起来，——天气是比昨天还要晴明些。朝南而望，郁江沿岸一带的高空泛着翠羽般的青色，没有半点云丝，布列在田头陇畔的繁茂的小树丛，像沉落在低空里的一幢幢碧绿的云彩，新鲜的阳光照得那云彩一片片晶亮地在发闪。晨风从西方辽阔而平坦的原野上一阵阵吹来了，一阵阵吹拂着水田里的禾苗，把禾苗的令人陶醉的气息撒遍了这村子的四周。村子里安适而宁静，连鸡和狗的声息都没有。——碧绿的禾苗舞动了，一缕缕掀起了金丝织成般的浪涛，和那些碧绿的小树丛溶成一片，广泛地在村子的四周布起了碧绿的云雾。

谢金星睡在他表亲的房子里，这房子是正屋中靠东的一间，向南有一个窗，这窗虽则开了也等于没有，因为那中间的三条直柱太大了，把窗隔成了四条很小的缝，又恐怕夜里有什么歹人到这窗口窥望，把这四条透风的小缝也用禾秆子塞住了。——谢金星带了三分酒意，一夜睡得很 舒畅，中间不曾发生过什么事，连做梦、半夜小便、捉虱子的事都没有。那黑色的蚊帐很好，不曾漏进了半只蚊子。总之他一爬上了床铺之后，很快地就入睡了，并且是很深很甜的沉睡。这是一张油着红漆的漂亮的新床铺，充塞着桐油和女人的发香的气味，——他自从爬上了这床铺以至从床铺上跳下来，这两个时间几乎可以说是紧密地接合在一起，他忘掉了昨晚是怎样的一夜。

这房子的窗既然给塞得很牢，屋顶上也不开半个明窗，白天里也是一团阴暗，谢金星还以为早得很，——他从睡梦里醒转了来，呆了半晌，一时之间几乎想不清自己为什么突然会掉进这房子里来。

他自己开开了房门，让白昼的阳光透射进这黑灰色的房子里来。厅子里泛着饭香和热水的白汽。太阳升得更高了，人类对于这些美好的光阴似乎总是白白地空过了的，他们困倦、怠惰、缺乏生活的能力，永远找不到更深刻更确当的生活方式，这些——所有一切的错误构成一种沉重的空气在人们的头上高压着，使他们疲劳地沉进了毫无光彩的深坑里，至于可怕地感受到无聊和单调。

表婶是一个小心而柔顺的中年女人，她低低地呼叫着，

——这是洗脸的热水……

谢金星粗野地应答着，狂暴的声音像雷响一般。

这时候，蔡定程那绅士就像接到了通知似的，从外面走了进来。

他昨晚是穿着平常的短布衫，今天却换了线绒的长袍子，挂在后脑上的一排短发似乎经过了梳洗，鰲黑的面孔仿佛也变白了一些。他一踏进来就对谢金星鞠了个躬，嘴里呼着"连长早呀！"于是说明了他自己的意思，他是特意来请连长到他的家里去吃早饭。

如今在座的，谢金星和蔡定程不用说，有蔡定程的父亲，蔡定程的兄弟——蔡学贤、蔡作勳和蔡立胜，蔡定程的儿子，还有为着躲避战争，从前方跑到此地来的两个中学生，他们是蔡定程的亲戚。

谢金星不怎么说话，态度很得体。蔡定程向来爱说话，一进了这严肃的场面就变成了沉默。但是这席上是颇为热烈的，有蔡定程的小弟蔡立胜和两个中学在辩论着。

问题是这样引起的。

蔡立胜以前曾经在南宁逛了半个年头，结识了一个当政治领袖的怪杰，这怪杰在南宁总司令部中有着极高的职位。挂少将衔，他的身体非常高大，鼻子笔直，颈子似乎生了什么毛病，用白纱布绷着，大概还敷着药，……

有一天，他叫蔡立胜到乐群社某会议上去参加选举，蔡立胜奉

命投了黄翰华的票，黄翰华是一个托洛斯基派。

就这样，蔡立胜面红耳赤地把他的叙述进行着，中学生很欢喜说话，他爱在蔡立胜的叙述还没有完了的时候就插嘴，而所说的——据蔡立胜的判断，是一点价值也没有。他们于是吵得很厉害，几乎要把满桌子的饭菜都推翻下来。他们各都有着一种强烈的冲动，这在谢金星拍拍他们的肩膀，对他们实行规劝的时候是更为显著地表现着……

蔡定程不断地替谢金星斟酒，——谢金星的酒量是不坏的，他常常把杯子高举着，向满桌的人们挑战。而当他的面孔偶一对正着蔡定程的父亲的时候，蔡定程的父亲总是摇荡着他的秃光而起着粗点的劣斑的脑袋，并且像猴子般的耶耶地作着怪声的叫，——此外是蔡学贤，他很爱说话，他曾经到过宁波、上海，懂得好几种的方言，并且连日本语和英语都懂得了一点点，现在他把凡是自己所懂得的各种方言都一无遗漏地使用着。

吃过了早饭，已经十点左右，谢金星知道花去的时间太多，决不能在这里再作逗留，现在就非走不可了。——蔡定程叫人把他的白马喂得很饱，如果不是在路上嫌累赘，蔡定程还要送给他一麻袋的马料。

谢金星骑上了他的白马，这白马现在显得更加雄伟，谢金星比来的时候也变得简直是判若两人，他在全村子的人们的眼中是一个最有意义的人物，没有人不对他抱着热烈的敬仰和羡慕。他穿的还是他的表亲送给他的灰色制服，却束着自己原来的腰带，黑色的金属徽章在左胸上荣耀地闪烁着，这灰色制服并不比他自己原来的军服来得坏些。军帽子也洗得很干净，他的表婶自己有熨斗，并且似乎曾经亲自把这原来像一块烂麻饼般的军帽子好好地用熨斗熨过，不然这军帽子不会变得这样漂亮。

　　他威武地骑着他的白马，离开了他表亲的新屋子，走过池塘的岸畔，——全村子的人们，无论老少男女，都拥出来了，起初还塞积在巷口，后来竟然堆满了池塘的四岸，几乎把去路也阻塞住。王爷御、蔡定程和他的兄弟、中学生他们，取得了全村的人们所没有的荣誉的地位，他们分成两排，跟随在谢金星的马后。——王爷御的沉郁的表情深刻而又坚定，他还带了点不能消解的忿怒，用严厉的目光监视着在旁拥挤着、汹涌着的人们，禁止他们的喧扰：不要多说话，要静静地看，好教那白马的坚硬的蹄子在那石砌的路上踩得更响些。蔡定程也说不出什么适当的话来，他只是呆呆地昂着头，有时候独自个在低低地叹息着，当然，他抱怨谢金星在他们家里停足的时间太短了些，——再觉得没有法子的时候，就说，

　　——连长，你的公事要紧，我们无论怎样都不能留得住你，这是无可如何的。唉，有什么法子呢！此去距宾阳不远，有一个村子叫石鼓龙村，我有一位朋友在那里开一个小规模的农场，我希望你经过宾阳的时候，顺道去看看他，他一定很欢迎你的，只要你肯踏进了他的门口，那不但是他自己，就是做他的朋友、他的亲戚，甚至做他的邻人的都觉得很荣耀了，——他名叫吴仲祥，是一个有见地，学识很深，并且非常爱国的人物；那农场名叫"大中国德兴农场"，不错，"大中国德兴农场"，你一定记得的吧，——立胜，你身上有铅笔和日记本子吗？你给我写吧，快点！——宾阳，大—中—国—德—兴—农—场——吴仲祥先生，并且把我的名字也写在上面！

　　蔡立胜从日记本子上撕下了一张纸，依照着写了，——好在谢金星的马走得很慢，因为这里四方八面都有人在拥挤着、阻塞着，蔡立胜是高等小学出身的，人又精警，笔又敏捷，一下子把那纸片子写了，蔡定程立即接了过来，双手高高地举着，在众人的肃然惊

叹的目光之下，骄傲地把那张纸条子亲自交给了谢金星。

到了黄昏的时候，山岳变成了一幢幢的黑影，原野失去了昼间的灿烂辉煌的色泽，只有天上，一颗颗的星儿已经放射出寒冷的金光。人和牲口们都归去了，晚风带着初秋的冷意，吹过了路边的小树丛，卷起了谢金星的衣襟，又一阵阵地猛扑在谢金星的脸上，使谢金星感到日暮途穷时候的孤独，几乎要打了一个寒噤。

骑了整半天的马，谢金星觉得有点累，腰很酸，两股麻痹，那受伤的左腿似乎发出了一阵闷热，不过不怎么要紧，上面已经生了一重薄薄的红色的痂。在马跑得快的时候，背上出了汗，弄湿了底衣，现在这底衣变成很冷，在背上冰冻着，很不舒服，至于使谢金星有点兴趣索然，心灰意懒起来。

不久，谢金星碰见了一辆因为机件发生故障而停在路边的汽车，这汽车完全失去了常态，两只大眼灯忽而亮了起来，喷着几乎要射穿了黑夜的非常猛烈的光焰，忽而又熄灭了，这时候，它竟然卡咯卡咯地惊叫起来，使谢金星的马向着远处的阴影东张西望，——谢金星也不使用他的脚跟，却低声地呵斥着，他的马可以说已经和他混得很熟，它绝对驯服地听从着谢金星的意思，——很快地走近那汽车的边旁，一到那汽车的边旁就停歇下来。

谢金星用粗暴的声音叱咤着，

——司机老爷呀，……嗐，是什么鬼！兔子，你的奶奶的！连一个鬼的影子也没有！

汽车里坐着一个中年妇人和一个小孩子，——小孩子睡着了，中年妇人为了汽车跑不动，天又黑，路程还是很远而沉进了极深的忧虑和郁闷中。汽车现在静默默地，一点声息也没有。车夫是把自己的身体钻进车底下去了，他凭着一支萤火虫般的小电筒，凭着那精确熟练的指头的摸索，在勘察那琐碎繁什的机件，并且把哪一条铁管子发生毛病都静心地加以鉴别。

如果这询问的结果一点也得不到要领，是不行的。谢金星于是叱咤得更凶一点，他的马也吡吡地喷着气。——坐在汽车里的妇人并不是不知道这高高地骑着白马的家伙走近了来，但是她不管，她绝不给以半声的回应。这是一位了不起的女人，她至少具有南宁总司令部副官长太太所有的智识，她懂得当一个长官高高地直站在大操场的木台上，在东指西画的当儿，就不知有几千百这样骑着马的小将军们，在他的脚底下，像一群初脱壳的鸭子般的可悲地跳跃着，她看过了几千百勤务兵、仆役，以及所有的下级军官们的腼腆卑怯的不知羞耻的面孔。她虽然做了一个女人，却有她自己的骄傲。对于这些男人们，她简直只有呕吐和唾弃，——她从车窗里探出头来，伸出了一条毒辣的指头，不胜其烦扰似的厌绝地指着车背后说，

——你是要到宾阳去的吗？朝后面走！朝后面走！

——一点也不错！谢金星知道那是一个不错的女人，把喉咙放嫩了些说；对的呀，给你一猜就猜中了，我正要到宾阳去，——不过过从这里到宾阳还有多远？唉，实在对不起！

中年妇人的脑袋更加拉出了窗外一点，她恶狠狠地向车背后挥着手，把她的话重复着，

——朝后面走！朝后面走就对了！

——不，你这样告诉我是不够的，你知道我要到宾阳的哪一地方去呢？我是要到宾阳，大中国德兴农场去，是的，宾阳，大中国德兴农场！这里还有我的朋友写给我的纸片子。你一看就知道了！

说着，谢金星从马背上跳将下来，灰暗而寂静的晚色助长了他的胆量，他双手恭敬地把一张纸片子呈过那中年妇人的面前。却不想那中年妇人突然发了火，她接了那纸片子，连看也不看，立即把它掷在地上。

——什么？她厉声作色起来；农场？你是干什么的？怎么不快些给我滚？

接着她尖着喉咙，拼命地大叫。

——松九！——松九！

松九从车底下为着躲避那些莫名其妙的锐利的铁片的抵触，要把身子移动，非常困难。

——松九！——把驳壳拿上来，快些给我开枪！……强盗！山贼！……

谢金星太恐慌了，他立即跳上了马背，把那重要的纸片子也抛掉不管，他的嘴里发出了从来未有的怪声，似乎只有这样才能够将这紧张、危险的空气稍微调节着，——这一次才晓得那马的厉害，它也不等谢金星的脚跟在肚皮上动一动，像一支拉得很满弓的箭。只是一撒手，就飕的向前面射去了，把谢金星救了出来。

那是好得很．谢金星的马正也应该在这时候跑得快些，不然，他们恐怕到今晚十二点还是赶不上宾阳。

现在宾阳的电灯是望见了，这一等县的市面的确繁盛得很，旅馆的门前有千白支电灯在闪耀着，把半里外的小村子都几乎照见了。——谢金星心里有点着急，他不晓得是住旅馆，还是住什么地方好。那农场又不晓得从什么地力去找去，……

在一间小旅馆的门口，谢金星下了马，——他只好决定去住一住旅馆。但是正在这当儿，他忽然碰见了一个人。这个人是谁？谢金星似乎并不怎么认识他。他是从谢金星的对面走来的，似乎正吃完晚饭，没有什么事，不过在街上随便逛逛而已。他确实有些愕然，他能够在这里和谢金星重又相见。显然是一种意外，——那么他要试一试在谢金星的脑子里是不是还存有着他的影子，当谢金星不曾下马之前，他就肃然地站立在谢金星的面前，预备着对谢金星呼出了这贵重的字眼，"呵，连长！"……但是谢金星却不理他，在谢金星的眼中，他的身上一点也没有值得注意的所在，他和街道上成群结队地走着的人没有二样。这使他觉得很痛苦，他应该羞惭，并且应该远远地走开去，再不要对那骄傲自尊的家伙看，甚至还可以对那骄傲自尊的家伙大骂一顿。他是可怜的，他是那样的一点也不顾惜自己；他坚决地，甚至发了誓，为着争取自己的地位，他宁愿在谢金星的面前战死了去。——那白马是从未见过的一匹好马，它的纯净的毛在黝黑的夜色中阐出了一个令人目眩的光圈，在跑着的当儿，它的短而结实的腰背在空间里一起一伏，时而笔直地向前面奔驰，时而昂起了脖子向背后作着回顾，却是那样的泼辣、活跃、壮健而优美，——无怪那虔诚的崇敬者是那样惶急地躲在一边，要不然，这稀有的骏马从头到脚，浑身充满着活跃而洋溢的力，它并不曾为了连日地跋山涉水的缘故而减少一分的威猛，眼看它这样汹汹地直冲而来，把马路上所有的行人都惊动了，如果稍为躲得慢了些，那就有被踩死的危险。

如今那骏马为一种神秘的魔术所制御，突然地静止了。在马背上骑着的勇士，高高地耸着他的肩背，翻身一跃，像石打的偶像似的在地上弯弯地分站着他的两只强劲而有力的脚，瘦着腰，突着胸脯，——没有人懂得他沉毅而神圣的胸怀到底暗藏着什么。

那虔诚的崇敬者惶急地走到他的面前，凛然地鞠了个躬，嘴里呼出了那贵重的字眼，

——连长！……

谢金星觉得很奇怪，以为他是疯子，几乎要挥手叫他滚。但是他是顽强的，这是一个严重无比的生死关头，他正和谢金星作着坚决不屈的战斗。

谢金星这才回忆起来——这不是别人，原来是蔡定程的令弟蔡

作勤。

蔡作勤对着谢金星鞠躬，点头。

——连长，他说，吴先生等你好久了！

——哦，吴先生？

——就是大中国德兴农场的吴仲祥先生。

——对了！对了！我现在正想找他，他在什么地方？他在等我？

——是，在等。我家兄恐怕他们不能招待得好，所以叫我先来通知他们。我又恐怕你先到，我乘的车太慢了。

宾阳，大中国德兴农场主人吴仲祥先生，纯良、豪爽，不愿意亲近权贵，也不否认权贵的存在，总之他和所谓权贵的东西丝毫无涉。他和谢金星相见的时候，起首第一句就说，

——连长，不是我有意高攀你，是你光降到舍下来了，我没有理由不欢迎你。

他本来是一个从乡村师范毕了业很久无用的少年，他的毕业证书非常陈旧，装在玻璃框里，在客厅的墙壁上高挂着，——他曾经在郁林城开了一个小书局，小书局并且还附设着小小的牛奶咖啡店，都没有弄得好，后来失了火，都烧掉了，他决然地舍弃了商场里的活动，雄心勃发地跑到南宁去投考军校，当他在履行那最初的预备试验的时候，那冷淡而失去了表情的医生用一条指头，像查询里面有没有东西在装着似的，在他的深深地凹陷着的胸脯上敲击了一下，证明了他的身体是如何的败坏无用，他只好惶急地跑回乡下去结了个婚，完成了人生的意义，等候着有一天，就这样默默无闻地躺进棺木里去，而在未死之前，他听了舅子的话，——他的舅子是一位大地主的儿子——创办了这个小小的农场，那已经是三年前的事了，三年之中，这农场永远带着始创的匆忙而纷乱的姿态，不曾收获过半条香蕉、半只番茄，却在前后左右堆积着山样的木料和竹篱，竹

篱不胜其秋风春雨的侵袭，都发了霉，长起了红色的菌类，而木料却节节地给寸断了，或者片片地给扯裂了，和砂石泥土混在一起，在路上给践踏着。

谢金星这一晚洗了一个非常爽快的澡，又吃了一顿非常丰富的饭菜，因为有点乏力，很早就睡了觉。这是一觉睡得比前一夜还要甜，直到第二天十点的时候方才醒来。

吃了早饭，谢金星对吴仲祥提议说要走了。

——怎么？你现在就要走了？这是从何说起的呀？我正预备和你玩三个整天来着！

———不行！不行！舅子也说；怎么能够让你这下子就走！你说笑话！——我的汽车已经预备好了，我们广西的公路四通八达，随便你逛到什么地方去，我的汽车是一九三七年式最新的汽车，每天纵横可以走一千二百五十里的路！

这使谢金星踌躇不决起来，他觉得这实在好玩，但是如果回得太迟了又怎么办呢？——不，他的马跑得很快，那是一匹最好的马，他不必害怕赶不上庆远。

上午十一时卅分左右，他们的汽车出发了。这是一架着着实实、不折不扣的一九三七年式的最新的汽车，油着庄严而富丽的黄褐色，——跑起来像一只好斗的勇猛的猫，　　　地叫着，四只胶轮如何尽速地在转动，是谁都不知道的，舅子驾驶得也委实太熟练了，汽车简直成了他整个人身的一部分，他喜欢当从那高高的山坡上向下直奔的时候放尽了所有的马力，叫汽车跑得像飞起来一样的快。

他们一共有四个人：谢金星、蔡作勳、吴仲祥和他的舅子。舅子很瘦小，似乎患着贫血病，却也是一个畅快豪爽的家伙；他只顾把汽车驾驶得很快，至于究竟要驶到世界上哪一个角落里去，他是不管的，他又爱说话，有时候简直把驾驶汽车的事放置在脑后，把所有的注意力都分散在说话上面，每逢汽车向着路人的身边冲过的时候，总要叫它和那人挨擦得很近，至于使他在汽车过后的一刹那间，惊惶失措地把身子摇摇不定地摆动着，而自己则从车窗伸出了脖子，忘形得失地对那可笑的家伙频频地作着回顾。吴仲祥和谢金星一同坐在后排的软垫子上，两个人靠得很近，——吴仲祥的身体是高而又瘦，如今在汽车里坐着，像一条卷成了一堆的蛇，他的长长的面孔呈着铅白色，和谢金星红光洋溢的面孔相比，显得一点光彩也没有。他不知怎样，总是把牙关咬得很紧，像在忍受着冰度以下的寒冷，至于使两腿的筋肉都失了血色，起着脊棱，在一起一伏地扭动着，——谢金星却壮健而且英勇，他的泰然自若的气度，在这车里的四个人之中是出色的、可惊的，他自始至终是那样的把吴仲祥高高地制服着。吴仲祥无疑地是做了谢金星的俘虏了，他在谢金星的身边一有动作，手必定是颤抖的。一有发言，舌头总是不听受指挥，至于变成了可笑的口吃。

——我想，吴仲祥现在这样说；我们……我们……把汽车驶……驶到南宁，去喝……喝一顿酒吧！

——不，他的舅子却表示反对；我们要驶到桂林去！

——桂林怎么……怎么成呢？桂林太……太远了！

——不然就驶到梧州去吧！

——梧州不也是太远吗？蔡作勳插嘴说，我们最好是到郁林去，郁林是广西的一个最漂亮的城，我们怎么不到郁林去呢？

谢金星默默地不声不响，他的内心有着一种非常可笑的活动。并且所有的脾气都发作了——而当吴仲祥毕恭毕敬地请问他也有什么意见的时候，他仿佛还是怒气未消的样子，悻悻地说，

——郁林！郁林好了！

如果有一个人从庆远方面经过南宁，向郁林方面走，他起初是

为那魔鬼般的奇异的山岳的压抑而窒息，——南宁要算是广西全省的文化和政治的中心区，但是对于这个窒息的人，它只能够稍微尽了一点刺激的作用而已；一到郁林，看呵，这个窒息的人醒了！在郁江沿岸一带流荡着的空气是新鲜的，这里的田园也多了，路道很平坦，人民很富庶，东望那广东边境的高大壮丽的大山脉，庸奴的人们多少会得到刚愎义勇的启示吧！

谢金星的脾气现在变得很坏，他的肥胖臃肿的面孔处处起着疙瘩，呈着紫黑色，堕入了更深的沉默，间或短短地叹息着，——他似乎一步一步地和其余的三个人远隔起来，甚至毫不留情地和他们决绝了。当在郁林酒店吃饭的时候，他说出了更加难懂的话，而忿怒却不曾减少半点，几乎到了非对吴仲祥他们叱骂不可的地步。

晚上，当吴仲祥和蔡作勤觉得很累乏，而很早就睡觉了之后，吴仲祥的舅子就悄悄地把谢金星带到一个秘密的妓馆里去。舅子一路上恳切地劝导着谢金星，叫他出外人不要把酒喝得太多，而一有积蓄的时候，就要立即把钱寄回家里去，使谢金星心平气静，两人之间变得非常和好起来，谢金星拍着舅子的肩膀说，

——你要不要到前方去？

——去！一定去！我很早就有这个决心了，我觉得在家里很无卿，我想一个男子是应该走出外面去为国家出力才对，但是军队的门路我一点也没有，你能不能带我一同走？

这时候，他们已经停在一间黑魆魆的屋子的门口，敲了门，在倾听里面的动静，而里面正发出了娇嫩的声音，——谁呀？

谢金星应答着，

——可以的，明天你同我一道走好了！

——那是好极了！

两个人兴高彩烈地交谈着，走进了那低矮的门子，颠颠簸簸地

踏过那用细小的石子砌成的天井，走进了一个更低矮的门子，——那女人的身上穿着薄而滑的绸制的袍子，她挽着舅子的手臂，而用她的高突的屁股把谢金星的膝盖挨擦着。——这里一连有三间房子，都有门可以互通，却各都用了一条挨手布般很脏的白布帘在间隔着。舅子和谢金星进了中间的一间房子里，连老太婆算在内，这里一共有五个女人，他们极力地保持着一种生疏、不相识，并且几乎是羞涩的样子，对那两个男人看得发呆，舅子和谢金星的谈论继续不断，这谈论比刚才是还要热烈，却是那样的糊涂而且纷乱，至于谁也听不清谁在说什么，——五个女人互相看了看她们自己，于是哄然大笑了，笑得有的倒仆在床铺上，有的挨擦着眼泪。

舅子老练地招着手，叫她们之中穿红袍子的一个。红袍子带笑带扭地从远远的地方一彪，像一只小老虎似的彪到舅子的身边，舅子于是用嘴巴挨着她的耳朵低声地咕噜了一阵。

红袍子的面孔是扁的，不过比较还很好看，她只管吃吃地笑着，旁的人似乎还在窥伺着笑的机会，预备着再又一齐地大笑一场。

在暖和的阳光照临底下，郁林城宁静而且优美，它安适地给建立在那纵横一百里不见高山的平原上，让那从郊外的小溪流和小树丛之间悄悄地升腾起来的奶白色的烟霭疏薄地覆盖着，——街道上很洁净，旅馆、图书馆、理发店和医生局，都是很好的建筑物，县长是第一等的俄国留学生区渭文先生，……在郊外，人民的巍峨、高耸、宽敞、洁净的房子毫不掩饰地表现着他们的财富，学生、少女，都各得其所，所有的驻军极重纪律，他们也安适、快活，同样地爱惜着各种各式的纪念品，在城内的低级照相馆里，一天到晚永无休止地照相。

谢金星的脾气变得更坏，他独自个唠唠叨叨地咕噜着，常常使吴仲祥疑惑不定地翻起了白眼膜，却又不能不装着笑脸，表示他对于谢金星是如何的了解而且驯服，——更感觉着困窘的时候，就对他的舅子发出了糊涂的问语，他的舅子也糊涂地应答着。

下午，他们离开了那美丽的城，向回来的路上跑。——汽车保持着以前的惊人的速度，像一颗远射的巨弹，拨开了地上的尘土，在空气里飕飕地叫鸣着，刚才望见那前面的山还是远远地绘画着苍郁平淡的一线，一下子，在这勇猛急激的巨弹射击之下，那山就松弛地解开了它的胸膛，至于毫无抵抗地摊开了它的臂膊，让它的庞大的躯体在寸断、在碎裂，像崩决下来的河水，从汽车的前头汹涌地奔流到汽车的后面。

第二天的正午，谢金星在吴仲祥的家里吃了从未吃过的最好的筵席。吴仲祥把他所有的朋友和邻人都请来了，其中有商会的委员、年老而缺乏新的知识的小学教师、店员、民团的分队长、老书记等等，一共有十五个左右。

当吃喝得非常痛快的当儿，吴仲祥以主人的地位向所有的来宾发言了，

——诸位，他的声音夹带着咳嗽，又有点沙哑，不过还不至于口吃；今天，在我本人，能够有这么多的朋友参加这个宴会，是一件很不容易的事。……我的朋友蔡定程先生，他晓得我在这里过着一种堕落、腐化、不上进的生活，想法子要把我改造改造，是他的一点最应该接受，最值得敬重的好意。我屡次听从朋友的话，开书局、投军、办农场，这都是对国家社会很有益的事，可惜我是一个庸才——我有着很高的热情，到底是不是这过高的热情害了我，我自己也不知道，这过高的热情常常使我浑身颤抖，并且从极高的山巅坠进极深的谷里，我几乎有一大部分的时间都是在黯淡无光、不见天日的境地中挨过，我知道世界上再没有一个和我这样可怜的人了！——喂，诸位，请听我说出一点由衷之言吧！我没有成见；不

满意别人的所为，而自己做来却并不见得漂亮，这样的人简直是一个无可救药的疯子，我对他只有厌弃。我呢，我非常地羡慕这世间，因为这世间是热烈的，我所有的朋友都重视我，并且忠实于我，他们一点也没有对不起我的所在，只有我自己对不起他们。现在要怎么办呢？我的朋友蔡定程先生，他每一次碰见我，总是叫我多多地锻炼身体，因为身体是太重要了，……

在说着这些话的时候，吴仲祥满面通红，非常紧张，眼睛迸射着怪异的光焰，视线缩得很短，常常落在（看来）并无实体的空气里面。

……

谢金星骑着他的白马，在下午二时左右离开了宾阳。吴仲祥全家以及所有的朋友和邻人们都欢送他到离开宾阳城半里以外的地方，——宾阳城的市民们远远地望见一群绅士簇拥着一位勇士走来了，那勇士高高地骑着一匹雄健而威武的白马。

——团长！——团长！——不，师长！我记得曾经在南宁总司令部的门前看过这个人，对的，我一点不会记错，那时候他身穿黄绒军服，脚穿马靴，骑的是一匹棕色马，瘦一点，没有像这匹白马高大，这匹白马太好了！

市民们各都为一种低声地、急促地传递着的消息所联结，从而一堆堆地塞积在街道上，跟随着那白马的骑者，慢慢地、无灵魂地移动着自己的脚步，——凡是谢金星所走过的街道，都为无数的市民所挤满，他们因为总是出神地对谢金星的一身凝视着，谢金星一昂头、一回顾，都使他们的身上起着奇特的反射作用，至于不自觉地在脸上起着痛苦的痉挛，或者把脖子扭动着，——在更远的街道上站立着的人们也望见了。

——我看这不是李总帅，就是白副老总。

——什么？李总帅？白副老总？他们到我们宾阳来了？

——也许是呀……我昨天听见了这样的消息，说是前线的抗×军已经和中央军开始接触，而且打败了中央军，夏威将军的队伍已经有两师左右向湖南推进了，李白宣布要在我们宾阳县组织非常时军政府。

——但是这位骑白马的并不是李白。

——在我们广西，当这风起云涌的时会，所有的英雄豪杰都集中了来，我承认这里面还有比李白更重要的人物！

谢金星的白马是一产下来就决定了它的尊贵和伟大的一匹马，它熟悉它的主人所统率的市民，在这广大而热烈的市民的队伍里面，它精明、得体，短而结实的腰在空间里摆动着轻微的波纹，用着镇静自若的步武在前行着，使所有的市民们都更热爱它、挨近它，决不对它怀下了一点点的危惧的意念。

到了红水河畔，已经是午后三点左右。谢金星让他的马在河边喝水，自己懒懒地呼着对岸的渡船夫。

渡船夫从隔岸迟钝地移动了他们的笨重的大木船，他们一个个分站在两边，曲着腰背，用肩膀去撑那长长的竹篙，无灵魂地从木船的前头走到后头去。河水卷着漩涡，非常湍急地在滚动着，似乎分成了无数的个体，它们互相间只要稍一起了磨擦，总是没命地在扭绞着，有的在这扭绞中突然破碎了，痛楚地迸出了花沫，——大木船在中间走过，常常陷进了无能为力、停顿，甚至全身痉挛的可怕的状态，船夫们把竹篙靠在肩膀上一撑，无论怎样用力，哪怕全身的筋肉都抽根结核，至于起着高高的脊棱，都不能使大木船移动半步，临到了这样的场合，船夫们只好暂时静止在两边的船舷上，却一律保持着同样的姿势，紧张着全身的筋肉，上身向前面倾斜着，像墙壁的浮雕上所常见的冀图以最单纯、最有力的姿势去打动观众心坎的角力者——仿佛是我们新广西负责建设的同志们，集中了所有的人力财力，不容易弄成功的结晶品一样。

谢金星起初没有注意到，和他一同乘大木船过河的还有三个学生。谢金星和他的白马上这大木船来的时候还很早，大木船照例等二十分钟，看看有没有更多的人要过河然后开行。临到了要开行的一刹那，三个学生才力竭声嘶地追了上来。

他们一踏上大木船，就开始注意那白马。他们低声地互相谈论着说，

——恐怕就是这匹白马了！

——我也这样想，不过那骑的人并不像一个连长。

——不错，他的军服是政务人员的制服，又没有横直皮带，……

——他的胸脯上还挂着徽章呢！

——吓！抗×救国，这是什么！从商店里随便买来的！

那年纪较大的戴眼镜的一个，带了点少年老成的样子，对于世间上的事姑且作如是观似的冷淡地开始对谢金星问，

——连长，请恕我冒昧，我有一件事要报告你，刚才我们碰见了一个人，他问我们这路上刚才有一位骑白马的连长走过没有，我看他问的一定是你了。

谢金星很觉诧异。

——我看那人一定是你的朋友，戴眼镜的学生接着说；他穿着漂亮的西装，是一个又白又瘦的少年人。

——那么他现在哪里去了？谢金星问。

——他正走在前面，他是乘前一次的渡船过河的。

戴眼镜的学生同时问清了渡船夫，把自己的话确凿地证实着。

谢金星怀着满腔的疑团，过了河，急急地跳上了马，也不回头

对那三个学生举礼告别，就叫他的马飞速地向河畔的高高的斜坡猛冲上去，——不到半里远，就把那奇怪的少年追着了，原来是吴仲祥的舅子。

吴仲祥的舅子非常爱慕谢金星的军队生活，他决意抛弃了半生不死的农场和他的姊夫，他要在谢金星的身边做一个随从，跟他一同到前线去抗×去。这个意思他是早就决定了，只恐怕他的姊夫要阻。止他，他是从宾阳暗自乘长途汽车逃走的，——他实在狼狈得很，帽子也不戴，自己随身最简单的用物都不曾带走，完全是一个幼稚，未见世面，带着犊儿不怕老虎的勇猛与无知的小孩子的情态。这使谢金星看了也动起怜悯。谢金星对他说。

———那么你还是乘长途汽车先到庆远去等我吧！我今晚住大塘，明早从大塘出发，大约上午十一时左右总可以到庆远去，……

谢金星本来是应该在离开南宁后第二天到庆远的，副官长限定他一往一返的时间至多不能超出三天，谢金星一路上是经过了那么多的奇特的事，整日里吃吃喝喝的，自己正也有点忘形得失的样子，不觉已经花去了一个礼拜的时间。——在这个礼拜中，前线的局势有了非常的变动，抗×军不曾和中央军打过仗，以前在路上所听的消息都是假的，现在广西的抗×军已经和中央军联合了，广西的"抗×"原不过是为着要和中央军打仗，现在既然不和中央军打仗，"×"也就不必"抗"，……庆远这地方已经在日前让中央军接了防，原来的抗×军不晓得给调到哪一个角落里去。谢金星再也找不着他们的司令部。

吴仲祥的舅子用完了所有带来的钱，终于含羞忍辱地走回他的姊夫那边去。谢金星是什么都没有，只得了一匹马。他狼狈得很，饭也没得吃，又不敢带他的马跑到别地去，恐怕他的马要中途被人截去了。他很惧怕，至于挨着饥饿整日里躲在一间无人过问的破屋里空守着他的马。那白马现在变得很憔悴，身体饿得很瘦，……

一个西风吹得很紧的晚上，谢金星为饥饿所迫，悄悄地跑过了邮政局附近的一条狭小的巷子，走到乐群社这边来。庆远城的市民们很早就熄灭了灯火，狭窄而破烂的街道陷进了从未有过的黑暗，——为着要清查城里的散兵游勇，中央军正在戒严。谢金星在街道上碰不到半个人，他的身上一个铜板也没有了，如果像平日一样，这街道上到处有牛肉摊子在摆列着，趁着人多手什的时候，他说不定可以有完全不花钱的东西入手，……

但是在前面，突然有野兽般的怪异的声音叫出了，

——口令！

谢金星正想退下来，而猛烈的电筒已经准对他的面孔迫射着。

——举手！

谢金星驯服地把手举起了。

哨兵开始搜查谢金星的身，——电筒猛烈的光焰偶而划过了刺刀的梢末，那上面就有一种雪亮而青绿的光焰在耀眼地流射着。

谢金星给中央军带回司令部里去之后，为要避免许多的苦刑，他决意献出了他的白马。——他完全依照着所决定的做了。当司令部里的人知道他原本是一个马夫的时候，就又给一个马夫让他当了。

（选自《长夏城之战》，1937 年 6 月，上海一般书店）

运转所小景

运转所在广西，看来是一个支配车辆的交通机关，我说的是设在柳州的一个；那地点是在柳州的乐群社——沿着那通行长途汽车的马路，向东走过一点。这一天，时候已经不早，太阳快要挂上了天的中央，但运转所门前的车辆还是拥挤着，不曾开走半辆。对面，靠近一个树林那边，有一个储藏汽油的小仓库，"开车的"戴着军帽，有时也穿着军服，人数是多极了，他们不计一切，照常有的开油罐，有的修理着车的肠肝肺腑之类，总是把一种金属物弄得砰砰的作响。而运转所里的许多公务人员们，他们爱的是嘈杂，放开喉咙，尽量地喊出了最高音，在这震耳欲聋的极高的音调中还有更高的音调，简直是互相地搏击着、战斗着，如果找不到对手，那么拿上电话听筒，打起电话来，把声音传到一百九十里以外的地方去，这电话机一天到晚就没有一刻儿空闲，——那小小的办公室里是纷乱极了……从司令部派来的副官，把好些公务人员们踩在地下，而当公务人员遇到那从早到晚守候在运转所的门口，恳求着在车里让给一个座位的老百姓们，则挥起了脚尖，像踢狗似的把他们远远地踢开去，……

这里来了一个颇有骨气的中年人——他的面孔很清秀，身材很高大，有一种极诚恳恳切的近于可怜的态度，在乡下的"高等学校"的学生里边，有一种年龄过高、但级数还是很低的人物，他用一种极高的德行，几乎是盲目地毫不选择地泛爱着所有年龄较小的同学，而结果还是不能从别人的身上得到更多一点的尊敬，像这样的一种悲哀的色彩，在刚才所说的那人身上，是颇为浓厚的。他是一个广西人，但并不以山野的粗暴强蛮的气质为可贵，他确实是文弱极了，起初，他背着一个很大的包裹从那老百姓的人堆里走出来，跑进了运转所的办公室里，与其说他是勇气很高，倒不如说他是太匆忙了，——在那纷乱的办公室里，他绕过了许多的办事桌子，忍受着许多公务人员的搽屁股纸一样的臭面孔，结果是从一个主任那边听得了这么一句。

——没有位子了，都是军车。

他有着很迫切的行程，向那主任百般地恳求，可怜的是，他绝不顾惜自己，他的媚态已经显见地暴露了。他绝望地走了出来，看着在运转所门口排列着的车辆，无论载的是军火和兵士，的确，都已经一架架地往公路上开，这时候，如果允许我偷偷地问他一声"你觉得怎样"？当心，他必定从鼻孔里喷出火来！

但事出意外，他忽然走到一辆还在停着的车的旁边，眼睛变得很黄……这黄眼睛我刚才倒不曾发现，不想一下子黄得这样厉害，在动物园里，我们看到有一种极精警凶狠但时时爱走着极卑下的行径的家伙，它的眼睛正是同样的黄，奇异，黄色本来会唤起人们对于一种尊贵崇高的东西的仰慕，在这里却完全相反，它象征了一种不高明的龌龊的意念，一个可鄙的阴谋。他用这黄色的眼睛厉害地察看着，不知使过了若干的秘密，若干的狡计，最后是低着上身，用着乘其不知，攻其无备的占上风的姿势，在最不受注意的千分之一秒的瞬间里，脱离了形骸的鬼魂似的悄悄地潜进了车里去。

我们实在不能加以想象，在一架总共也不过八立方尺大小的容积的车里，从什么地方可以找到一个极暗的角落，一个僻静的山谷，一座深邃的森林，可以窝藏住这个严重的"秘密"呢！谅必他正在半声不响地坐着，把呼吸也停止了，假装是死去就最好，在这千钧一发的严重的场合，他最高妙的决策是莫过于否认了自己！

这时候，有一队兵士刚刚被派装运炮弹，许多伕子让沉重的木箱把背脊压得弯弯地，那为首的一个已经最初把木箱装进车里去了。有一个特务长，夹带着无始无终的硕大无朋的灵魂，挺着胸脯。跳上了车，在司机的座位上皇帝一样稳固地坐下去，他不必鬼头鬼脑地去观察一点什么，仿佛这世界都平静了，现在要使用一点职权去裁制一件什么，那么这极高的职权也只有让给他自己似的，他是多么的恬静呵，他不说不动，连袖口擦在身上的声音也没有，……有一个伕子用力竭声嘶的音调，这样严重地叫着。

——滚开去！

——对不起，请让一个座位吧，——到大塘就下车！那可怜的家伙恳切地要求着。

——滚开去！滚开去！另一个兵士咆哮起来了，他以为这个人这样大胆地走上车来，必定是什么长官的亲戚朋友之类，却更糟，这使他盛怒地骂着。

——南宁出的布告你看吧！老弟，打你是总司令的朋友，还是滚！

没有法子。那可怜的家伙只好拖着沉重的包裹从车的后门落下来，但他不能心平气静地转回头向着原来的路上走，却绕了半个圈子，到那坐在司机的座位上的特务长那边，看看是不是可以讨得一点人情，——那坐在司机的座位上的特务长，面孔对着天空，眼睛望得很远，可是那讨厌的声音追迫着他，他无声无息地从司机的座位上走下来，回头向乐群社那边走，仿佛心里在痛苦地叫着，

——你胜利了，我现在只好退避了你呵！

这样他一连恳求了许多别的人，别的人都不约而同地退避了，把"胜利"让给了他。

但这之间，他不幸跟两个抬炮弹的伕子冲突起来，大概是他背上的包裹和他们抬着的炮弹相碰了吧，——有一个武装兵走来了，他拿下了肩上背着的枪，凡是可以攻击的目标都给尽量地夸张了，他几乎要托起枪来对着那可怜虫瞄准，枪一舞动，空气都几乎隐隐地起着震荡。……

这情景非常的纷乱，有许多兵士把他包围起来了，连伕子都放下了木箱，要去打他，……总之我没有法子去说明这军事性的事件的变动是怎样的急激。这运转所的门前突然有三百以上的兵士在集拢着，潮水似的汹涌着，——许多的老百姓都跑光了，但那可怜虫还给包围在兵队的里面，只留下了一点可悲的幻影，……在那里，常常用了百姓的无知和卑怯描写出兵队的残暴！

一九三六，一二，一七

（选自《将军的故事》，1937年6月，上海北新书局）

正　确

连长吹了哨子，叫全连的兵士集合。

兵士们，同一的焦黑的脸孔，同一的死灰色的军服，总之，同一的阴黯，沉郁的典型，用绳子连串好了的便于携带的东西一般，从连部的门口"开步走"，沿着那古旧、破烂而被投进于冬天的凄冷中的街，无生命地给带到一个空阔的场所去。

连长是一个结实精悍的广东人，年纪约莫三十五光景，他十六岁当兵，以后在行伍中一年一年地延接着钢铁般僵冷的生命；一个兵士在兵营中所必须绝对遵守的节目，他至少已经重复地听过了一万五千次。

"绝对服从！"

"遵守……！"

现在，轮到了他当连长，是他把这些节目背诵给别人听的时候了。

天沉重地压覆着，寒风卷动着雪花。兵士们排列在广场上，严肃、静默，保持着固定的角度和均齐，忘记了寒冷、疲劳、倦乏，忘记了一切，用全身的力灌注在耳朵和眼睛中，——眼睛对着前面的连长注视，耳朵接受着连长一字一句的训话，在训话的每一段落的结尾处用凄厉的声音作着回应。

"大家听到没有？"

"听到！"

连长的训话，把铁条放在石板上般砰然作声地响着。那是正确的、完善的，用过了对比，用过了推断，甚至用过了说话的熟练的高、低、疾、徐的调腔；于是他判定了，他判定一个兵士必受严重的处分，因为这兵士有必受严重的处分的罪过。

那正确、完善的道理所延接下来的是惨酷的刑罚。

受处分的兵士当场被牵出来了。

连长，当他说完了一切的道理的时候，一切的道理就成为不需要。

"剥掉他的衣服！"

他狂喝着。

接着，把那罪犯按在地上，屁股朝天，有三枝木棍在他的背脊上交替着。木棍和肉响着急促的节拍，背脊着了木棍的地方起初凹下去，显出了一条条的沟，随又肿胀起来，显出了一排排的高阜；最后是迸裂了，肉变成了泥浆，血在泥浆里渗透着。

但是，连长却还以为那"执法"的人太存情了，而忿怒得暴跳起来。他把一枝木棍抢在手里，把木棍的尾端点着背后的地上拼命地打下去，在那渗透着血的泥浆排列起新的沟和新的高阜。而那罪犯，大约是在最初第一下木棍就晕过去了；他裸露着破碎稀烂的身体在雪地上躺着；静穆、平和而且宽容。

连长的训话又继续了。他微笑地提出了一个问题：

"我已经把他消差了，消差的处分不能说不重，但是我为什么不叫他好好地回去，却又要让他多吃这一顿呢?"他对于自己所提出的问题的回答是:

"因为我要使他第二次当兵的时候不要再触霉头，那是对他有好处的。"

过了几天，他们的队伍开拔了。

那被消了差的兵士因为全身的创口起了糜烂，倒死在距离那广场不远的草丛中，他可以不必第二次又去当兵;他准不会再触霉头。——这是连长所不知道的，他的死比连长所说的道理是正确而且完善得多了。当然，这所谓正确、完善是从最末的一格算起的啊!

（选自《将军的故事》，1937 年 6 月，上海北新书局）

将军的故事

A．W军的兵士是多么的愚蠢哪，他们整排整列地呆站在那绝无军事设备的S城的街头，当做最优美的猎取物一样，让他们的敌人——N军用十一年式的手提机关枪轻便地扫射着。

B．什么？你说——有那样的愚蠢么？

A．不！这是在前线督战的一位团长说的。

"现在呢？"当团长用电话报告了这些情形的时候，罗平，那直接指挥S城阵线的W军的将领就讯问着："我们的兵士死得很多么？——哼，没有受过训练的蠢东西！……"

B．他对着他的部属谩骂的么？

A．谁呢？……唔，罗平将军！——那算得什么，因为他是有着战胜者的尊严的哪！

——"什么？哦，真的再也支持不住了么？——"他握着电话听筒的那只手有点儿颤抖；"啊，团长，你再忍耐半个钟头的时间吧！——我立刻就要到前线去；我要明白我们W军到底是为什么而至于战败的！"

B. 这最末的一句好像是学得了谁的语气——谁的呢？

A. 谁？———这就是罗平将军说的。

那时候是在中夜两点钟光景，冷得很，天正下着微雨，风飕飕地扫动着，前线的机关枪声依然继续不断；但是 N 军对 W 军的最猛烈的进攻还在两点钟以后，——罗平将军从后方的司令部到前线去了，在 W 军这边，有什么法子叫那些不中用的兵士去战胜他们的劲敌呢？……这正好像我们在每一篇故事的最高点的地方所常听到的一样：一个英勇的指挥官，往往就在这严重的关头显出了魔术一样的可惊的力量。果然，第二天，从 S 城发出的战报，有一个惊人的消息使全世界都震动了：罗平统率下的部队，已经开始第一次战胜了 N 军！

S 城的第二次大战是在 W 军战胜 N 军的第二天开始的。N 军用移山倒海的阵势冲了过来；大炮、机关枪，好像编排好了的爆竹一样连串不绝地发射着，W 军这边的阵地，无论是大街、小巷、甚至一个角落，简直没有一处不落下了 N 军的炮弹和子弹的。

罗平，这时候是躲在距离火线不远的一个地窖的里面，利用着电话在指挥全线的战事。他一面嚼着 S 城的市民所慰劳的火腿和面包，一面看着战报。这战报满篇满幅都记载着 W 军胜利的消息，上面是用了他自己的肖像在作着一种光荣的标志的，——谁还替他写下了传略，这传略还写得不坏，当然，那是从他的祖父那一代就写起的，他的祖父是怎样的一个人呢？可记不清这么多了，后来写到他自己在什么地方出世，童年时代又是怎样的一个顽皮的孩子，——几乎是无处不写的呢！对于一种伟大的荣誉的获得，原来无论什么都可以作为极宝贵的证据的。

当然，罗平从来是用骄傲的态度鄙睨着众人的，现在更不消说了，他沉着脸，用一种最平庸、最无谓，甚至好像小孩子戏玩一样的情绪来担当这么关系着整个"国家民族"的生死存亡的大事。

"将军，——"参谋长把从电话得到的消息转告给他说："敌人到现在还是对我们冲锋，不肯放手，这一次可真的支持不住了呀！"

他毫不为意地把电话听筒接在手里，用编排好了的轻逸动情的语句，对着在前线作战的部属说：

"你为什么要退回来呢？难道你自己死了恐怕太孤寂，要到这边来找我作你的陪伴么？……"

但是，前线的情况确实是太严重了，罗平将军不能用一种嬉戏、俏皮的取巧的态度来应付这件事的，不能，他绝对地不能，——机关枪和大炮的声音，是会把一个人的魂魄荡散的哪！

这时候，敌人正集中着全力向他们的阵地进攻，这里的地势位置在全线的正中，敌人企图把这全线的正中截断了，叫他们的首尾不能相顾。敌人的炮火比之以前任何一次的进攻都要猛烈十倍，机关枪和大炮混成了一种嘶声的狂噪，好像特别快车的轮在铁轨上辗过。现在罗平向参谋长说话都听不见对面回答的声音。参谋长拿着电话听筒，竭力地靠拢着耳朵，这听筒好像要炸裂了似的发出一种凶恶的怪响，——对于前线的情况，仅仅吸取了一种毫无把握的印象就突然地给打断了，所有的电线，显然受了敌人的炮火的摧毁，那么，全线的脉络既然给打断，战事就只好迅速地完结了！

罗平依然像往常一样的沉默而且镇静。——

B. 他怎么样呢？

A. 他正想从地窖里走出来。

B. 他教他的卫队把机关枪架起来没有呢？

A. 架起来的。——这机关枪第一是扫射从火线上溃退下来的自己的部属；第二，啊，这就是每一个活泼可爱的指挥官所常说的哪：

用最直截的手法，歼灭十码、五码，甚至三码以内的短距离的敌人！

但是，这时候，天空突然飞来了一颗炮弹。——并不见得怎样奇特吧，罗平统率下的兵士对于这样的炮弹就不知接受过几千颗了！这一颗炮弹在罗平的头上爆炸起来，炮弹的破片从半空里直洒而下，从四面溅起的泥砂，几乎要立即把他埋葬；他虽然不曾受到一点儿微伤，却已经从生存跨进死亡的界线，而受到一种战栗的暗示了！

三十分钟后，他已经给抬回了安全的后方，他依然是沉默而且镇静的。他一点儿也不模糊；他绝对地清醒着。他自己下了一道手令，自己动笔写着。他唤一个传令兵说："你立刻把这手令送到前线，交给参谋长吧！"

并且，他似乎有点儿迟疑，不，直到现在，他还没有抛绝那惧怕的情绪；他转回头把自己所写的手令撕掉了，叫别的人都退下，单独吩咐那传令兵说："不要带我的手令，恐怕你在路上要给敌人截去了。——你依照我所说的告诉参谋长吧：用我的名字，立即发下退兵的命令，叫前线的部队都退！我们不是 N 军的敌手；你牢记了吧，这句话是要对参谋长特别说明的。"

传令兵确实地听着，罗平他自己说了这样的话。

但是，到了前线，那传令兵没有转达罗平的命令，却假借了罗平的名字，用他自己的话告诉了参谋长说："这是我们背城决战的时候了！无论如何，我们不能舍弃一寸一尺的土地！"

罗平统率下的兵士，对于作战的态度是惯常地具有着他们的坚强和果敢的；经过了一度惨苦的挣扎之后，他们又从这严重的阵地崭然抬头。他们——没有一个知道罗平的命令是怎样说应该退却或不应该退却的事；这是千真万确的，他们知道的没有一个。罗平，一切反而是他自己知道得最清楚，他是连什么都知道了。

W军为什么会转败为胜呢？——哦，原来是因为那传令兵矫制了他的命令；在战事最危殆的当儿，他所下的命令是："这是我们背城决战的时候了！无论如何，我们不能舍弃一寸一尺的土地！"

罗平的伟大的战功，是丝毫无可改易地建立了。——但是，朋友，要是这伟大的战功之建立，必须假借于另一种人的手上，那才是永不磨灭的奇耻呀！

B. 他将怎样地报答那有功于他的传令兵呢？

A. 传令兵，——那不幸的人物啊，已经给秘密地处决了！

但是，直到今日，W全国的人民，却还没有一个知道这么一回事。

（选自《将军的故事》，1937年6月，上海北新书局）

尊贵的行为

旅长骑着高大壮健的白马，这白马是比他自己还要骄傲得多的，它迅急地奔驰着，蹄梢在坚实的马路上发出"拍达—拍达"的声音，散乱地遍布在马路上的兵士们一听见这声音，远远地就让开了一条宽阔的路，随即在两边立定了，空气突然的严肃起来，大家一齐对着他们的上官致敬礼；他们的上官的脸孔是有着怎样的一种"风采"呢？当他们在致敬礼的时候，没有一个不对着他"注目"，然而，他们的眼睛为一种尊严的幛翳所蒙蔽，不，他们的眼睛都失却了视觉，——他们的眼睛不都是凝固不动的么！在上官的面前，据说连呼吸也还要停止的呢！

忽然，旅长勒住了马，从马上跳将下来，他的马弁本来因为马跑得快，七八个人都落了后，现在才赶上了，依然"前呼后拥"的护卫着。这些马弁不知凭什么去辨别他们的上官所走的方向，那是比马听受马靴后跟上的马刺的命令还要聪明得多的；他们都跟随着他们的上官走，从马路口走过一所旷场，那是市民们倒积垃圾的地方，稀稀疏疏的草丛里撒上了狗屎，有一个黄脸婆在那里用糟糠喂饲一群鸡，几个肮脏的小孩子在那里戏玩着，四面交流着臭秽的气味。在靠着那崩颓下来的短墙那边，躺着一个病兵，全身卷缩得犹如头脚屈摺起来的一般，他穿着一副死灰色的单薄而且破烂的军服，头上给一顶破旧的铜盆帽遮盖着，看不清楚，只露出两条黄蜡似的浮肿而且透明的脚，仿佛从一种动物的排泄器官所遗留下来的一般，一群苍蝇在上面舞动着，——旅长在那病兵的旁边静默地站立了好一会儿，用那擦得洁净光亮的马靴去触一触他的背脊，并且俯下了上身，亲手去揭开那一顶破旧的铜盆帽，在旁的马弁以及在马路上的兵士们都看得清楚，只有那饲鸡的黄脸婆和小孩子们因为害怕着什么，不知躲进那里去，不曾看到这么的令人感动的一回事。那病兵把身子翻转过来，双手揉着一副红肿的眼睛，又打了一个喷嚏，鼻涕和唾沫都飞溅起来，他似乎不知道在旁边站着的正是他们的上官，他的脸孔带着大大的伤疤，鼻子向左边歪下去，上唇的正中开了一个缺口，一个人的表情是完全破坏了，只剩着一副黄澄澄的眼睛，对旅长呆望着，一点不能表现出一个兵士对上官的尊敬。但是旅长却怜悯地询问着他，并且亲手把他搀了起来，帮助他踏着步子试一试行走。最后是递给他一张十块钱的钞票，关切地吩咐着他说：

"你好好地回到你的家乡去吧！我允许你的长假，——我是立即允许你的……"

这就是那个病兵的幸运，这样的幸运是在一个所谓"行高德厚"的上官底下的兵士所常有的；不过，从这上官手里所付给的却不一定是幸运，因为所付给的即使不是幸运，那也不失为他的所谓"行高德厚"！……

在另一条街道上，是镇上的商业的中心区，商店的生意原来很旺盛，只因为这几天来镇上驻扎了兵队，不免要变得冷淡，——即使是最有纪律的兵队也要令人胆寒的吧！在一间杂货店里，忽然走来了一个兵士，据他自己说是一个马夫，拿着一个大布袋装了满满的一袋豆子，要去喂他的马；杂货店里的人向他讨豆子的价钱，他一个个地把他们踢倒了，没有一个是他的敌手；正在争执的当儿，那"拍达—拍达"的声音自远而近，街道上堆着在看热闹的人们散开了，随又分成两边，旅长骑着他的白马气凛凛地出现在人们的眼前——当他听见了有那么的一个马夫的时候，他立即喝令马弁把那马夫抓到面前，自己拔起了左轮，"砰"的一响，就地处决了他。

对于一个所谓"行高德厚"的上官，这样的尊贵的行为是决不可少的，——当然，从他的手里所付给的却不一定是幸运或是厄运。

（选自《将军的故事》，1937 年 6 月，上海北新书局）

谭根的爸爸

谭根的爸爸自以为聪明得很，他把所有的计策都用在他的儿子的身上。

谭根一路的经过虽则很坏，——如像他六岁的时候就死去了母亲之类，——可是他竟然慢慢地长大起来了。他的身材是那样的强壮而且高大；乱生着满头的毛发，在耳朵的边缘上，甚至在那又平板又粗劣的鼻梁上也长起了很厚的茸毛，显得很粗野的样子，一副大大的翻着白膜的眼睛，似乎也劣等得很，他简直是非常的蠢笨，——不过这就好了，因为恰恰够得上他的爸爸的使用。

法相卯（谭根的爸爸的名字）把谭根带到一幅嫩弱、不坚实甚至已经低低地陷落下去的原野里，——一路上，法相卯的心为那新鲜的麦田的青色所感染，至少变成了并不如他的年纪那样的衰迈；他闲散得很，嘴里吹着一些哀婉的口哨，在一个简单的音节里转了百几十转，尽着千般诱致的作用，……这当儿，那一位镇日藏在暗间里的女人，怪异地，在身边放着豆般大的煤油灯，沉醉着黑漆漆的阴影，一心一意地忘记了外间的赤烂烂的白昼，——她隐瞒着谭根那孩子的耳目，把声音弄得比呼吸的气息还要低，在法相卯的耳管里纵情地荡笑着，——法相卯的口哨于是带着一种中年人的疲倦慢慢地松弛下来，他看见谭根走路很不守规矩，又爱拾起路上的石子丢进人家的麦田里去，他就平和地、毫不损气地屈着指头在谭根的高高隆起的后脑上敲击着，而谭根那孩了却半声不响，他只是把脑袋摇荡了一下就好——这样的事情在他们父子之间，像闪电一般倏忽地过去，和以后的一切都没有半点关系，并且无论接着上来的是任何一件事。

法相卯使唤着谭根在麦田上拔草，——他把一条草拔起来了，恶意地拿到谭根的面前，叫谭根的眼睛对着那赤色，难看，因为起初脱出了泥土而微微地颤抖着的草根注视，——边叱咤着，叫谭根这样的拔，那样的拔。

他的严厉的声音还未离开他的嘴边，而他所要做的事又移上了别的另外的一种，——法相卯于是纵情任意地在儿子的面前咳嗽了一阵，口沫在四处飞溅着，随又回转头在田径上寻觅起来，寻得了一丛特别繁茂的葫芦草，在那葫芦草的上面若无其事地撒了一回小便。

于是法相卯照着原路上回去了。

他再也不作声，偷着步子，连步声也不让谭根听觉，这样，他对于谭根似乎没有一点儿遗憾了，——他简直对谭根用过了计策，并且已经叫他上了当一样。

谭根曾经接触了许多的邻人。在这许多的邻人之中，谭根一些儿也不蠢笨，——不过这在法相卯的面前是无从证实的，在他看来，像潭根那样的孩子应该欺骗，但是谭根的身上并没有半点错误，错误的倒是他的短工马代，——马代那家伙又狡猾又厉害，他半夜里冰冻着手脚从外面偷偷地回来，一爬上床板就呼呼地作着鼾睡，好像从来就不曾干过一件坏事一样。法相卯因此把他辞走了；这件事在法相卯是做得尤其得当，因为谭根已经长大了，谭根对于田园的事务够得上十个马代。

法相卯把许许多多的事情都决定了，无论为了他自己或者别的人，总之他要把一切都弄得非常的得当而且无误。他到屋子背后的竹林里砍了一条竹，细心地一片一片地剖开了它，并且起了火，烧去了篾片上的边毛，于是吩咐那女人把一束麦秆子拿了来。

女人站在那低矮的屋檐下，躲避着白昼的光亮，好奇地看着自己拿来的麦秆子在法相卯的手里给舞弄着、翻转着，并且把冷水喷在上面，而法相卯这时候又开始了一件事，——他喝令那翻着白眼膜，站在旁边观看的谭根，叫他自己一个人到南边的大路边，用百九十斤重的大石块去填塞那给山水冲坏了的麦田上的缺口。

但是谭根有了新的奇特的变转，他没有把麦田上的缺口填塞好。并且在第二天就逃走了。

谭根逃走了很久，法相卯也只好让所有的田园都荒芜着，——他又干起了一些新的事，从亲戚那边带回了一条竹制的狗笆，拴着门子，和他的老婆两口儿一同在天井里杀狗，整天不歇地动着炉灶，弄得那矮屋子的四窗口像榨蔗场里的糖房一样，冒着白烟。那浓烈的狗肉的香味荡出了村子的四周，叫远远近近所有的狗们都仓惶失色地流窜着、狂吠着。

法相卯和别的邻人们都没有什么来往，他们和他正也有着相当的距离，那低矮的屋子里是那样的静悄悄地，杀了一只狗，直到用一个大大的畚箕装出了所有的骨头。

有一天，那矮屋子的门跟平时一样地拴着，——但是法相卯突然受了一阵惊扰，那铁打的门环给敲得很响，法相卯开了门，才知道是谭根从外面归来。

谭根是不会做出什么好事来的，——他不由得不对他起着大大的忿怒了。他不难处处都叫谭根承认，而首先，无疑地还是谭根自己吃亏。他的身上穿着军服，竟然当起兵来了。但是他在额角上受了伤，满脸是血，犹如挂上了一个凶恶的面具，两只眼睛可怕地闪烁着。身上——不能隐瞒，他实在狼狈得很，弄得满身的烂泥，他一定遇到了一件从未见过的灾祸，……现在又刚好是一件再得当也没有的事啊！他吩咐他的女人快些给谭根烧一点热水。他实在闲散得很。他动手替谭根解下那秽浊的外衣，把它丢在矮桌子的脚下，并且连上面有没有脱掉钮扣都小心地加以审视，一面又叫谭根往床板上躺下去。但是谭根依然壮健得很，他双手抓着面孔上的血块，——这决不是一种表示痛苦的动作，而痛苦正是另外的一件事。他清楚地一丝不乱地这样说："爸爸，请你分给我六套平常的衣服吧！——还有五个朋友跟着我逃……快些！这地方已经给××兵占领了！"

法相卯用一种峻急的眼光迫视着，谭根的可怕的影子在他的面前起着更奇特的变幻，——法相卯实在非加以防备不可，他不能不对谭根保持着相当的距离；他对于他的儿子那样的无理的要求是决不会答应的。

"爸爸，"谭根继续叫着："他们已经在后面跟着来了，——在这里至多只能停上五分钟之久，那五个朋友的身上多穿着我们的军服，我们还要跑到别的地方去，恐怕敌人在前头堵截我们，军服是不好再穿了，我们要化装，——爸爸，快些把衣服交给我吧！把你身上穿着的都脱下来……快些呀！……"

他恳切、驯服，这态度似乎只限于一种有益的事的商量，而这商量到了最和协的时候，是用一种变态的简直非常凄苦的声音在进行着。

但是法相卯沉着脸，他一只手抓住了自己的下巴，把下巴抓得变成了一条长长的、尖尖的柄，——谭根的声音稍微颤抖着，他叫他的爸爸恐怕不止十遍，这是一个奇迹，他竟然改变了以前的迟钝和执拗，在他的爸爸的面前表示了这真挚的态度……法相卯于是大大地困惑了、惶乱了，他要在自己所有进行的事情中都使用一点计策，然而那是不可能的——

谭根终于从身上摸出了手枪，把枪口对准着他的爸爸的胸膛。法相卯机械地站立着，眼睛凝望着那枪口的小黑点，十条指头错乱地从上到下摸着上衣的前襟。……

这之间，谭根的朋友，五个穿灰色军服的少年，从北面的山路刚刚绕过了村子后面的竹林，利用着低凹的地形穿过了村子的西南角，在一个地势稍微高起的蔗园里躲藏起来。他们曾经和谭根约定了一个迅急的时间，由谭根在这迅急的时间里办完了所有的事；如今这时间是过去得很久了，他们决定派一个人到谭根的家里去探查一个究竟，但是事情不能这么办，——他们从蔗园里远远地望见了，谭根的矮屋子已经开始受了八个××兵的包围。

——谭根，这时候他正听见外面响着激烈的敲门声：他开始从他爸爸的身上移动了枪口……那败坏的门板给碎裂下来之后，谭根的身上就立即中了一枪。

八个××兵一齐拥进那矮屋子里去了。

约莫过了十分钟之久，八个××兵离开了那低矮的屋子，由青红色的竹林作着反衬，那黄色的影子夹带着枪杆上射出的火星在阳光下闪烁着；他们已经从那村子的南面重又出动了，而所走的方向，是正要穿过这蔗园边旁的小路径。

在这八个××兵的队伍里，谭根的爸爸法相卯给捆缚着，××

兵把他押着走。

　　——这一件急激的事情，就是在蔗园旁边的小路口发动起来的，……

　　从最初的第一响枪起，那五个穿灰色军服的少年一个个地恪尽了他们的职守；××兵舍弃了他们的俘虏，占据了西边比那蔗园更高的小山阜，发射了一阵威猛的火力，使他们的目标离开了那不利于进击的蔗园，——但是××兵的阵地突然纷乱了，那五个少年战士勇猛的冲锋，使双方的得失在这残酷的场合反覆互换；这数字正又是五与八的对比，——连最后的一个也战死了，结果是一场总的粉碎！

　　过了一会儿，法相卯从两旁的七颠八倒的尸群中苏醒了，——他刚刚从身上放下了死的重负，松恬地站起身来，想起了这令人震惊的一切，像刚才做了一场恶梦！

　　（选自《将军的故事》，1937年6月，上海北新书局）

兔　子

"……树林，"那从行伍回来的老同志开始说了，——

这树林，他还可以更确凿一点说，正和他们村子背后的树林一样，有着高高的鸭子树；旁边是一个小小的池塘，池塘里的水无论盛满或干涸都是同样的易于辨认；听到了小鸟儿从那黑黝的浓荫里拍着翅膀突然惊起的声音，觉得尤其相像吧。

"在那树林里，有一只兔子躲着。"

他说着，诡谲地摇着眼睛。他撒谎，他说的那一只兔子是有点儿假的。

可是有二个人却相信了。

"他是一个给消了差的老兵，"那从行伍归来的老同志继续着说："——一个真真活该的家伙，刚才在兵站里给特务排的排长踢了出来。"

"听着——老子要他进来呀！"

排长愤愤地对一个传令兵说。

接着，他就给带进了兵站里去："来，来！——到这边来！……"

排长忽地变成微笑了，对他招着手。

他隔着远远的地方立正。

这下子他踏前了两步。

"——到这边来！……"

依旧招着手。

直到那挺着胸脯在木椅上坐着的排长的膝盖几乎要挨上了他的肚皮。

他的立正的姿势还不坏。——记着呀，未曾当过兵的孩子们，在长官的面前就不要忘记这立正！

但是，突然，那边坐着的排长直站起来，双手紧紧地握着有砵子般大的拳头——不，他不曾动过手，只是猛可地一脚，就把那活该的家伙踢倒下去。

排长的确十分的忿怒，因为，——

那家伙到排长的面前去报告些什么？

那是关于一个兵中了瘟疫在半路上死了的事。

这个兵是他一生中最好的好朋友。

他年纪小，而且勇敢。打仗，在他是熟练、有趣，简直是可以拿来卖弄身手的事了。

当他知道他给消了差的时候，他说："怕什么，我可以养活你！"

于是，他真的养活了他三个月。

但是他死了。在押着军用品从苏士到长岭去的半路上死了，中了瘟疫。是排长派人去埋葬他。

他的坟墓，高高的像一条蕃薯畦子，头上插着一枝杉木板子，在未曾加以刮光的板子面上写着——什么名字呀？那是过后就容易遗忘了的。

他在从苏士到长岭去的大路边的山坡上找到了它。上面的草皮是枯死了，远望着像毛毡子一样的红。不，似乎上面并没有什么草皮，那红色的也许就是那新制的棺木的盖。——但是，不呀！……

再走近去看一看吧，唵，什么草皮，什么棺木，是一架赤烂的尸骸！

他把自己看到的情形报告排长说：

"他葬得太浅，简直不曾用铲子在地面上开动过。——是狼，狼，……"他看见对面的排长倒竖着双眉狞视着他，要说的话就在喉头梗住了。

但是排长却一句句都听得清楚。他说他的朋友的尸骸不曾装进棺木，以致给狼当做了食料。

所以他是一个活该的家伙；因为，他无异公然地侮辱排长，说那个死兵的棺木是给排长吃掉了的。

但是，军队的条规却明明地这样写着：一个兵死了，就发给了四十元的埋葬费。

并且，事情最糟的就是糟在这一点。记着，紧紧地记着呵，未曾当过兵的孩子们，对于长官是绝对不能加以侮辱的，——并且，这时候，排长的旁边有一位体面的客人在坐着呢！

这是一个年轻而又漂亮的军官，穿着新制的灰色羽纱的军服，那白领是最好看的，刚刚露出了半分。

其实，他自己的事情还未办妥，只是"心不在焉"地听着，不晓得这到底是怎么一回事。直到那东西给踢出了门外，他还是一点也未曾听出什么。

他是从驻在长岭地方的友军派来的一位副官。

因为他们那边逃了一个兵，——

据说这逃兵在下午四点钟的时候到了苏士。

他必须从苏士乘小电船过河间，然后才有法子逃到别的远远的地方。

但是，从苏士到河间的小电船在四点以前就停班了。——这样断定他未曾逃出河间，还在苏士附近一带的地方。

那副官带了他们司令部的公事，到这里来请特务排帮他们的忙，把逃兵捉回去，好用军法来处决他。

排长得了密报，知道那逃兵正在那树林里躲着。

他派了四支手机关枪去包围那树林，却没有一个敢进那树林里去搜索。

远远地，排长望见了，在隔过几间屋子的橘子树下，近着兵站那边，那刚才吃饱了脚尖的家伙在静静地躺着。他的肚皮还在一起一伏地吐着气。——对呀，这家伙还有一点儿用处。

他望见排长正对他招着手。

他翻了起来，倾斜着身子，一步步跟跄地向着排长那边走，一条长长的脖子在空间里苦苦地挣扎着，仿佛给一条麻绳缚着狠狠地往前拉。

他没有忘掉那立正的姿势。

排长用嘴巴当着他的耳朵低声地说：

"你走进树林里去看一看吧。那里有一只兔子躲着，听见你拨得那树枝沙啦——沙啦地响。它就着慌了；我们有枪，当它走出来的时候就杀死它。"

他的眼睛发射着异样的光，呆呆地直视着前头，双手拨开树枝，脚底踏上了那有着凹陷的地上时，那弯弯的背脊就在左右地摆动着，并且张开双手，竭力防备着自己的倾跌，……

但是，在他的前头，耸着高枝的那边，突然发出枪声。

　　四支手机关枪一齐对准那发出枪声的地方倾注着。起初还听见回应的枪声，一下子什么都听不见了。

　　那个逃兵是死了，浑身像五月节的粽子般的稀烂，一共不知着了多少子弹。

　　那捉兔子的蠢货在第一下枪响的时候就倒下了。一下子结果了两个。

　　说起了兔子，他又微微地笑了笑：摇晃着那诡谲的眼睛。但是，他突然地沉默起来了。

　　当他扳起身子，背着双手捶着腰，一拐一拐地走向别处去的时候，他一面走一面含糊地接着他的故事说：

　　"……又有了两条新的蕃薯畦子，远远地望去像红毛毡，赤烂烂地。——那边的狼是最凶的，……"

　　于是，老同志一拐一拐地走去了，在池畔的一间枯萎了的茅屋子那边转了弯，就不见了。

　　他的影子却深深地印在这些年轻人的脑膜上：他穿着从行伍带了回来的军服，这军服由黄灰色变成白，它的特点正在于破旧，而且经过了修整，换上了布钮扣，如今把双袖都割除去了，干脆些变成了一件背心，……

　　　　　　（选自《将军的故事》，1937年6月，上海北新书局）

中国现代小说经典文库

邱东平 （下）

主编：黄勇

汕头大学出版社

火　灾

六月十月收租的时候，为着勘对租簿，登记，或者争论一些别的什么，许多毛脚毛手的田佃们走进这里来呼吸一下子，是可以的；不过，可不要让污秽的脚踏脏了地砖，不要用粗硬的手去触摸那——不管是在墙壁上挂着，抑或在台面上放置着的一切，而最要紧的是，不要忘记了这是一间雅静的"小书斋"，是专为着接待客人们用的！

这地方有些潮湿，屡次粉抹过的白墙壁上，正浮现了许多黑灰色的斑点，——但看一看那红色而洁净的地砖吧！单这洁净，就不是这村子中穷人家的屋子里所有的了，……就是那墙壁，也不怕它已经旧了些，老主人爱惜着它，宝贵着它，非有正当的用场，如悬挂四联、镜框和挂画之类，是不会把铁钉子随便钉上的，错钉了一根铁钉子——把它拔掉而遗留下来的小洞孔，是半个也没有。后壁上，有一幅油光面的洋画，不管好坏，但在罗冈村一带的地方，就少有了！这洋画，绘的是滨海地方惯常所能望见的——错落地排列着蓝的山、黑的石的近海的海面，恰好又是一条小河的出口，沿岸荒芜地长着比人还要高的长蔓，海和这长蔓接近，就变成了池沼一样的寂静而且驯服，天上散布着白边的云卷，太阳晶亮地照着每一个角落，——就在这个正午时分的空穆无声的场面里，有三个外洋的猎者，打着不同的勇猛可爱的装束，用了最精警最确当的姿势，在阳光下闪耀着发火的枪尖，也不顾那小小的艇儿快要颠覆，正拼命地和六条巨大可怖的鳄鱼作着惊天动地的战斗。这画框上的玻璃大概每隔好几天总要由那老头子经手揩抹一次，很明亮，里面的画纸也要极力地保存得像新近一两天方才张挂起来的一样。洋画的两边是副宣纸的对联，用了匀称地颤动着的手腕，在每个字时"落"或"拖"处拼命地使用气力，那是企图着要在这上面表现出执笔者的厚重的俸禄和寿数那一类的吧。文雅一点的客人们一到这里，必然地要舍弃了别的一切，把所有的注意力都集中在对于这些字的书法的探究上，发挥了各人的宏论，以至说明了自己是有着怎样清高的志趣以及比别人不同的胸怀等等……靠着后墙，是一张朱红色并且有着金黄色的浮花纹的长台子，因为乡中春秋祭祀的仪仗是由那耆年硕德的老头子主持。所有仪仗中的用物都由他一家保管，老头子从那些用物中取出了一套，当为贵重的摆设物一样，摆设在那长台子的上面。这就是锡制的所谓"贡器"。两边各摆列着四张朱红色的四方木椅。靠左，有一张新式床铺，是从香港裙带路买回来的，油着黄色，很怪异，——总之在乡下，这些都是不常看见的东西。平时到这里来的客人，在邻里乡党中，大概都是有了地位的，他们之中，一些来自别处的——比其他的客人更有意义的人物也有；并且，在梅冷镇里送信的邮差，也是常到这边来的呢！

说到那邮差，那真是有趣得很、邮差送来的信，那封面大概总是这样写着，"海隆梅冷镇东都约罗冈村福禄轩交陈浩然家父安启"。

接信的常常就是那位六十岁光景的老头子——他很康健，头发白得洁净，像银丝一样；面孔肥胖；似乎刚才是喝过了酒，满面的红光，也没有带拐杖，——穿着白葛的长袍子，身边冲出了一只黄褐色的狗，又高大又强壮，面部倒凶得很，不过当守门的就是凶一点也不要紧，也很有些城市的气概，只是牙缝里呀呀地叫了一阵，不怎么吠。——这一天，那真是凑巧极了，福禄轩里正有许多客人在坐着。老头子应酬那些客。人们，正当情意茏葱，非常融洽的当儿，忽然受了那邮差的粗率的叱问声所骚扰，满座都几乎惊慌起来，像一巢黄蜂似的，嗡嗡地响。老头子出来了，站在门口，他的背后连二接三，正排列着不少的人头。

这邮差，穿的是平常人穿的衣服。戴的是平常人戴的帽子，只有腰边挂着的大皮包写着黄色的"邮政"，二字。他的个子很高，却并不驼背，也不怎么瘦；意外的是面孔很清秀而且白净，也许因为还没有胡子的关系。似乎是一个什么商店里的买手，当邮差并不是他的正业。他就是在这邮差的职务上毫不顾忌地或者用恫吓，或者用轻蔑——这样做了一点开罪别人的事也可以说不关重要，反正他就是丢了这个职务不干，也有办法养得活一家的妻子。不过他的声音虽然很粗率，因而也显得有点强暴，而他的态度却倒也很温和，而且很朴素。他脱下了草帽子，用手巾擦去了里面的水蒸气，牙缝里像螃蟹似的嘶嘶地喷出了小小的白沫而且发响，仿佛在叫着，——热呀热呀似的，他掏出了那封预备要投交的信，看一看那低得几乎要和头额相碰的"福禄轩"的黄底蓝字的匾额，笑了笑把信交在那老头子的手里。老头子接了信了。这刚才叫人冷不防吓了一跳的奇奇突突的事正有了段落，心里预备着接了这信以后又怎样的事，暗暗地呼出了轻松的一长气。不想那邮差的面孔突然变了色，像一个不懂信义的小孩子似的，一忽儿就反悔起来。

——且慢！且慢！他发出粗率而且强暴的声音，似乎说明着现在把这信交出去并不是他的本意。那末又怎么办呢？原来他是要把那封信讨回了来，因为有什么东西忘记了看。

没有问题，老头子无条件地把信交还给他。他拿了这封信，像着了魔似的，一味儿只管在信封下边的左角上看，情形非常的严重，几乎是一道命令，迫得他非低首下心地接受了下来不可的样子。

"国，民，革，命，军，……"他一面目不转睛地看着，一面郑重地一个字一个字地念下去："第，×，军，第，×，师，第，×，旅……"底下还署着"陈国宣"三个墨笔字。

于是稳顿着站立的势子，倾侧着头，双眼凝望着远远的天边，带着仰慕的调子向老头子发问："这陈国宣先生大约就是你老人家的公子吧？"

这声音似乎特别来得生疏，很不好懂。老头子的耳朵觉得很吃力，但是毕竟已经听了出来，于是情形由严重而进入了忙乱，——老头子拱着双手，对着那邮差又鞠躬又点头。

"是，……是！……先生！"
在极短的时间中保持着严肃的静默。

邮差把信再又交给了老头子之后，——好了，这严重，这忙乱，一切都安适地弛缓下来了。

"哈哈哈……"
"哈哈哈……"
"哈哈哈……"

起初还夹带着鼻音，后来是开着嘴巴大笑了，这笑声一下子变成了强烈而且洪大，声浪澎湃地从邮差那边涌进了福禄轩的里面，又从里面澎湃地涌了出来。

如今在座的，一位是隔邻不远的将军山村——在族谱上同一根源的宗兄弟陈大鹏。他跛了一只脚，残废了，作了单身的光棍，本来是一个不入正轨的家伙，但是有着令人畏惧的特点，他的身子结实，面孔清秀，额角高高地，一副眼睛是生得尤其锐敏。而态度却凶恶极了。他的气量很小，胸怀狭窄得简直是在起着磨擦的作用，喜欢无的放矢，几乎时时刻刻把自己陷入了孤军苦斗的局面，战死了，试问到底他遇到的敌人有多少，那恐怕是半个也没有！有时候他似乎自己正也切求着在这严重的战地里解脱下来，歇息一下子，常常变得和颜悦色、低首下心地向人家表白出自己所暗怀着的意见到底是什么，但是结果却把藏在心里的一点刚锐的气魄也干干净净的荡散了，更引起了一种紧张得几乎变成了痉挛的忿恨，因之他的身子一天天地敛收下来，到了四十多岁，比一个六七岁的小孩子还要矮些，——不过那"无的"的"矢"还要放，孤军苦斗的局面陷得比前还要深，他也许知道这下子正和紧急的关头相距不远，多一声言笑，多一分晦气，还不如不声不响的好些。所以当那屋子里的人们，看到那邮差对这陈姓的家门表示惊异的神情，——为着要对那有福分的老头子表示祝贺，正在张大着嘴巴，摇荡着脖子哈哈大笑的当儿，这就要请求大家的原恕了：他一生的确失去了所有的笑的机缘，——不过，这满屋子的莫名其妙的笑声还是澎湃地持续下来；为着不得已要把这不利的场合敷衍一下，他没有什么，只是对大家点点头而已。

隔了一会儿，笑声慢慢地静息下来，又加上了咳嗽、清嗓子以及吐痰等等的声音。直到情形确实地恢复了原状，那邮差也走远了。老头子这才请所有的客人们按次就坐，并且盛意地给他们各都斟了一杯茶。

"是的，万万不能迟误，应该立刻就预备好……"

发言的是这里罗冈村本村的地保陈百川，他说话的摇头摆脑、妄自尊大的态度，显然是对陈浩然那老头取着抗拒或者争执的不以为然的气势，不过他已经突然地沉默了，……而另一边，却显得对那老头子的一举一动都体贴入微，当了人家的臣仆似的作着忸忸怩怩的怪样子，低声地对着坐在他旁边的一个说："这老人家的眼力实在不坏呀，不用戴眼镜，却看起信来了！"

老头子当着众人的面前，把信开了，他的红色的面孔呈着微笑，鼻子里嗡嗡地作响，还在暗暗地点着头，——信里究竟写的什么，这个秘密恐怕无论如何都不能加以想象的吧？——忽然他又抬起头来这样说：

"喔，不错，依你们诸位的意见是怎样的呀？"

这又和信里所写的并没有半点关系，已经是回到刚才大家所谈论的那件事的上面去了，——刚才所谈论的是在今年的清明节中，罗冈村陈姓的这一族，如何预备着到他们的一世祖的坟地去举行大祭扫的事，——不然就是因为他的心情兴奋得很，以为别的人们还是在那大祭扫的题目上大发议论。而他的儿子在信上所说的——怎样叫他自己也不能不深深地叹服的话，对于他们，恐怕还是一无所知的呢！

他于是把儿的信又展开来看了一遍，一字一句地看下去，把大祭扫的事也暂时搁开不管，到了紧要的地方，就不自觉地摇头摆脑地念出来：

"儿以年少从军，荷蒙长官垂爱，于月之二十日，升任中尉书记之职……"喔，你看，他独自个叫了出来："现在就……又高升啦！"这时候的声音还很低，"人生在世，营营而生，草草而死，得而患失，本非所有，失而虑得，于我独无，故以为路道之不可不修，而桥梁之不可不造也！"这时候，声音就非常响亮了，他感动得跳了起来，"唉，这孩子，你看，他说的话是这样好……这样和我的心意一无二样……"

这边的陈大鹏突然从静默中暗自紧张起来，正想对于这样的议论有所策应，而地保陈百川却已经抢着说：

"国宣哥我顶知道了，那一次是什么日子呀？他和我两人在同安居喝酒，那时候他还是一个小孩子，有这么高，一副眼睛委实生得厉害，像猴子一样，现在听说他们的军队住在宾隆，是吗？从省城到宾隆，有七日的水路，还要经过上杭、武中；韩江口的水实在是顶急的啦！"

"什么？韩江口的水？"老头子突然觉得自己的高深优美的思维受了骚扰，不耐烦地皱起了眉头："喔，你懂得什么？一件事要是让你懂得，那就糟了！我几时看见你的儿子，——哼。不说还好，说起来教我头痛！——你对他一点教育也没有！他也不对我点头，还在背后骂我，说我分给他的钱太少了，那真是岂有此理！我和他买了一只鸟，——又是他自己问我要鸟不要，我叫他把鸟拿来吧！他说，那是多得很；其实他手里哪里有什么鸟，还不曾到树林里去捉啦！—到树林里去，不晓得捣坏了多少鸟巢，并且把鸟蛋也带回来，问我要不要买他的鸟蛋，混账，难道我是一个无赖汉，动辄就吃这吃那的吗！那末我分给他六个铜板，买了那只鸟，立刻放了它，我一手就不知放过了多少只了，而他从此以后却更加残暴起来，把前后左右的鸟种都灭尽了，现在还有一只斑鸠，会在屋顶上咯咕咯咕的啼着的吗？我就再也听不见！还有土金的儿子阿庚，唉，这孩子简直坏透了！你道怎样，——有一天，我看他捉了一只乌龟，故意要带到我的面前来啦！——叫我看，我说，这乌龟的寿命长得很，何苦把它杀掉，劝他卖给我，这样分给了他一个角子，又把那乌龟放掉。不想第二天还没有吃早饭，他突然竟一连带了三只来了！这样我分给他六个角子，每只提高了一倍的价钱，又劝他学学好心，要是我手头有《地母经》，我还要送一本《地母经》给他，教他念念。不想刚刚到了这天的中午，他带来了五只，——我简直没有法子，只好分给他一块的价钱，心里实在不好过，我对他说，这银子要是拿去买衣服穿，这衣服是要自己着起火来的呀！还有阿兴的儿子，他比较有点傻气，什么都捉不到，却捉到了一条蛇，——想想看，要把这条蛇杀死，我又不忍，不然又恐怕留了它害人，这样分给他六个铜板，叫他把蛇带到远远的地方去，——但是下一次，他又有一条蛇捉来了，那是一条顶毒的饭铲蛇……"

"要是我得到了一条蛇，那就好了！"地保有意捉弄似的说，"我要把它剥皮，去骨，用几粒米合着它一起烧，如果米变了黑，这蛇就真的有毒了，不然米还是白的呢，那就要快些给它加了一点'茨实'上去！"

"百川兄，你吃过老鼠没有？"另一个又是坐在他的身边的这样说。

"老鼠是比蛇还要好的货色，不过杀的时候要小心一点，它的大腿里面有一粒蓝色的胆，如果这胆不摘开，你就最好不要吃它！"

对于那老头子，这些关于蛇和老鼠的吃法的问答，简直是刺耳得很，——没有法子，只好暗暗地断定这些人，如果他们也希望自己的后代发达的话，那就再修行十世，恐怕也没有一个会达到他的儿子国宣那样的地位！

他把手里的信折起来藏好之后，对了，凡事不要多嘴，什么都不必说，因之他只能够切切实实地和他们共同决定了大祭扫的日期，以及应该及早预备的许多零零碎碎的事情，而他的儿子在信上所说的话，却还是深深地使他叹服着，——从此以后，他的身体会更加康健精神，会更加爽快，那末有什么可以挂虑的呢？他应该一心一意地去多做一点好事，何况世事反复，年情不好，正也希望有钱有势的人们时时发些慈悲，多施一点恩惠！

二月十九日，是决定了的到他们一世祖的墓地举行大扫祭的日子。罗冈村以及隔邻将军山姓陈的一共有七十多户，各户看所有的丁口多少，决定参加大祭扫的人数，大约每五人占两人，不过也不怎么严格，多去一两个人，或者在路上顺便把自己的亲戚也带着一同走，是没有人会来干涉的，而且无论老少男女都可以。这样的大祭扫，大约每隔十年才有一次，可以说是一个最快乐的大节日，全族的人要特别在这个大节日热闹一阵，是不足为奇的；为着要使这个大节日在形式上来得堂皇一点，并且利用这堂皇的形式在他们的祖先的墓前表现出这后世子孙所有的荣贵和光耀。梅冷镇归丰林的田主爷爷们，至少也得请他们一两位到来参加，还有隔邻水溜口乡——陈国让（正是陈浩然的大儿子）所主持的国民学校的学生，恰好在最近编成了童子军，童子军的制服、棍子、麻绳、小斧、营幕以及军号、军旗等等都已经购置齐全，一共有一百二十五名左右。陈浩然那老头子当日在筹备这大祭扫的会议上，就曾经对大家提议过：

"如果我们能够请童子军也来参加，那是好极了！一路上，童子军穿着一律的制服，吹着喇叭，扛着大旗，由俺的国让带领着，走在我们这一大群人的前头，那岂不是要把沿路一带的居民都惊住了吗！"

他这个提议立刻得了大家的赞同，——水溜口虽然和这里相距很近，不过因为那墓地太远，队伍不能不早点出发的缘故，童子军由校长——同时也是童子军的大队长——陈国让带领着，昨天下午就预先到了这里，并且张起营幕来，在村子南面的草埔上宿营。这里那里闪烁着他们勇猛可爱的黄色的影子，到处听见他们的令人快活的喇叭声，每当他们的队长走过的时候，两边都噫噫噢噢地举军礼，——草埔上，一处处张挂着的尖尖的营幕，当夕阳西照，金光满地的当儿，拖着长长的黑影，染着半边美丽而威武的赭褐色。这是罗冈村从古至今未有的奇景，真的要使罗冈村的整个的容貌都变改了呢！

梅冷镇归丰林的绅士们，据说因为有了别的事，都不能来，只有陈国宣的岳父林昆湖先生，平素爱看风水，又喜欢黄沙约一带的山地的景物，同时因为和罗冈村的人特别有来往些，没有什么拘执。陈浩然那老头子特地去请他，他也是在昨天下午就到这里来了。老头子把许多的事情都交给别人去管，和他的大儿子国让、四儿子国垂、五儿子国栋，带着林老师在村子里较为宽阔的地方散步，在族人的肃然敬畏的眼光中，以及在童子军的无限止的敬礼中，东指西画地高谈阔论着。

第二天一早，东边只露出了微亮，金黄色的星儿还在碧空里闪耀着，童子军的喇叭用着热烈而可喜的声音响彻了雾气笼罩着的旷野。接着，这里那里发现了宰猪宰羊的声音，而所有各家的窗口或门板的缝隙里，都露出了温暖的灯光，为着要把全副的精力都应付在这宝贵的节日上面，他们已经很早就从床铺里爬起来了。

这其间，碧空里的星儿渐渐地褪了色，东方的天上正也渐渐地呈现出壮丽的赭红，交谈着的人可以清楚地看出对方的面孔。——西边，小鹿耳山的半腰上横挂着一幅纯净无疵的白云．而南面近海一带的山峦，因为过于遥远，看不出它们的轮廓，还隐潜在那幻梦一样的浓白色的气体中。但是这四边的景物都在急速不断地变化着：——一会儿，在福禄轩和陈浩然的正屋相接的大灰町上，已经涌现出了一大堆的纷乱杂遝的人影，那数不清的人头，在晨风的凉快的吹拂中，起着活跃的波涛，还夹带着因为过于勤敏，用力的缘故而各自扼制得很低很低的声音。出栏的牛，不像平日一样，小主人不大去理会了，至多也不过撒一点禾秆子给它吃，或者用一条"牛镣子"把它钉实在附近的草埔上，要告诉它说，小主人今日不能在这里奉陪你了！它们都干着喉咙，发出沙哑的声音在互相呼唤着，好几只狗似乎也懂得了今天的日子的不平常，在人堆里缠夹不清地追逐着、戏玩着。——到了太阳上山的时候，不但所有的一切都准备妥当，而且早饭也已经用过，那末是可以出发的时候了。

散布在村子南面的草埔上的童子军，很早就拆卸了所有张挂着的营幕，遇到吃饭、集合等事都应用起喇叭来，喇叭声到处地充溢着，——正当七点的时候，队伍已经从东边的路口向北出动，童子军由大队长带领着，走在行列的前头，红色的军旗在南风里飘扬着，所有的金属物在初升的旭日的迫射中，反射出荣耀而刺目的光芒；悠扬的军乐声荡过广阔的田野，在山谷那边遥远地起着回应。无数的小孩子们也不顾行列的次序，散布在两边的路旁，以能和童子军挨挨身子为荣似的，在童子军的队伍中夹杂着走，后面接着来的原是猪、羊、鹅、鸭以及所有的祭席，但是那些空手的——也不管事也不抬祭席的人们，已经拥上了祭席的前头；祭席有三十多台，后面还有十多担从外面不能看得清楚的物品，以及临时应用的器具等等在接连着，又请了两个"吹班"，沿路一个打小皮鼓，一个吹笛儿，——押尾的就是那三顶蓝布轿子了。坐轿的是林老师和陈浩然，还有陈大鹏那坏脾气的跛子。行列中并且有许多狗也跟着走。

这行列离开了村子不远，从一处密布着低矮的灌木丛——而蔓草则长得比那灌木丛还要高——镇日里闹蛇闹蛙的低地里，过了小溪流的石桥子，向东北爬上了那黄色泥土的山坡，于是就和那到梅冷镇投市去的黄沙约一带的居民的行列迎头相冲了。

"兵！兵！……"

"学堂里的学生军！"

"从哪里来的呀?"

黄沙约的居民们,虽然强悍而且好斗,不过只差一点见识比别人低,脑子比别人淤塞,每一个的肩上又给沉重的担子压着,在猛烈的阳光下,愚蠢地一无所知地皱着眉头,卷着上下唇,张大着嘴巴,露出了牙齿,不能不呆住了,让开了路,走出了路的两边,像碰见了归丰林的田主爷爷们骑着的马一样,不过不能任意散布在罗冈村人所有的田圃上,更休说让脚跟踏进了罗冈村人的麦田里,因为,要仔细地看呀!罗冈村人现在出尽了所有的老少男女,和那"学生军"的行列密密相接,他们穿着新的衣服,扇着扇子,在路上嬉嬉地笑着走。黄沙约的"山民"们当心些吧!平常在这狭窄的路上一碰见了归丰林的马,你们对归丰林的白绉绉的少爷们不能直接泄忿,却迁怒在路边的田圃上,不顾那麦的碧绿的嫩芽正在慢慢地滋长着,在上面任意践踏,习为惯例,现在可就不行了!罗冈村人有权力干涉你们,要不是驯服地直着担子在路边站定着——因为路是要让而田圃是再也不能践踏的了——那末举起眼来看吧,那里不是正有一个黄沙约的山民,粗野地给按在路上敲打了吗?

童子军的旗顺着南风的势子招展着,而且泼啦泼啦地响,有时候翘起一个角子,有时候竟至全部卷成一团,但是一忽儿又招展起来了,而且又泼啦泼啦地响起来了。——这旗子,象征着这些少年人们一个个的天真活泼的灵魂,他们几乎要歌唱起来,在这条路上荣耀地目空一切地跳跃着前进,——这条路毕竟是绕着山边走,有时候虽则不免突然的低凹下去,但是有时候却简直比所有的一切都来得高些,童子军的行列在这高高的山腰上横挂着,闪闪烁烁,像一条纯金的链子,上面还饰着珍贵的玉珥,不要说是沿途一带的居民,就是从最远的地方也可以望见了,而那喇叭,它的热烈而可喜的声音现在就变了,变成了远自外地买回来的高价的皮鞭似的,一声声，鞭打着四近的田野，鞭打着远近的山阜，仿佛还严厉地威吓着，再不许从任何处所发出回声！

大约走了二十多里远的样子，行列前进的方向改变了，不是朝着正北，已经朝着西北角岔开去，沿着那澎湃地奔泻着的溪流——黄沙溪的岸畔走，在那荫翳的林子里，路径是变成狭小了，并且蜿蜒地曲折起来，苦竹儿的绿叶揉拂着头额，脚底下则无怜惜地把那些繁茂地掩没了路石的含羞草践踏得忍辱无声地东翻西倒，——每逢在一个村庄的旁边经过的时候，起初听见了一阵狂烈的狗吠，接着是在秃脱了青草——白天里为牲口所栖息的小树丛下的黄土堆那边，露出了好几个黄的——甚至有比从树枝上落下来的黄叶子更黄的人面孔，羞涩地忸怩地眹着那脓白色的双眼，再走近一些，就可以看到好几个患黄疸病，或者疟疾，或者橡皮脚的整日里赋闲在家里的汉子，以及一些金丝颈，大肚皮，露着赤条条身体的男女小孩子们。

童子军还是第一遭跑长路，他们都觉得有点乏力，几乎要偃旗，而鼓则早已息了，现在正在深绿的浓荫下停歇下来，——大队长的面孔本来是青白中泛着壮年人的红色，现在则变成了紫蓝，一讲究起姿势来，他的胸部尽可以张得和雄鸡一样的挺，要是可以随便地放松一下子，则简直要像火油罐的薄薄的白铁皮一样，卡啦的一响，雄鸡般挺着的胸部反过去，背脊像打一个括弧似的弯弯地一拱，马上就要变成一个驼子了。现在他在一个四方石的上面坐着，像一条泥虫在抗拒着敌人的时候一样，把长长的身体卷成一堆，一味儿只管咳嗽，也没有心机去呼吸那流荡在溪边与绿树之间的最新鲜的空气。队员们说话谈笑也似乎都不大起劲，只是默默地有的在树丛里小便，有的临着溪边用手帕子洗脸，而那溪水的澎湃奔腾的声音，似乎又一阵比一阵来得高涨，几乎要掩没了这疲乏的行列所有的呼吸和喘息的声音。

那些原来和童子军掺杂在一起走的小孩子和闲人们，除了小孩子还在接拢着之外，有许多已经落后了，现在正在断断续续地赶了上来，抬祭席的和扛轿子的恐怕还离得更远，因为小路径是逶迤地在树林里流窜着走，一拐了弯，就是登上别处的高坡上去瞭望也望不见。这的确因为童子军过于不懂得爱惜精力，一开步就乘风破浪，浩浩荡荡地走，以致把后面的行列扯得七零八落，若断若续，而他们自己正也有些不好过，像山涧里的流水似的，涨得快也退得快，不过他们毕竟是一群元气充足、精神活泼的小孩子，只要歇息了一会儿，一切又很快地恢复了常态了。他们自动地归了队，弄得那把身体卷曲着打瞌睡的大队长也不好意思不跟着站起来，把手里在路上随便拾得的绿枝子一挥，省得了叫一声"开步走"，因为溪里的水声太高，奏起军乐来也不会有什么精彩，所以喇叭暂时决定不吹，铜鼓暂时不打，只将两把军旗子扛着走就是，但是这在那些从林子里爬出来的山民们看来，已经是多够味儿的情景呵！

行列现在从一处高高的斜坡上奔驰下来了，童子军在这辽远的长途中尽了他们最后的一分勇猛，向着他们的目的地飞奔直进，——这里东、北、西三方都有些高低不等的小山阜在环围着，沿着山麓一带，打一个半弧形，是一线藓苔般的黯绿的树林，间或有一些烂疮口似的赤烂烂的小屋子在参合着，无声息地像一片荒凉的坟场。小山阜的后面，小鹿耳的巍峨高耸的群峰在排列着，天上则蔚蓝一片，看不见一点微云，至于南面，虽然有些比较高起的田亩或小树林在作着阻梗，但是站在这里，朝南而望，总可以说是居高临下，连那远远的滨海一带的山峦也可以隐约地望见，——有一条小小的流泉，不晓得发源于什么处所，从北面玲玲瑯瑯地跳跃而来，在田亩的旁边通过的时候，特别发散了一阵阴冷的寒气，把田里的泥浆冻成了一些冰水，使插植着的禾苗，在脚胫上生起了红色的茸毛来，以至慢慢地枯死。葫芦草看看得了机会，在田径上抖擞着精神，毫不客气地，把壮健的横根伸展到田里去，而且普遍地布满了，到处地挺起了利剑般的尖叶子，犹如战胜军在所获的土地上强横地插起来的旗帜，——那小小的流泉到了这里就再也不明白它的去向，看来也确实有些险毒。从远远的地方特地跑到这里来，把所有的禾田肆意地残害了之后，就隐潜了自己的行踪，不再令人知道了。而这些禾苗的主人们为什么不到这里来为他们的被难者伸雪一声？恐怕正也成了自顾不暇的"白虾"——听说这里山野一带的瘴气非常利害，忽而全家数口子都死得干干净净，外面的人谁会去过问，也不是只有天知道！和这些被残害了的禾苗相连接，有一幅稍为高起的草原，长着又高又繁茂的红脚草，草皮里满撒着泥泞未干的蚯蚓的泥卷，——有一架从久远的年代遗留下来，重修了又重修的白坟子，在这草原的南边的一端，像小孩子捉迷藏似的不声不响地躲着，这就是他们陈姓的祖宗的长眠地了。

陈浩然那老头子从轿子里爬出来了，前面的轿夫把轿篙子放下来，后面的那个却拼命地把轿篙子顶得很高，使轿身向前面倾斜着，似乎是把那老头子倒了出来的一样。接着是林昆湖老师，再后就是陈大鹏那跛子了。老头子刚刚跨出了轿篙子，正想要找一个人来询问一声什么，却突然碰见了地保陈百川，于是什么也不想询问了，只叫陈百川到他所坐的轿子里把罗经盘拿出来，——陈百川、老头子、林老师、陈大鹏跛子，以及驼着背，再也不能把胸部挺起来的大队长。当然老头子和林老师则常常居在正中，几个人莫名其妙地互相簇拥着，到前后左右去勘察去了。许久之后，才聚集在那白坟子背脊的正中上面，——老头子安一安罗经盘，匆促地还没有把指南针弄对子午，就忽然发现了大不了的什么似的，随后从人堆里指出一个人来，对他命令着说：

"——你把那边的锄子拿来吧！"

这边的林老师看看老头子不十分管得了那罗经盘的样子，把罗经盘接了过来，对准着一看，嘴里念着"癸山丁兼子午"，大队长因为觉得有点无聊，只好拔了一条红脚草在手里玩弄着。陈大鹏精警地　着那薄薄的敏慧的眼皮，看看林老师手里的罗经盘，又看看大队长手里的红脚草，视线于是停在大队长的半青紫的脸上，作着暧昧不明——然而绝对善意的微笑，仿佛趁着神不知鬼不觉的当儿，自己的身上多吃了一点亏也好，只要肯让他从那严重的战阵里解脱下来，那么什么都可以无条件答应的一样。而陈百川则因为土地爷那边的红脚草，不知怎样，忽然着了火，自己脱离出去，到土地爷那边去救火去了，又因为草原上每一个角落里都站满了人；老头子、林老师、陈大鹏、陈百川、大队长、陈国让等等这几位顶要紧的人物，究竟有常常互相簇拥着或者站在一起没有，那简直也就无从判别了。

这样沉郁地混沌了好一会儿之后，这才慢慢地从中找出了一点端倪，纷乱嘈杂的人们似乎现在就已经找定了一个适当的立足地点，再也不像刚才的乱碰乱撞，三十余台的祭席摆上了祭台的前面，祭祀就开始了。

陈浩然做主祭，他的第二儿子国垂诵读祭文，林老师则在旁唱礼：

"起——鼓——"

咚咚咚咚……小皮鼓轻佻地打了好几下。

"动——乐——"

"底都打底都打"……又吹了好几声潇洒的笛儿。

"华——引——"

"砰! ——砰! ——"把凶暴的火炮也燃起来了。

在这严肃的空气中,许多人被强迫着死板板地在听,死板板地在做,连那林老师唱礼的声音也死板板地,仿佛不是从一个人的嘴里发出的一样。

在祭席的两旁紧紧地拥挤着的人们,突然地起了一种骚动,严肃静默的空气里这边那边,迸出了一些急激简短,并且因为恐怕扰乱秩序的缘故而扼制得很低很低的声音。但是乱子的根源似乎并不在这里,总之,这里所起的变化是迅急得很,那急激简短的声音一下子静下来了,却并不是说乱子已经终止。因为接着而起的是一种繁杂的简直无从臆测的更可虑的声音,这声音并且在这边那边的蔓延起来,像一条诡谲的蛇,在最难窥破的地底里不停地流窜着。

"今天实在热闹得很,恐怕已经有两千人左右了。"

"你做梦!我们就是把罗冈村和将军山两村的人合在——起也没有多少!"

"为什么看起来这样多,……我就有点不相信,这里,那边,呵,这一幅摹埔都装满,两里内的小山上也站满了人,……怎么样———那边的童子军在喊?……"

"不得了,不得了!童子军和那里的一堆人作起战来了!"

"快些,到那边去看一看呀!"

"去看一看……"

祭台那边的严肃的空气,经过了这些无从扼制的声浪一次两次的侵蚀,至少褪了色。恐怕还要紧紧地收缩起来,最终是给那高涨的声浪来了一个总的否定,好几位绅士们正如蚂蚁受了水的包围,现在连最后所据守的这一点干地也终于落陷了。那嘈杂的高涨得可怕的声浪把他们冲激起来,要使他们也不能自主地随着那高高的浪头到处漂浮,……

"这是什么乱子呀?"老头子匆匆地把祭祀的节目结束下来,急得皱起了眉头。"

"我看一看去!"地保陈百川自告奋勇。

他于是摆动着双手,在那厚厚的人堆里打开了一条路,他的耳朵又精警,双眼又晶明,还不曾冲出重围,就已经把一切的情况清楚地加以判定——

原来是,俗语说人变地变!不知那一处所发生了饥馑的灾荒,现在是漫山遍野地爬出了这么多的凶狠狠的灾民,他们半点也不知羞耻,瞪着贪馋的锐眼,张开着嘴巴,滴着涎沫,还带着布袋箩篇之类,胆敢向着这神圣庄严的祭礼企图掠夺,实行包围,……

"你们把这些土匪们都捉来吧!把这些土匪们……"

地保陈百川用脚跟沉重地踹着泥土,涨着面孔,在那里狂暴地直跳起来。

"捉呀!把这些土匪们都捉来吧!土匪们!"

"把这些土匪们!土匪们!"

"捉呀!……"

像在麦田起起了一阵飓风似的,密密地挤着的人头,各都为一种愚蠢的直觉所指使,发疯了似的乱碰乱撞,又毫无自主地东歪西倒起来,几乎自相践踏了。

"把这些土匪们……"

"土匪们……"

人堆里的声浪更加汹涌起了。现在,人和人的紧贴着的冲突已经弛缓了一些,腿子臂膊,这些交织着的、轧砾着的,都已经松懈了,等到每人平均所占已经有两尺以上的空地的时候,他们的眼睛可以察看,脑子可以运用,耳朵也聪敏了好一些,于是形成了大体上已经一致的动向,朝着山阜上的灾民这边冲了过来。——灾民们似乎并不怎么反抗，愿意俯首就擒，除了女人和孩子们悲惨地失声地在号哭，表示了他们的恐慌之外，其余一些较为坚定的汉子们，对于这个袭击就表示了坦然的态度。因为他们有许许多多的事情要向别的人们诉说，即使这诉说是完全无效的吧，——他们所要的不过是吃剩下来的东西，当然 这已经是卑贱到极点了，然而他们要活呵！而所要求于人者只不过一点点！

他们软弱地废弛地忍受这汹涌的波涛的来袭。有一个瘦小、赤色的臂膊晶亮地在太阳光里刺目地起着反射的汉子，给四个人用钵子般大的拳头乱揍着，同时有一个小孩子给殴打得额角青肿，鼻子出血，还有一个瘦骨落肉的高个子在六七个人的围攻之下好像一口布袋给人扯着在那里装麦子似的幻梦地喘息着，——为这些情形所激动的一些汉子，他们强健起来了，胆壮起来了，有三个汉子合在一起，把一个罗冈村人围攻下来，他们青着脸孔，露着牙齿，用力的臂膊索索地在抖动着，——另外，一个女人，发出尖锐的声音，披散着头发，把背脊扼制得低低地，正和一个罗冈村人作着坚强不屈的苦斗，……但罗冈村人像一个浪头逐过一个浪头似的加上来了，他们热烈地鼓噪着，一个个渗进了灾民的队伍里，他们居高临下，仿佛在执行着一种惩罚似的，理直气壮地打击着任何一个灾民。灾民们有一半倒下了，给践踏在脚底下，许多破烂的衣物、箩子和竹筐，给抛到半空里去，女人紧紧地抱着自己的孩子在那满铺着三角石的山地上乱滚。孩子的大大的头系在那小小的颈上，恰如大大的瓜系在小小的藤上似的，在女人的身边倒挂着、动荡着，——这边那边，童子军用着木棍子，早就给卷进了这战斗的漩涡里，而跟着来的狗们，论起战斗力来，还要比童子军来得强些，……

陈浩然那老头子不知什么时候离开了祭台那边，给人堆里的漩涡儿卷到水田边来，他哭丧着脸，挥着手，力竭声嘶地在叫着：

"妈……孖……"

"致……和……"

妈孖和致和是他的两个轿夫的名字，他叫他们赶快把轿子弄好，立即就回转到罗冈村去。

"我们今天是大大的失策了，你知道吗？"老头子有意耸人听闻似的说。

"今天有什么呀？"地保陈百川回答。

老头子沉默了好一会儿，对小鹿耳的高深莫测的大山脉环顾了一下，——这大山脉向来是山贼的巢穴，是谁都知道的……

老头子简直铁青了脸，颤抖着嗓子说："我们必须立刻就走呵！"

"我们不在老祖的坟前吃席吗？""混账！你始终不说，这大祭礼必得在我们罗冈村的祠堂里举行才对！才稳当！我要把今天的席延迟到晚上才开，你将怎么办？"

这时候，林老师和陈大鹏都已经恍悟过来了，大家暗自地点着头。

"对的呀！……"

老头子的轿子最先回到村子里来了，他匆匆地跨出了轿篙子，把许多迎接他的家人们都置之不理，开口第一声就问："后面的人都已经到齐了吗？"

许多人都莫名其妙，只是低声地互相问着："怎么一回事呀？"

老头子也不恐慌，也不惶乱，只是在院子里前后左右急促地往复不停地乱踱着，仿佛刚才还非常忿怒，现在就发泄了一口气似的说："老虎！馋狗！"

家里的人觉得很奇怪，可是谁都不敢向他寻问，——自从老太太死后，在全家的儿媳们之间，老头子有时候简直就成为一个不可知的谜！

两个轿夫在大灰町那边埋头埋脑、专心致力地在拆卸轿子上的蓝布以及各种的零件，都变了形，不说也不笑。大概是在路上跑乏了。

许多人走到东边的路口去等，看看所有到山上去的人们都断断续续地回来了，像打了败仗似的。每一个都带着寻端肇衅的暴躁的面孔，童子军则远远地落在后头，——他们直到最后还接受了地保陈百川的指挥，竭尽了所有的力量，利用了身上带着的洋麻绳，把那些"土匪"捆缚了三十一个，当为从战场里获得的俘虏一样，胜利地带回村子里来，——其余的则把他们赶得七零八落，分散到别地去了。

村子东边的大榕树下，现在从山上回来的人们在那里大开筵席，没有什么劲了，因为受了那些"土匪"的骚扰，不能在山上吃个痛快，大家都有点兴致索然。——带回来的三十多名"俘虏"，则把他们连结起来，缚牢在榕树的横根上。筵席吃完之后，一则肚子饱了，二则已经有了余暇，这些"土匪"现在要怎样处理呢？那最好——有人这样提议了——还是把他们审判一下吧！……老头子和大儿子国让、二儿子国垂，并列地坐在临时摆设下来的凳子上，俨然是一个法庭的样子。林老师对于这件事也觉得很严重，他坐在另一边做"陪审"，地保陈百川，不言而喻，他只好拿着木棍子在等待着什么时候需要动手——他执着"刑具"。陈大鹏大约已经回他们将军山去了，此刻没有在场。童子军则有的在看守着受审判的"俘虏"们，有的散布在外围的地方担任站岗，维持秩序。

"你的姓名？"老头子作着检察官的样子问话了。

以后每逢"检察官"发出了一句简单的问话，地保陈百川就立即把这简单的问话制成了雷电冰雹，向那囚徒的头子猛击下来："你叫什么姓名？你假？——你还不直说吗？妈的，要老子饶你得等乌龟叫呀！说！从实地说，你这强盗！"

"没有呀！……"这是一个比谁都生疏的——从未见过的赤身的瘦子，他的手只是随便缚着，没有反剪，他皱着面孔说，"我是好人，恳求太老爷慈心，饶了我，还有我的小孩子和女人，都是求乞的，我姓黄，叫做黄娘宇。"

"什么地方人？"

"禀告太老爷，我们到这里很远，是五华。"

"为什么要走的呢？"

"我们村子里什么也没有了，不能住。"

"那么你一定偷了人家的东西了！——你们家里有牛没有？"

"以前养了两只山牛，一只卖了，一只过桥的时候跌落桥下，跌死了。"

"你的家里常常有客人来吗？你到小河边捉鱼没有？我看你很像一个捉鱼的，记得在——什么地方呀？——在小河边看过你，你认得我吗？"

"禀告太老爷，我看见你还是第一次。"

"你肚子很饿吗？"

"两天没有吃东西了！"

"那么你站在一边吧！……喂，那一个，——到这边来吧！你叫什么名字？什么地方人？"

现在是一个给打落了鼻子的汉子，面孔太黑，看不出年岁，满身的泥土，显得似乎很胖的样子。童子军很小心，而且洋绳子也充足，他们把这个人的颈子两手以及腿子都牢牢地捆实了，洋绳子陷入了肉内，有些地方已经出了血，几致不能把身子移动。

"我叫梁潭水，家在清远。"

"你把女人都带出来吗？"

"禀告太老爷，没有，我的女人在去年死了——但是留下了一个孩子。"

"很好，我正想详细问一问他，——哪一个孩子是你的？"

"现在没有了，孩子在半路上死了，干净了！"说着，他恶声地作了一阵狂笑。

"那一边的，喂，不错，是你，到这边来吧！"

现在是一个抱着孩子的女人，她衣服破烂，几致分不出布的颜色，头发则蓬松地散披在面庞上和肩背上，因为是女人，童子军似乎对她有所怜悯，所以只缚了一只手。

"听说你抢我们的东西，——人家在祭墓，但是你抢……"

"我不怕你怎么说！我已经预备好了！我要跟……跟你拼命！是你们自己当土匪，你们抢了我的儿子，我的儿子让你们用脚踩，踩得他肠头打嘴里出，踩得他骨头变软，踩得他死……"

老头子今天太辛苦了，又碰到了这么多的事，这个"审判"自始至终就不会叫他提起兴味，他简直非常的松懈，对于这个女人突然发出的野蛮而强暴的态度，直到这一刹那为止——还不曾有过半点的准备。

"就是你抱在手里的一个？——怎么不把他抛掉，死了还有用场，浑蛋，你对我说假话啦！你抱来给我看看！"

女人用力地挥动了头发，把散乱不堪的头发都拨到后颈上，使她的凶恶的面庞完全显露，并且把背脊扼制得低低地，一副泛着黄色光焰的眼睛像攫取食物的鹰似的对那老头子的面孔迫射着，于是朝着老头子的身边没命地直冲上去——"交给你！我们子母仔二人都交给你！——我要你们赔！，你这杀千刀！雷劈你们子子孙孙九十九代！我要你们赔呀！……"

吓得那老头子面孔发蓝，舍弃了那木凳子想走，几乎要摔了一跤。

但是这边陈国垂突然站起了那壮大可怕的身躯，把高高的前胸迫临在女人的面前，颤抖着嘴唇，作着怒吼：

"你想到这里来报仇吗，——你这疯婆！"

女人正想退下来，并且在心里预备着退下来之后又怎么样……但是陈国垂已经把全身的筋肉都绷得很紧，他看准着那女人的颧颧骨，猛力地一拳，女人双手一松，丢下了孩子的紫黑色的小尸体，随即扑的一声跌倒下去，在地上翻动了一下，露出了蛇一样蜡黄色的肚皮。

这一切都变动得非常厉害，——陈浩然那老头子给许多人前护后拥地送回福禄轩去了，那些强蛮的匪徒们——当心呵！——则还是交由那一百多名的童子军在看守着。

趁着林老师在旁——一切的情形林老师也并不是不知道——老头子对地保陈百川责骂着说。

"今天的事又是你错了！你怎么把这些灾民也捆缚了来？教我如何审判他们？如果是给我的儿子国宣做县长，碰到了这样的案子的话，就一定非从严究办不可的啦！"

空气突然转变得非常严重，陈国垂知道自己出了祸事，不晓得躲进哪里去，地保陈百川是一个烧香敲断佛手的家伙，简直不中用；除了林老师之外，处在这危难当头的当儿，只有大儿子国让在旁，——国让的身体太不行，精神缺乏，脑子不能用，一用就痛，对于这样的事，简直不知所措，自始至终就不曾发过一言一语。而况他今天往复一共跑了五十多里的路程，疲累得要命，如果这里有人 为他放置了一口棺木，那他简直乐得一倒身睡在那棺木的里面，说一声"我倒愿意这样默默无闻地死了去！"

那么现在唯有听林老师的高见了。但是林老师沉着脸，他似乎觉得很为难，他皱着眉头说：

"要仔细考虑考虑，这是一条严重的人命案，办起来，那是非同小可，况且，这许多人到底为什么要把他们抓来？既然抓来了，到底能不能判定他们一个个都有罪，——譬如犯了抢劫一类的案子？但是我以为这些都不可能。"

"为什么会弄成如此呢？……唉，我的确糊涂了，是的，这是决不可能的！"老头子大大地懊悔着。

"你对他们说话的态度就软弱得很，简直并没有当他们是犯法的来看，现在关键就在这里，你是不是有办法弄出各种的证据，把他们送到梅冷区公所，甚至县城也好，并且要从头到尾一只脚'踏实'他们，他们一动，就把他们一手打进酆都地狱去——有这样的办法没有呢？"

"唉，这是怎么样？……而且，凭良心说吧，……"

"所以事情就在这里弄糟了！他们也不是土匪，也不是什么，是一些平常的灾民，——不过他们之中，如果有一个稍微识得些时务，突然起来说话的话，那么会变成什么局面呢？——依我看来，他们是从五华、清远等处流落到这边来的，俗语说，'三日乞丐，十日流氓'，'足过三都，天上偷桃'，他们的见识会比我们来得少吗？你既然不能指证他们有罪，那么现在就由他们来指证你了——你无故打死他们的人！"

这最末的一句把老头子吓得跳起来，他突然发晕了似的说："该死！真是该死！唉，国宣呵，如果今日有你在，我什么都可以放手，你一定不像我这样的糊涂！你怎么又不回来看我一下？你去得太远了呀！……"

原来林老师所说的话是故意吓他的，当然这里是有着不便吐露的企图，但是他觉得刚才把这老家伙迫得太紧，——突然给他一提起了国宣的名字，想起了别的关系，如果不对那老头子稍微放松一下，事实也似乎有所不容许；他于是转变了计策，用和缓了一些的态度说：

"老人家，你放心，办法是有的，总不成我林秀才做了你家的姻亲，会看着你落井而不顾之吗？"

"既然有办法，你就得救我才好，自然这个恩德我就是死了也不会忘记，我要重重地答谢你！"

林老师对于这样的话并没有表示客气，只是冷冷地笑了笑，随就喃喃地独自斟酌地说：

"这个办法……你让我再想一想看呀！——喂，百川哥！"

"我在——有什么事？"

"你立刻到榕树脚那边去吧——吩咐童子军注意，不要让那些人走脱一个，并且说等一等就有人来说话了，你立即去吧！"

把地保打发走了之后，随即用嘴巴附着那老头子的耳朵低声地说："如果他们之中有一个给走脱了去，那么这个人一定是控告去的了！"

他于是告诉了老头子许多的计划，——老头子解了围，没有什么话说，一味儿只是把头儿点着，点着，……

"再好也莫过于这样办了，"林老师又说，"至于其他的呢，那不要紧，我的人手很多，现在梅冷公安局、区公所、善后委员会，还有汕尾盐务分局，哪一处没有我的耳目在，——有什么可以担心的罗！千斤担都由我一人担上好了！"

林老师告诉他的本来是一种计谋，但是他并不看它是计谋，他要把这件事当为自己本来就决意这样做一样的做去，这里没有什么必须隐藏的秘密，无论对什么人都可以坦然地表明，——因为，他的确不能不对这一次应付灾民的事表示极大的遗憾，不过他已经有了补救的法子了，哪一种的人，天定叫他去做哪一种的事，这的确和一个人生成的性格有关；听人家说，应该怎样做，就怎样做，这叫做明理而行，有什么稀罕呢！必须说，因为自己知道非这样做不可，只要自己觉得只有这样做是对的，那么就是和别的道理有点距离，也没有什么关系！

老头子因为这里的人手太缺少，而自己则实在也太乏力，——那么还是请林老师多跑一趟——由林老师去代达比较好吧……不过总不要忘记说，他原来就是一位远近闻名的慈善家，他并不是存着什么恶意要来对付那些灾民。

林老师到榕树脚这边来了，他完全用了另一个人的态度，很和气地对那些灾民们说：

"……他原来就是一位远近闻名的慈善家，——不过今日因为到他们祖宗的坟地去祭扫，又值你们在旁经过，有人忽然说你们是土匪，其实山上的土匪固然有，但也并不是你们，所以，这就是一种误会！——现在什么都非常明白了，你们是可怜的灾民，而他呢，既然刚才是这么说了，你们也就得相信！当然他是一位有钱有势的人物，梅冷镇、汕尾港，以及县城所有的衙门机关，都和他很有来往。他的最小的儿子国宣——这是个了不起的人物，说他的官级，恐怕于你们就不好懂，是在潮州、上杭、饶平过去——还要再远些吧，那宾隆地方的军队里当一个中尉书记，参谋是武，书记是文，那是再好没有的位置了！至于我本人呢，你们一听就明白，我是国宣的岳父，是梅冷归丰林林族的秀才，官名是林昆湖，这里的人都称我是林老师……说到他们的家财，本来没有什么足以对大家夸耀，不过他和别处的财主有点不同，他能够把钱用来造桥、修路、救济穷人，这一点就是他的好心肠，也就是他令人敬重的地方，——现在他决意拿出一笔款子，在他的本乡，就是这里罗冈村，设立一个灾民收容所，此刻已经打发工人去买材料，限定三日内就要把这灾民收容所搭架起来，以后你们也有地方住，也有饭吃可以很安乐地过日子，不过在这三日之内，你们男女大小，凡是会做的都得帮着做工，并且还要计给你们一点工钱呢，你们大家都欢喜了吗？"

说完了，命令童子军把他们身上捆缚着的绳子都解脱下来。

他们我看你，你看我的，互相交头接语起来了：

"他怎么说的呢？"

"他哄骗我们了！"

"恐怕这世界还有些好心肠的人呀！"

"不，这是鬼话！我们的人让他们打死了，大家觉得怎么样——甘愿吗？"

"真的，甘愿吗？……你们想想看呀！——我们差点就要受他的骗了！"

"是的，大人们，你们打死了我们的人又怎么办呢？"

于是大家咆哮起来了，罗冈村人也正在准备着这场决斗，谁都握着拳，卷着袖口。

"静点！静点！"林老师对于这样的情形却还没有表示绝望，他极力地把他们压服着；"你们相信着我吧——你们还有什么不愿意的地方吗？那么尽管向我是问！喂，你们听我的话！这个女人是不会死的，她不过因为肚子太饿，一跌下去就晕倒了，我已经叫人到梅冷去请医生去了，等一等——喔，你们相信吧！也许能够把她救活起来的，……至于那个孩子，我还要再加调查，是不是罗冈村人踏死的呢——而且我看他还有些活气，只要医生一来，就知道了……"

大概他们都有点不相信吧，——不过不相信又怎样呢？到底什么人还想出了更好的法子没有？为什么每一个都变得默默地？……看呵，那位好人已经叫人把刚才吃剩的饭菜都摆摆出来了！不吃吗？

肚子正饿得很呀!

"喂,孩子,你也得自己动手才好了!我管不了。我饿得很!"一个汉子一面吞着攫夺过来的饭团一面说。

"妈的,你们要抢吗?在我手里的也抢去了。"

"我拳头比你大啦!我等着你!"一个特别壮大的汉子把一个装豆腐干的竹篮子霸占去了。

"我肏你九十九代的老祖宗!"什么人已经动起手来了,并且有什么人已经给摔跌下来。

"呵呀!……"有人哭唤起来了,不知是孩子还是女人。

但是一下子又静默下来了。獠牙掀唇地大吞大嚼着,饭粒和肉屑从阔大的嘴边丢下了,饭箩里的瓷碗在叫嚣,在互碰,在崩缺,装菜汤的盆为一只黑色的手所攫夺——在空中屁股向天地倒挂着,鼻尖、两颊都黏着透明的粉丝,薄薄而蓝色的葱叶子在上下唇紧贴着,浓白而富有油腻的肉汤淋湿了破烂的前襟,粗而坚硬的胡子顶着细微的或者尖的三角的碎骨,……静默下来了,真的静默下来了,榕树的黄叶子咯的一声脱开了树枝,咯的一声跌落在石板上,也可以清楚地听得见。

趁着这些人在幻梦中挣扎着的当儿,另一边却悄悄地展开了急促而紧张的场面:有四个体壮力强的汉子同时动手,用了做贼般的最快捷的手法,仿佛天地已经晕黑了——这晶亮的太阳光并不足以使他们看得见似的突着双眼,把那"子母仔"两具尸首抬到侧边的干草堆那边去了,这四个人的影子在干草堆的背面那边消失了很久之后,这才重又出现了来,各都笑笑地拍着双手——手里似乎刚才正弄上了许多尘土一般。当他们在进行着这件事的时候,这集中在榕树脚下的数百人向着灾民那边砌起又高又厚的墙堵来,阻止灾民们的锐利的视线的横袭,——过了一会儿,有人向灾民们宣布现在请他们都搬进村子里去，在福禄轩南边相连接的一幢因为距离村子太近，不胜鸡狗的践踏之故而荒废了的旱园子里，用公家往常在做红白事的时候应用的东西，临时盖起布棚子来，叫他们在那里暂歇一下。——童子军和罗冈村（还有少数的将军山人）的数百群众在他们的背后簇拥着，挤得很密。而那些灾民，对于那榕树脚似乎并没有表现他们的依恋；他们的肚子就是不全饱，也有七八成，眼睛看到和耳朵听到的都是这么的一种纷乱的、短暂的、甚至完全没有让人思索的余地的情景，除了莫名其妙地当必须唾骂的时候唾骂过了之后，找不到可以争论的题目，那么他们现在对于那连痕迹都不容易看到的"子母仔"两具尸首是什么感触也没有了吗？是这样的吗？一两具的死尸摆在面前算不了怎么一回事吗？从死尸的上面去发动起复仇的激烈的事来——这件事不能够吗？他们到底是仓忙地在这死亡线上奔逐着来了！已经失去了思索的余裕！……

　　老头子躺在福禄轩的床铺上，在等待这严重的日子——从太阳开始向西倾斜慢慢地到黄昏，从黄昏慢慢地到天黑，——这其间，林老师几乎把所有的时间都应付在这些事情的处理上，他打发童子军回去了，又命令地保陈百川派定许多人轮流地把布棚里的灾民们看守着，监视他们的动静，同时还要严密地注意外间的"空气"，听听村子里以及这里附近各乡的人们，对于今日所发生的事情究竟作了怎样的谈论，如果有什么人在这事情形的上面画蛇添足地加以虚构、毁谤，或者造谣，那无论如何，一点也不要放松，一点也不能把它看作等闲，必须采取有效的法子去对付他们、制止他们，当他回到福禄轩来的时候，他告诉那老头子，现在什么事情都弄妥当了。

　　"不过，"他还说，"我可不能在这里停得太久，俗语说，'好事不出门，恶事传千里'。今天的事，知道的人很多，这些人，要把他们的嘴一个个都缝着，叫他们不要胡乱说出去，实在很难，那么，梅冷这条路要不是由我去‘踏实’它，要叫谁去呢？你我是姻亲，是多年的深交，又是门庭相接的近邻，如果你的家里发生了盗劫，而我是袖手旁观的话，我可以当天设誓：这简直就不是人！——一切什么，不言而喻，——我想，比方要尽了两三天的工夫去探访朋友的话，‘车马费’不要算，单是请朋友到仁安居去坐一两个钟头，点个六味七味的和菜，开一瓶白兰地，如果每一次只消十元的样子，那简直就没有法子可以嫌它太贵了，因为在官场里，正经请起客来，只消化了十元的样子就足够，那是从来就不曾有！……我呢，是恐怕你身上没有便，不过有什么关系呢？你暂时可以先交给我五十元。”

那老头子的脑子一样的纷乱，他简直找不出一句可以回答的话，从床铺上一扳起身子，一只手就摸着腰边带着的钥匙。他走近长台的抽屉那边，一把钥匙插进锁子的四方孔里去，要把它打开，农民拿锹子掘石丁儿还没有这么辛苦似的，几乎把所有的气力都用尽了，嘴里像吃下了辛辣的东西似的嘶嘶地倒吸着涎沫，气管里则巴啦巴啦地呼着气，……这边的林老师紧紧地追踪着他，他又想不出一点理由，叫这个不要面子的家伙在凳子上坐一坐也好，那么他可以托辞走出这屋子的外面，不要回头来看他了，只顾远远地逃——而林老师，他的神经对于这一切的感应正也灵敏得很，他看出那吝啬鬼作着不很大方的忸忸怩怩的怪样子，的确动起了怒火，心里十分负气地这样想：“如果我是伍子胥，我就决不会用鞭子来鞭你这楚平王王八蛋的死尸！”他于是“霍——霍——”恶声地咳嗽了一阵，一只手拿了自己的洋布伞，就这样匆匆地走到门口那边去了，但是有一大串袁世凯头的大洋作着清甜悦耳的声音在背后响着，同时又听见那老头子在叫：“喔，林老师你怎么就走呀？”

林老师顺着势子回转头来，面孔的表情一点破绽也没有，而心里则实在是这样想，"如果你不拿给我，我也并不因而就忿怒起来；如果你拿给我了，我也并不因而就觉得欢喜！"他于是作着毫未经过变动的声音冷冷地说：

"蚯蚓！——蚯蚓！……"

从昨晚到今天，也已经平安无事地过去了，——当着晨光迷蒙，太阳还未上山的时候，老头子，他兴奋得很，很早就从床铺上爬起来，他独自个走到旱园子的布棚那边，一面走一面作着手势，叫那黄褐色的壮大的狗不要跟着来，似乎说："你看呀，我这样轻轻地走还恐怕要发出声来，如果你跟着来了，那我真要顾虑，你会不会惊动了他们？"

那畜牲把棕子脸稍为横侧着像一个无从教起的傻气的小孩子似的，笑嘻嘻地，一条湿落落的舌头在嘴边悬挂着，它并不曾应答他说："那么我就回转去吧！"

所以老头子走了一步，它也就走近了些，还是在他的背后跟着，没有法子，老头子只得和蔼地微笑着，似乎转变了语气说："来吧！到这边来吧！……可是你要静静地听呀！"

这其间，他们不觉已经走近了那布棚的木柱下，因为自己过于恬静了，反为那不恬静的声音所惊动，——在这两丈见方的旱园子里，那三十一个（除了"子母仔"死去的两个，只剩二十九个了。）睡得烂熟，正如一大锅煮得烂熟了的猪糟，当水快要干了的当儿，那上面就穿起了万千的孔来，靠着一点黏液在那万千的孔里呼呼地作着总的沸腾，这声音是笨拙而又沉重，地壳也几乎跟着要震荡起来了。他一面给一只手掩住了那狗的嘴，叫它不要声张，一面仔细地在察看里面的情景，——一个女人，袒着黄色的胸脯，伸出了那黑色而坚硬的乳头，小孩子则躺在她的腋下，那小小的发满着烂疮的面庞上的表情是：热，郁闷，痛苦；似乎在毒骂着自己说："你这个可诅咒的面孔呵，我要把你一手撕得粉碎了！"更仔细地一看，这小小的面庞却变得很美，那薄薄的嘴唇，起着新鲜而不曾消失过的锐利的边，并且已经微微地笑起来了，幻梦的笑，不可思议的笑，在这个笑的同时中，突然又变了，——这里有着欢乐与悲哀的调和，而悲哀正又急激地到临了极端的一面，……就是那小孩子隔开的一个汉子，他的鼻子给打破了，也没有包扎，染着血的地方都变了黑，不，这黑色正是他的皮肤的最外层，更仔细的一看，这黑色的里面还有白，那是破烂的疮口，空气里的各种下等的菌类在侵蚀着它，正如火的烈焰在侵蚀着木炭的边缘，等一等就要发腐了，还要一些些一些些的溃烂，——老头子大约还认识着他，昨天，他作了莫名其妙的囚徒，第二个受老头子的审问。记得地保陈百川那家伙，还在他的脊梁上使过了不少下的木棍，……在那些横七倒八的人堆里，这边有一个汉子突然把老头子的眼睛吸引住了，这个汉子在睡梦中让破烂的裤裆摊开，不知羞耻地露出了身体的下部，但是老头了十分地把他原恕，因为他的面孔生得很纯良、很柔顺，老头子甚至断定了这个人的品格，在平素中看来，一定要比什么人都来得纯净的吧……他于是想起了天下雨的时候，他们在外面是怎样的呢？如果到了冬天，他们在外面又是怎样的呢？这样的凡是替他们打算的都想到了，只是想起了昨天那榕树脚下的两具死尸的时候，他的结论就是：

"这难道是足以使我的心里感觉着不安的吗，如果我以后多多地做起好事来，好作这个罪愆的补赎，又怎样的呢？"

这之间，那黄褐色的壮大的狗突然越过了界线，跳进那人堆里去，在很小的空隙中寻得了落脚地，却已经静悄悄地偷着步子走进去了，它把那小孩子的小手衔在嘴里，拖一拖它，又把它丢下——这边的老头子急得几乎跳了起来，忽然之间，他觉得有一道迅急的红光在眼前一闪，回头一望，那低矮的东边的山阜上，已经升起了一个赤烂烂的火球，发射着威猛的烈焰，把那布棚下的黑灰色的场面照得通红，刚才趁着黑灰色在那人堆里戏玩的狗，在这烈焰的迫射之下，正像让人家在脊梁上冷不防落了一棍似的，差一点要哎地叫了出来，只好把背脊扭制得低低地，紧夹着尾巴，往外边跑——但是它刚刚一开步，就吓了一跳，有一个汉子带着一张红色而破烂的凶恶可怕的面孔直坐起来了，这面孔在那旭日的红光的迫射之下，似乎立即 起了一种严重的痛楚，他忍熬不住，把这面孔一皱，露出了一副焦黑色的怪异的牙齿，并且几乎要发出暴烈的声音吼叫起来，……老头子刚才宁静优美的思维在这急激的变动中给碰得粉碎，他仿佛觉得：他是不知所以地欠了这些暴徒们的债，如果不早些躲起来，马上就要在他们的无情的催迫中东撞西碰，没处逃遁！

灾民收容所现在就搭架起来了，地点是在那旱园子南边隔开的又一幢旱园子上，材料是杉木柱、篾片子，以及用蔗叶编成的篷；杉木柱企着、架着、用篾片子缚着，再又把蔗叶篷盖在上面，做屋顶，做墙——除了好几根杉木柱是从梅冷买回来的之外，其余蔗叶篷和篾片子可以在本村的各户分派出来。这收容所建起来约莫有三丈多长，两丈多阔，一丈多高，因为过于急就，——而且要预备给那些灾民住的根本就无需怎样，搭架得一点也不讲究，只是向北开了一个小小的门，也没有在旁挖流水沟，也没有在墙壁上开窗子，看来像一个表演魔术的所在，要看的只好买票子从正门进去，不然你休想从什么地方找到一个可以偷偷地窥望一点的缝隙，那幛幕里所扮演的一切，于你还是一个不可解的谜！

那二十九个住在这收容所的里面，——慈善家救济他们的办法，除了这杉木柱和蔗叶篷搭盖起来的空屋子之外，每天还给他们吃两顿的稀饭，其他就再也没有什么别的花样。

有人已经在作着这样的议论了：

"这些人镇日让他们空守在屋子里，实在太无谓了，而且他们自己不走不动，也难以过日子，这样为什么不找一点工给他们做呢？或者分配到本村各户去帮助种田，或者叫他们自己上山砍柴，不然，村子里的池塘依旧很浅，叫他们挖深一点不好吗？每逢春天一到，还可以多养几条鲢鱼！"

但是老头子这样回答说："谁个要你这么说的呢？我活到今年六十多岁，吃的盐比你们吃的米还要多，难道这一点还不能看出的吗？"

另一边，他碰到了地保陈百川的时候，就对他说：

"现在就有人这么说了——我觉得这个意思倒也很对，依你看又怎样的呢？"

陈百川一点主张也没有。

末后他记起了林老师教他要把那些灾民们严密地监视的话，就回答说："林老师的话恐怕你也是听过的吧，他说是不能随便让他们出去的！"

他一面说，一面在心里猜想了一下："哼，这老家伙好像还不以为然的样子呢！"

于是接着说，"我呢，对于林老师的话也并不是怎样赞同的。"

"哦？"

第二天，林老师自己一个人到村子里来了。

他一踏进福禄轩的门口，刚刚把伞子放下，还没有坐好，老头子看了他很欢喜，劈头就对他说：

"唉，我真不行，自从你走后，我什么事都不能办！——现在就有人这么说了，我觉得这个意见倒很对，依你看又怎样的呢？"

林老师喘息未定，心里想："现在就并不是这样回答的啦！"

他忽然看见地保陈百川也在旁，就随口发问：

"百川哥又怎样对你说呢？他依照我的话做了没有？"

"你叫他自己说吧！"

陈百川哑了，那粗笨的面孔涨得通红。

这使林老师气得暴跳起来："混账！混账！"

一连地叫着，又黄又瘦的油光脸在起着颤动。等到平静下来的时候，他变得恳切地低着声音说：

"许多的事情你们哪里懂！梅冷镇今日有多少人在谈论我们罗冈村的事，你们知道吗？——百川哥，现在才知道我的话，是真的可以缝入锦囊里去的！我叫你们怎样做，你们能够依照着做了，就不会错半点！如果你听了别人的话，叫他们种田、做工，那名目也就变了，'这是开农场呵！'不然就是'工厂'……放屁！这是发财，叫做'慈善'！"

地保陈百川瞪着双眼。

老头子则显得很焦急的样子说：

"那么你怎么说呢？我原本就没有什么成见！"

"现在最要紧的是：第一，要严密地止制他们之中有人到梅冷去控告；第二，——叻，百川哥，你恐怕就不会注意到这一点。这村子里以及附近各乡的人们，对于这件事情究竟作了怎样的谈论没有？——要使这村子里以及附近各乡的人们，不要在这事情的上面画蛇添足，或者造谣、毁谤。如果你们能够切实做到这两点，那么，第三，——这不成问题，我林昆湖可以给你们担保！难道我半点力量也没有？难道梅冷这条路我不能一脚就踏实了它！梅冷镇今日就有不少的人在谈论我们罗冈村的事了，他们说，罗冈村，出了一个慈善家……"

"总之，梅冷的情形是好极了，一点别的枝节也没有。"他这样安慰了老头子，叫他放心，而他自己，事情又很忙碌，此刻又要回梅冷去了。

"混账！"他一踏出了福碌轩的门口，就暗暗地骂着，"你们罗冈村的谋士比我强多了！——这真是可笑的事，我林昆湖要蹲在你们的喉咙里拉屎啦！依我看，这个收容所正是猪栏，在猪栏里养着的猪，总不会没有用场！"他独自地笑了笑，忽然心血来潮，顺口哼出了这么的一首短歌：

> "人家养驴子，
>
> 驴子不怕多；
>
> 只要由我管，
>
> 驴子的白骨变银子，
>
> 驴子的黑皮变绫罗！"

林老师确实也焦急得很，他想了许多时光，还没有把事情弄妥，——最初，他走到缝衣店那边去接洽了好些缝衣匠。缝衣匠是决不会对他忠实的，这里的缝衣匠是一样的很瘦、很狡猾，那厉害的眼睛，几乎都变成了一把尺子，你看他们静默地专心一意地在裁衣服，而心里所想的也是裁衣服那事么？那恐怕就难以相信，——林昆湖踏进了店子的门口，戏谑地大喝一声：

"生意好呀！"

他们伙计有三个人，看不出哪一个是老板。一个站在一张满凝着浆糊的长台边，把一块蓝花布子——明知不是自己的钱所买来的一样胡乱地剪，两个则伏着身子，各都守着自己的缝衣机，永无休止地把缝衣机拨得拉拉地响，如果按照他们的样子制成一种玩具，好像他们这样的老是依附着缝衣机过日子的情形，这玩具就非把他们当做缝衣机的附属品来制造不可。

那站着拿剪子的一个，冷冷地问："还是要剪褂子，还是要剪什么?"

林昆湖顺着那大喝一声的势子叫着:

"混账!我自己就要开一间大大的缝衣厂了,还要到你们这边来裁衣服吗?"

拿剪子的听了觉得很气,他预备着把剪子放下来,回答他一句什么——这剪子还在手里不及放下,林昆湖突然又拖去了他身边的一张凳子。

"你这王八!"

拿剪子的暗暗地骂了一声,心里想着对于这一类的家伙就用不着什么客气。

"要当心我的脚尖呀!"

不想林昆湖这下子,不知怎样,竟然"哈哈哈……"地大笑起来了。

那缝衣匠看看这个人拿着蓝布雨伞,穿着旧的黄葛袍子,又是黄色发亮的油光脸,虽然有些绅士的模样,却断定他必然地是发了狂。

这其间,林昆湖让屁股在那凳子上贴了一下,突然又站立起来,到缝衣机那边去考察了一考察,但是心里又说:"这还用说吗——论到这缝衣机从广州买回来的价目,谁不知道,每架至少也总得在八九十元以上。"

那缝衣机是:大的肚子,细的颈,一块长方形的铜板上刻着好几行横的英文字,这英文字十分精巧地在眼膜下闪烁着,可是一点也不得要领,——

终于他省悟到"何必多此一举"似的废然地走出来了,——原来他正在考虑着:

"如果利用那收容所组织一个缝衣厂又怎样呢?"

他对于这个计划根本就没有半点的认识和准备，——因为他过于冲动而且躁急，跟一个缝衣匠打交道的态度和发言似乎都没有把握得准，而这些缝衣匠，是那样的又瘦又狡猾，一和他们打起交道来，保不定他们不会阴险地想出了一点有害的诡计来阻碍他，……总之他没有心机来计及这些——他第一必须在那老头子的面前献出一个新的计划，比方要组织一个缝衣厂——或者别的什么也好，从资本的来源着想，这缝衣厂的计划就不能不预先地通过了他，但是他不愿意这缝衣厂的权柄给操纵在那老头子的手里，眼巴巴看着这一群驴子让别人牵走了，如果是那样，就不如一只一只地零星地偷杀了它……

他把蓝布雨伞卷成一支，当做斯特克，曲着背脊，一拐一拐地背着那缝衣店的门口走，后面的狡猾的缝衣匠正指画着他的背脊在取笑着。但是他如果装作听不见的时候，就无需乎板起面孔来对他们作什么回骂了。这当儿，他觉得脑子里受了一种神秘的魔幛的包围，他的前后左右似乎都发生了一种奇怪的音响，定神一看，原来这里是一所小小的电心制造场，他猛然地记起了里面当司理的正是他旧时的朋友，心里想：

"我并不是有意把缝衣厂的计划改成电心制造场，但是也不妨走进这里面去看看他……"

这位朋友叫做喀家松，没有什么可以考据的了，鬼才晓得他为什么要让人叫起这个名字。以前他在旧金山的过洋船里当水手，在香港永乐街结识了一个电器行的朋友。他对所有的人们说，不知什么缘故，他一闻到那电土的肥田料一样的辛辣味的时候，就觉得爽快，如果还是把他再又关进那过洋船的舱里去，那么他停不到半个钟头，就难免要眼黑头晕。不过这些都不要管吧——他热烈地和林昆湖握手，又叫"后生"斟上了一杯热茶，他穿着从旧金山带回来的配着宽紧带的绿色裤子，身体是又胖又矮，突着肚皮，两手两脚的动作都显得非常蠢，看来正和今日学堂里流行的书本上绘着的又会说话又会穿衣服的田鸡大伯伯差不多。他不怎么说话，只是把两个肩峰耸了耸，像一个经不起人家的戏玩的小孩子似的只管嘻嘻地笑着，而且笑得很久很久。他于是兴致勃勃地把林昆湖带到每一个角落里去参观了一下子，对那黑色的泥土指点着，嘴里又解释着一些别的什么，——那黑泥土的气味委实辛辣得很，教林昆湖在这里就是五分钟也停不住脚，因为他再也兀禁不住，鼻管里几乎要爆裂的样子，一味儿只管打着——喝嚏！……喝嚏！……喝嚏！……

他从那黑灰色的工场里被迫了出来，几乎还是非向外边撤退不可，等到定下神来，正想跟那"金山客"打一打交道的时候，那本有的雄厚的气势却几乎要消失得干干净净，——他不能不屈服下来，让那"金山客"在他的面前居高临下，把他的暗藏在心里的计划打得粉碎！

他只是吞吞吐吐地对那"金山客"这样查问了一下说："这个制造场，……在最初起手的时候，是用过了多少资本的呢？"

不想那"金山客"——你不要看他只是嘻嘻地笑着，就觉得没有什么，正因为他有着这个笑，所以他比那缝衣匠还要奸狡，不，如果站在他自己的立场说，他实在也太神经过敏了，人家说，只有瘦小的家伙才神经过敏的话，有点不尽然吧？——他一面嘻嘻地笑着，一面回答说：

"老兄，未必你也想弄一弄这'干无实'的勾当吗？香港永乐街电器行的朋友，——唔，他们不久会来信给我的，大概他们也觉得这生意很难做，——我呢，五年来已经打算把这个地点搬一搬，大概要搬到阳江方面去，阳江这地方听说还不坏，每年到长洲的海面来的渔船可就不少，但是搬到阳江那边又怎样呢？那是……总之是非常困难的呀！……"

"缝衣厂"和"电心制造场"的计划既然给打得粉碎，也就无所用于它们。

　　他确实地没有什么心机来计及这些，……他第一必须在那老头子的面前献出了一个新的计划，——从资本的来源着想，这计划如果不预先地通过了他，行吗？但是他不愿意让这里的权柄给操纵在那老头子的手上，眼巴巴看着这一群驴子让别的人牵走了，如果是那样，就不如一只一只地零星地偷杀了它……

　　过了好些时光，梅冷镇的街道上忽然发现了这么的一种特异的广告，这广告用"联红纸"作八开面来写，——"联红纸"已经旧了，有些地方简直褪了彩红，变成了黄淡淡的破纸，有的上面看来很新，下面看来很旧，这却是用一些残留下来的纸尾所接合起来的了，……"联红纸"是一种在过新年的时候写门联用的纸，看到这种纸，就要联想到每年年底的半个月中，梅冷镇的一些从晚清遗留下来的穷秀才们，怎样地对着那"联红纸"挥毫的气势，——背脊高高地拱着，手里握着大笔，一张嘴则收缩得变成了很尖很尖，像一支吹火管子，——不晓得究竟为什么要这样：大笔一挥到这里，那"火管子"就跟着向这边呼呼地吹；——挥到那里，那"火管子"就跟着向那边呼呼地吹？那只有他自己才知道了，……至于那广告是怎样写的呢？是用正楷写的，笔画倒很流利，文字是——

特种人工供应所广告

　　启者敝所现养成特种人才多名以备各界雇用各界诸君举凡遇有人力不敷或感受其他苦恼者请移玉来敝所接洽当别有佳境而获意想不到之功也

　　特种人工供应所主人静庵启

　　地点梅冷归丰三条巷第二巷巷内十一号

贴这广告的不晓得是谁，大概他的足迹是从东到西，最初出现的地点似乎是在一间理发店的门口，——这理发店还不能算是镇上最壮丽的建筑物，而门口的那一条圆柱形的家伙，是一样的用红白蓝相间的颜色在涂抹着，这里的街道虽然很脏，而且很破烂，但是谁都知道，世界上的理发匠一遇到脏的或者破烂的东西，总是有一种顽强而惊人的意志力立刻把它整刷得簇新的。比方这店子的前墙，因为地基太虚，已经低低地陷落了一半下去，但是那墙的外层的石灰却并不跟着它一起陷落，这外层的石灰现在是挺起了胸脯，正决定着朝别的方向走了，当然这（墙和墙的外层的石灰）彼此之间就不免要发生了相当的离异，要是你把耳朵紧贴在那高高地挺着的胸脯去倾听一下，那么你可以明白，里面正像一个顶唠叨的女人的肚皮里所暗怀着的秘密，沙拉沙拉地，仿佛有许多的虫在穿蚀着似的，发出了灰末在那空的肚皮里从上面飞落到底下去的声音，这声音响得越激烈，那肚皮似乎就更加挺了起来，当然这内中正发生了难以忍熬的痛楚，甚至要使那肚皮陷进了无可挽救的碎裂，——但是这理发店里的理发匠是不计一切地把它刷新起来了，在上面抹了一重厚厚的石灰水，并且摆出了一种红焰焰的不可迫视的气态，用八个四方字写着：

　　禁止标贴

　　如违究治

这八个字在那贴广告的人看来，大概正和街道上所有畏惧着给分派了一张广告纸在手上，因而把广告纸恨得刺骨的人们的面孔一样，但是这面孔是软弱的，一遇到迫迫就要屈服，而那八个字是比那软弱的面孔还要软弱，它已经被广告纸贴上去了，一连打了它好几个耳光之后，就是转回头来对它作一作鬼脸也没有什么关系，——不过那广告在这里贴着的时光终归是短暂得很，理发匠一走出来就把它撕去了，连上面写些什么也来不及看，就把它搓成一团，抛进那墙角边的垃圾堆里去。

第二张广告的出现，是在一间倒闭了的食物店的门板上，——这食物店大概自从倒闭到现在还不久，但是因为以前开着的时候，里面的厨子太不讲究洁净，弄得满店于是那样的又潮湿又油腻，一经倒闭下来，很快地就发了腐，壁上的石灰变成了黄色，而墙脚则茁发了许多赭褐色的难看的菌类。这地点因为比别的店子稍微往后凹陷着，有点儿阴阴暗暗，很不醒眼，街上的行人一到了缓急的时候，在那里小便的已经不少，——凡是在街头巷尾可以小便的地方，当你站在那里觉得通身发松的当儿，举目一看，面前总有些广告在贴着，什么五淋白浊、下疳鱼口之类，所以广告并不是凡属空白的墙壁都可以贴，贴广告似乎也有某一固定的地方；自从这店子的门口变成了小便处之后，那门板上贴着的广告正也不少，可见贴广告的地方，和小便处就并不是绝然无关，——不过，那"特种人工供应所"什么什么的广告，贴在这里就似乎不大适合，……总之，这广告贴上之后，是始终也没有被人注意过，而这广告的令人注意，也并不是在第三张出现的时候，那恐怕还要在最末的一张出现以后——

那里是一个摆设冷食摊的所在，在相距不远的榕树脚那边，是从黄沙约到汕尾去的大路，在梅冷的街道通过时的出口。平时，驻在关爷庙里的兵，用竹竿子张着铅线，在那里晒衣服，这一天恰好是市日，从各乡来的村民们在那里粜麦子，许多小孩子趁着麦子从麻袋子过斗，又从斗过麻袋子，而有许多麦子已经落到地上去的时候，他们就一只手拿着小插箕，一只手拿着扫子，在地上混着泥砂扫麦子。一些猪贩子们，用着最浪费的唇舌，逗引了许多人在作买卖，吱吱喳喳地，也混进这里来了，——并且，就是再多一些人到这里来插足也不要紧吧；这里摆设着的摊子是：猪头皮、卤肉、乌贼、芋头、杏仁茶，还有油麻糊、豆腐花……就在卖豆腐花的摊子这边，许多最初学得了袋子里的铜板应该如何使用的小伙子们，一下子两碗三碗，走了，——一下子两碗三碗，走了，……有一个戴白水松帽的老头子，最早就坐在一张有着腰靠的凳子上，也不吃豆腐花，也不要什么，皱着眉头独自个坠进了一种莫名其妙的愁苦中，间或定定神看一看那壮健的小伙子们吃豆腐花——吃完了，把铜板丢下，走，而那豆腐花的老板，他把这些吃过了的碗在木桶里洗濯了一下就好了，一只手于是巧妙地拿着两口碗，手一颤动，两口碗像千万只蝉儿聚集在一起似的发出很大的声音，这时候，他的面孔是转到别的方面去，似乎在躲避着人们的注意，又好像在暗示着说：

"狗子们，你们只管看着我的面孔干什么，你们要听一听我手里建连建连地叫着的碗声才对呀！"

可是那愁苦着的戴白水松帽的老头子，是已经什么也不看，什么也不听。

这是一个有趣的家伙，他无端地在身上带了许多的故事，一碰到什么人的时候，就讲；讲完了，还是把这些故事收拾起来，又带着走。但是这里听他讲故事的人是一个也找不到，——如果有一个适当的"听讲者"让他找到就好了，那么他的故事是这样说：

"我（老头子自称）在香港九龙城长安街开一间杂货店子的钱，老早就预备好了，这间杂货店子，老早就开。不过人手少怎么行，有一个工人却还未曾雇到。我想香港 那边的人六月戴帽子，怎么靠得住，还是回到乡下来雇的好，因此我碰到我的表亲六肚掌的时候。

就对他说：'你的儿子长大了没有呀？我正要雇用一个工人！'六肚掌心里大概这样想：'这个确实很好，我一定叫他立即就去！'但是他把这个意思瞒了。不肯说出来，——不然，为什么后来会发生变故的呢？嘴里却这样回答我说：'我的儿子是不想做工的呀！'

"这样也就算了。我碰到了阿紫——又是我的一个表亲，我一样地对他说：'你的儿子长大了没有呀？我正要雇用一个工人！'阿紫的心里大概这样想：'这个确实很好，我怎好错过了这个机会，不让他去的呀'但是他把这个意思瞒了，不肯说出来。——不然，为什么后来会发生变故的呢？嘴里却这样回答我说：'他肯跟随你去做工吗？他比什么人的儿子都神气得多'这样也就算了，我有钱总不怕雇不到工人。不想第二天，六肚掌、阿紫——这两位表亲的儿子都走到我的家里来。

"六肚掌的儿子叫做阿广，阿紫的儿子叫做阿芸。阿广说：'表伯，我的爸爸叫我跟你到九龙去做工去。'阿芸说：'我的爸爸说的也一样。'这怎么行！我说：那么两个我都不要了，我没有对你们的爸爸说过要请两个工人！他们还是乖乖地走出去，不想一踏出门口就互相吵了起来，'他原本是叫我去的，因为你来，给你弄坏了！''不，他原本是叫我去的，因为你来，是给你弄坏了！'这样两不相让，打得皮破血流。

"六肚掌和阿紫知道了，那么把他们两个骂开去就好，也不骂；或者叫他们互相认错就好，也不叫，——你看怎么样，这简直是反叛了！他们两个竟然合着到区公所去控告我，说我一个女子做了两头媒！——冤枉！害得我受了区公所的罚，出了二十只花边的罚金，并且叫我把阿广阿芸两个都雇用。没有法子，只好把他们两个都带到香港去了，——他们的身上哪里有半个铜板，你看要命不要命，完全由我垫出了他们两个的船费！到了香港就要好好地做工才好了，不想叫他们做工，他们用手去摸一下也不肯，说要回去了，——唔，难道我还想去挽留他们？就是和他们多出了一回船费，也得送他们走了。——从此以后，我再也不敢雇用工人，可是人手少，杂货店就开不成，我的女人因为劳力过度病死了，剩下了一个儿子，因为事务太多，顾不了身体；也弄得浑身病痛！我自己呢，还不到五十岁，因为烦心的事不断地来，头发变白了！……我想，香港那边的人六月戴帽子，怎么靠得住，还是回到乡下来雇的好，——回来了，又碰到我的两个表亲。他们质问我：'为什么你雇我的儿子去做工，一下子又辞退了？'我心烦得很，我理不了他们，——天呀，我的店子就要倒闭了，如果我这一次回来还是雇不到一个工人！"

这老头子正在感觉着非常失望的当儿，忽然像在茫然无依的海洋里发见了山崎似的，把眼睛睁大了，——那"特种人工供应所"的广告，哈哈，岂不是很凑巧吗？正在他对面的一条木柱上鲜明地张贴着。

他按照着广告上所写的地点去找，找着了。——原来如此：所谓"特种人工供应所"的主人"静庵"先生，其实就是那碰过了两次壁的林昆湖。

这是一个灰色而无光彩的屋子，靠左，有一座屋子是高大而且堂皇得很，这屋子就是依着那高屋子的墙建筑起来——简直是寄生起来的一样。入了门口，是一条狭窄而黑灰色的巷，靠左有一个门子，门子一开，显出了一个黑洞口，里面只有一处泛出了一点微光，一入这黑洞口，因为过于躁急地向着那泛出微光的地方摸索，眼睛变了态，就连这门子是木头做的还是石打的也瞧不见，人的眼睛在对于一种事物的观察中所起的功能，有时候也并不单靠着太阳和火的光亮，如果这里是黑暗，那不能说你的眼睛失了作用，因为你的眼睛已经看见了，而所看见的正就是这黑暗。不过情景也并非是这样严重，林昆湖把靠着巷口的窗子开开了来，扩大那微光，虽然其中哪里是镜子，哪里是木架，还不曾十分清楚地显现出来，但是现在他们主客谈起来，还可以相互地看出那黄色而忧郁的脸，——不过林昆湖一听见那客人说明了来意，那黄色而忧郁的脸就立即起了突变，他竟然喜出望外地握着客人的手，仿佛运命老早就注定着"今天非和你碰头不可"的一样，他说：

"我已经等你等得很久了！"

这无非是为着要把主客之间的生疏的界线粉饰得一见如故，使两方的情感迅急地融合起来，——林昆湖于是接着问：

"你是不是要雇用一个'抓立'的呢？不是！是不是要雇用一个看守轮船里的'火柜'的呢？是不是要雇用一个'翻译'，或者在银行里'的叻达啦'打字的书记呢？那更不是了！这样，就有点……总之是颇费思量的啦！可是不要紧，你尽管放心，我们这里，上自一个高级将官所用的法国留学生，下至一个平常的少爷所用的婢女，真是人才济济，应有尽有，而樵夫俗子，才所谓狗肉不登大雅之堂，为吾侪所不足贵，——你老先生，依我看，不是一个公司的掌柜，就是一个大报馆的司理，不是吗——你看我猜得对不对呀？"

这就是林昆湖所碰的第三重壁，所以会碰到这第三重壁者，是因为他已经真的发了狂，把这个来客过于理想化了，——怎样是理想化呢？那就是说：如果一只驴子会变成了一个银行里的书记，而一个杂货店的老板会变成了一个公司的掌柜的时候，那表现于这个高度的买卖中的值钱，是怎样地令人眼睛的呢！

这使那老头子听得头晕耳蒙，以为入了一个大大的骗局，而这里所受的损失，将不减于两个人从汕尾到香港往返的船费。他为着急于图谋解救，竟然用了一个毫无分寸的粗鄙的方法，把所有的事情弄得去头截尾，一拉而断。

"喔，我怎么会走进这里来的呢？我一定找错了地点，对的呀，那地点从这里走去恐怕还很远——冒昧冒昧，我实在糊涂得很！……对不起，再会，先生……"

林老师所有的计划都没有弄得成，不言而喻，那收容所里的"驴子"还是"驴子"，没有法子叫它们"变"，而"黄金"和"绫罗"，终于还是不曾落到自己的手里来。

这其间，那收容所里的二十九个，他们所过的日子正也有点奇特。自从给关进了这个收容所之后，一天两顿的稀饭，……这稀饭是老头子出钱叫人家烧的，因为收容所里面没有设备炉灶，又恐怕失火，——烧稀饭的人为着要多揩一点油，尽量把米减少，有时候简直没有米粒，只有清淡淡的水，上面浮着好几块山薯，饱不了肚子。——快到夏天的时候，太阳的烈焰在那薄薄的蔗叶篷上直晒着，这么的一个"篷子厂"地方又窄，人又多，——热、郁闷、衰颓、乏力、饥饿，——而且渴呵，这里是一点水也没有！他们做了俘虏了，起先是给捆缚着来的，现在又受了囚禁，休说逃走，就是把头稍微伸出门口去望一望也失去了自由，……有许多以前在小鹿耳山麓的墓地那边给赶散了的灾民们，为着找寻他们的亲人，曾经走到罗冈村来探问，地保陈百川指挥着凶猛的罗冈村人，一个一个地把他们抓下了，请他也进收容所里去：

"狗子，我们救济你呵！"他们嚷着说，"进了收容所，你们就可以不用在外面流落了！"

"篷厂子"依然是那么大，人是一天天地多了来，挤得几乎大家只有站立着，连坐卧的地方也没有，计算起来，已经增加到四十六个的人数。地保陈百川，他带领着二十多名的壮汉，拿着木棍、梭标，无日无夜地在这里轮流看守，他们小心地、严密地、无微不至地尽着看守的责任，不惜费了所有的精力和聪明……

"这些土匪，驯良的时候是羊，一反起来，就要变得比馋狗还要凶些，我们要特别注意才好，他们刚刚一举手，我们就要毫不容情地把他们打落下去！你看他们的心里在打算着反抗我们没有呢？在打算着逃走没有呢？他们不是总想要出来吗？那么，都不是没有原因的吧。你看呀，这个狗子，又在门口伸出头来了！"

"他的眼睛多厉害！望天，望那边的路口，还要望这边的树林，他的心里在想着一些什么？——逃走吗？向那边的路口逃？还是向这边的树林里逃？

"俗语说，'捉一只麻雀儿，也要用着擒虎的力。''死了的老虎，也要当做活的来抵敌它。'一个有计谋的曾经当过兵的中年人这样说了，我们假定这家伙是一个兵，普通的兵还没有什么，如果是一个尖兵，或者一个战斗兵，那又怎样呢？做了一个战斗兵，他的眼睛可就曲折极了：他的眼睛一和一处树林接触的时候，心里就想，如果我到了那树林子里，我又怎样把自己藏得好好地，把敌人消灭呢？所以凡是一个人，偶然看到他在那里东张张西望望，你不要以为他的心里就完全没有别的想头，我们以前军营里有一个参谋，他的眼睛是更加利害了，他登上了一个高高的山头，眼睛单单望到了一架白坟子，就把武平县全县的地图都给画起来了。"

他们这样严密地把他们看守着，不曾让他们走脱了半个。

"臭呀！……"在田径上用木棍当做凳子板坐着的一个汉子，开始这样叫。

一点风也没有，"西照日"的烈焰还在四处留着残余的威力，把收容所附近——这一幅撒满着粪溺的泥土蒸发得化成了一种秽浊的气体，一阵阵地升腾起来。——一点星儿也没有。天上盖着黑云，快要下雨的样子。蚊子嗡嗡地叫着，雨点般地飞舞着。钻粪堆的黑甲虫拨动着臭的翅膀，用那飞机般的轨拉轨拉的声音压倒了一切，狂热地胜利地在低空里飞旋……

忽然，他听见了一声咳嗽，侧着耳朵审察了一下，是一个女人——一想到女人，他便记起了那白的胸脯……在什么地方看到的呀？那胸脯似乎是干瘪的，像一束给小孩子擦屁股的破布……他不知不觉地从田径上站了起来，木棍子让它放在那边，顺着那咳嗽的声音走，这咳嗽消失得好久了，却还是清楚地，并且几乎是温暖地在他的耳管里震荡着，简直痒得很，——他忘记了这泥土的秽臭，俯着上身，低着眼睛向前窥望，如果天上还有星儿，用这明亮的星空作着反衬，立刻就可以看出那突出在地面的黑影，……这方向没有弄错，有一种鲜明的声音发出了，如果盲目地再又踏前了一步，就要立刻把一个人压坏——

"谁呀？这里有人……"

这声音很低，正是一个女人。他想不到这里有一个婊子，她的声音竟是这样的娇嫩，难道他在这里日日夜夜的巡逻了那么久，一副眼睛是这样的蠢笨，不曾看出那"篷厂子"的里面，还躲着这么的一个人。——他踏前了一步，摸到了她的头发，呵，这头发是那么蓬松！……于是她的脸，她的臂膊，……但是这家伙可太令人胆寒了，一点也不能把她放松，她竟然像一条毒蛇似的在挣扎着；也用尽了全身的气力，背脊出了汗，还不曾把她制服下来，如查他的手不能这样很快地而且很出力地扼住了她的喉头，那么让她没命地一叫……

过了好久了。

他用嘴巴挨紧着她的耳朵低声地说："你的手……噢，这硬的土块啦！"

她只管默默地，没有一声答语，而他是自始至终都不曾放松过把她的喉头紧紧地扼制着的手——

他轻轻地叹息着，又低声地对她说："明天呀，梅冷镇，有下酒的红蟹，——喂，你的手……动呀，要抓紧了我的腰！"

但是这当儿，他猛然地给惊住了。——他觉察了她左右摊开着的两只手变得很软，胸脯的跳动也已经停止，而鼻孔里是老早就断了气，——他吓得浑身颤抖，——如今要把她背着走，沉重得很呀，是从也不曾触摸过的沉重的物体……

太阳伸展着可怕的烈焰，把大幕煎炙得变成了薄薄而蓝色的膜，这是到临了绝灭的最后一刻。再过了这一刻，那薄薄而蓝色的膜，就要像受不起些微压力的玻璃似的，突然地碎裂下来！——热，郁闷，衰颓，乏力，饥饿——而且渴呵！这里是一点水也没有！小孩子无休无止地号哭着，许多人都病倒下来了，——晕蒙，神经错乱，喘息和呻吟，热度的升高，幻梦之影的臃肿的胀大——

"土匪！……强盗！……他们在杀人呀！"

在这些积尸一样的人堆里，有谁睁开着惺忪的眼睛在作着梦呓："嗻，这样的呀，——这孩子的妈妈昨晚一出去就没有回来，你知道吗？"

"热呀，你摸一摸我的面孔，发烧得很吧？"

"渴——要命，一点水也没有……"

"她跑到哪里去了呢？夜里外面来了老虎吧？"

小孩子哭得更厉害了，他虽然有一两岁光景的大，可是太瘦弱了，满脸的青根，前额的顶上，直到现在还像初出世的时候一样，一凹一凹地在跳着，哭起来，嘴是向左边歪过去，声音倒还是洪亮得很。

"这孩子的妈妈到底哪里去了呀？"

"我实在担心！这样的事，我一点也不清楚！"

"她不是自己偷偷的逃了？"

"见鬼！小孩子不要了吗？"

满"篷厂子"的人们都嘈起来了，一直嘈了整半天，这杂乱的声音已经出了外面。

那最初觉察了里面的骚乱的情形的，是一个瘦小的汉子，这汉子——从石级上跳下来，对于一种声音的听取，乃至所有一切的动作都显得非常锐敏而且精警。平时，他和那些担任巡逻的人们一起，没有什么特点可以从他们之中分别出来，没有像今天一样，似乎一举一动都很可注意。他气汹汹地闯进了那"篷子厂"的门口，吼叫着："你们还再吵吗？我不准你们吵！连说话也不准！"

这声音像雷响般，把里面的嘈嚷声低低地压服下去。整个"篷厂子"的人们都肃静起来了，——连那号哭着的小孩子。

"哼，你们两个人还在交头接语，你们在说些什么？静着，不准再说！再说，我就用棍子打断你们的牙齿！"

喝着，把一个烂鼻子的揪了下来，在他的背上一连使下了不少的棍子。

人们我看你，你看我，只睁着眼，……里面有三个男子一齐跳出来了，他们的眼睛发着火，坚决地紧闭着嘴，而冲激着的怒气却使鼻管起着掀动，他们不声不响地把那罗冈村人抓了下来，叫他迅速地向着最深的水底往下沉没，用了暴风雨的姿态，在他的头上大施冰雹。

全"篷厂子"的人们都涌动起来了，几十个人一样地紧张着，瘦黄的脸变成了青蓝，但是一声也不叫喊，只有搏斗的声音，把地面都震撼了，"篷厂子"也格格地响。

然而这紧张的场面突然地给惊破下来，十几个担任看守的汉子们走来了，他们带着暴烈地向着羊群直奔的豺狼的气势，用木棍、用梭标的柄，急切地毫不假贷地把当头碰着的每一个灾民制服下来。

"他们反了！……反了！……"

他们发狂了似的咆哮着。

另外，地保陈百川拿一条鞭子在指挥着：

"你们有五个人处置他们就够了！——嘎，狗子们：散开点吧！要把全个收容所都包围着，……"

"快点，给我一条麻绳！我要捆缚了她，叫她一点不能动弹！"一个担任看守的汉子把一个女人踩在脚底下，用木棍的端末猛力地撞击着她的胸脯，但是还不满足似的，要把她抛掉了，去奔就第二个目的物。

有三个担任看守的汉子，把一个高大的家伙从收容所的门口抓出来，缚在牛棚里的木柱上，反剪着手，把他的破烂的上衣剥开了，一只一只地数着他的肋骨，用一柄稍为短些的木棍子，在他的第三只肋骨至第五只肋骨之间拼命地使用气力……

但是这里的情形是日趋复杂，几乎一个不留神，就要发生了新的突变，——村子里的人们都轰动起来了：在西南角的小河那边，不知是谁家的人死了，有一具女尸被发现——

有人把这消息告诉了陈浩然那老头子，对于这样的奇奇突突的事情，老头子要怎样决断好呢？万一发生了什么案件，这里距那小河还不到半里远，恐怕免不了要受到多少牵累的吧，——那么只好叫人到梅冷去请林老师了，如果没有他，什么都不好办——

……老林所有的一切计划都遭了残酷的打击，"特种人工供应所"的广告所起的作用也不过如此，——日子一天天地延长下去，那贴在壁上的"联红纸"，在火一样的阳光的煎炙之下要变成焦黑了吧，要一片片地剥落了吧，……他失望极了，只是关在那黑灰色的屋子里叹息着。

但是时候到了，"特种人工供应所"的广告，不晓得是在什么地方出现的一张，它引动了一个人的注意，并且指示了他的方向，叫他一直走到老林的家里来。

他曲着指头，"剥剥"地敲着门板。

过了一会儿，里面发出了一声咳嗽，却又静寂下去了．没有别的回应。

这人一点也不暴躁，并不急急地自己去推开那门子，或者一下子忿怒起来了，什么都不管，回头就走。他很有耐心，其实对于他正也非有这种耐心不可，找一个不曾找过的地点，或者会一个不曾会过的人，即使因为耗费的精力太多，已经到了困苦颠连的地步，甚至把意志力完全折磨了也好，在这极度的暴躁和忿怒中，总得保持着三分的悠然自得的气度，不要使样子失了常态，不然，等一等，当这个人忽然让你会见了，又是非常客气地把你款待着的当儿，如果你还是带着一张难看的面孔，甚至要对他复仇的样子，——凡是这样的客人，在主人那边，没有问题，大概总不会得到一点同情的吧。当然这个人，智识又丰富，阅历又深远，可以放心，他不会连这一点也不顾及，——他平心静气地再又把门板敲了一下之后，没有回应，就低声地，用嘴巴挨着那门缝边轻轻地叫：

"开门呀！静庵先生在家吗？……对不起！"

"静庵"先生正在里面作着午睡。——自从那天碰到了那个"公司里的掌柜"之后，这黑灰色的屋子就断了生客的足迹，门庭是冷落得很，过去热烘烘地盘旋在脑子里的一切，恐怕正也在这些日子中发了坼，现在一听见那生疏的敲门声，心里一阵震荡，他一翻身，从床上跳起来，刚才是和衣而睡，现在用不着穿衣服，不会麻烦，这一跳的气势直到把门子开开之后还可以充分地保持着，——他于是气汹汹地对来客喝问："你是谁？"

但是，一睁开那惺忪的眼，就觉得有点吃惊，——这个人又高又大，戴着白的草帽，穿着白的皮鞋，衣服也是白的，全套的洋服。

"你到我这边来，究竟是怀着什么居心？告诉你呀，你这个威武勇猛的家伙，凡事总要放松三分，不要一味儿老是敲诈别人！"

他刚才那一声气汹汹的喝问显然是太"过火"了，这正是"过火"的好处，——对于一个人，有时候如果不采取一种居高临下的绝对轻蔑的态度，两间的平衡就无从确立，而"交道"也终于没法子"打"成。

那威武勇猛的家伙于是鞠躬，点头，满口的对不起。把"俯首贴服"当做"谦恭礼让"的态度来待人，也并不是一种羞辱；社会上地位高一点的人们就惯用这个派头，当然也无需乎多么惊怪。

这样主客两间都觉得非常调协，老林发言的态度也把握得很准，——这些都是使一件事成功的不可少的条件，而且这黑灰色的房子，似乎也要比平时来得光亮些，……对于这个时派的客人，当然这光亮还是弱得很，——这屋子里的难闻的气味，很足以使人把以前所有到过的地方都一一的追忆起来，菲律宾？沙劳越？西贡？马来亚？要找到一种气味可以和这气味互相配合就不大容易，不过这有什么呢，反正凡是到过了远方的人，对于无论什么，总会无条件地加以爱悦或重视。

"请问，先生，你今天到敝舍来，有什么指教？"老林郑重地问。

这客人是什么都不觉得奇怪，就是最初第一次碰见的东西，这在他的认识上也有一个原则，——等一等，这最初第一次碰见的东西，就中也可以找出了一种不生疏的惯例；他也不希望主人会对他更加客气一点，不喝茶是好的，身边摸不到一张凳子，那么，就这样站立好一会儿也没有什么关系。

"Ha—ha！他用日本式的腔调回答；静庵先生在这里吗？对不起，静庵先生不就是你吗？"

"正是！正是！"

"很好！很好！……那么，先生所主持的'特种人工供应所'，这是怎样的呢？——嘎嘎，对不起，实在对不起！"

老林心里想："兔子呵，你的奶奶的，……这是上一次的教训，我总不能为着要过分地自吹自擂之故，而同时也毫无条件地提高了你！"

他于是对他反问着："先生，据你看，这个'特种人工供应所'能不能满足你的要求？喔，不错，我第一首先应该问你，先生如果有什么事情要我们帮忙的话，那到底是属于什么性质的呢？"

"是的呀，"他爽快地回答，似乎刚才正被一种无谓的客套所纠缠，以致所有的意见都不能畅达地发表出来，现在他不能不紧紧地抓住了，这正是一个可以自由发挥的机会。"我呢，是留学日本的一个医生，在东京帝国大学医科毕业，又在御茶の水顺天堂医院见习了两年，现在无论什么——所有一切的奇病异症，一到了我的手，都可以随便处理。不过我又变更了方针，和一个台湾人到你们海隆县来采集标本，这当然和生物学的原理的证实上有关，——但是这个台湾人中途走了，所以我到这里来请求先生帮忙，未知先生能不能答应这个要求？——这里有一点要向先生声明，就是我所努力的还是限定在人体学这一部门，和普通的生物学并没有什么大的关联。"

老林的耳管突然给塞进了这么多的东西，简直有点纷乱，不过他觉得这样的事情也很奇特，——他就是不能帮他的忙，但是为着要和这样的人物做做朋友，正也应该和他多谈一些话："先生，这实在很好，可是这'标本'到底从什么地方找得来？怎样的找？"

那医生突然走近了老林的身边，似乎显示着。

"这就是一种阴谋了，喂，傻子，难道你还不知道？"他于是低声地说，"这个标本，是人体的'骨骼标本'，如果你有法子替我找到了死人的尸体，就容易办了，——不过，这尸体从什么地方找来，我可以完全不管，就连这尸体所引起的一切案件，在法律上也要绝对地由你负责，我们所定的条件就是这样。那么你开一个价目给我吧，每具尸体要多少钱？"

对于那医生的这种单刀直入的话，老林几乎是拍手欢迎着说："你说得真痛快，你再多说一点吧！"

他于是把这个价目牢牢地抓住了，迅急地把这个价目思量了一番，——就定为三十元吧，但是当他快要说出口来的时候，心里又来了一种疑虑，——我会不会太吃了他的亏呀？这样再加上二十元，变成了五十元；但是当他快要说出口来的时候，心里的疑虑又来了，——我难道对这个人多敲一些竹杠的本领也没有吗？这样再加上十元，变成了六十元。

"六十元，——就六十元好了!"

不想这六十元——在他以为已经敲了竹杠的价目也得到了那医生满口的答应，他觉得这一切都幻梦得很，碰到了这样的事，他简直要神经错乱起来，原有一切的平衡，都已经给破坏得干干净净，……正当这危急的当儿，福禄轩那老头子派来传话的人——鬼知道为什么这样凑巧呵！——就踏进了门口来。

他什么都得救了，因为有一个严重的难题恰恰得了最确当的回复……

"这的确是一个天赐的机缘呵!"他暗自地叫着，"连我自己也不明白到底是交了什么运道!"

这个传话的人给老林打发回去之后，——老林带着那医生随即也赶到罗冈村去了。这中间没有经过别的转折，只是那医生，他不能不请这"特种人工供应所"的主人等一等，因为他还有一个很大的皮包必须携带着走。

"林老师，你很久不曾到我们这边来了。"老头子说："现在事情很不好，这些——大概你都已经知道了吧……"

老头子所说的"事情"，不但是指的那小河里的女尸的被发现，其中还包含了别的一件，就是，从收容所里的灾民口中传出来的消息，有一个女人突然逃走了，那已经是很早的事，而担任看守的人，却还没有一个知道。

林老师匆忙得很，雨伞在手里还没有放下，黄葛的长袍子紧贴着那弯曲的背脊，湿漉漉地流着满身的汗，他一面要找出一句最简单最直截的话来回答那老头子，叫他不要再在那里唠唠叨叨，一面又要关照那医生，——他于是回头对那医生作了一个眼色，似乎叫他也进里面来歇息一下子吧，而那医生却老是站在门口，并且显得很焦急的样子，几乎要对他催迫着，叫他什么都可以不必理了，只要赶快带他到所要到的地方。

林老师现在简直没有空暇去和老头子作那无谓的应酬，他只能这样带喝带骂似的哼了一声：

"你看着我做吧！我请你静下来，在床上歇一歇怎么样？"

老头子不了解，为什么今天林老师的态度会突然地变得这样，而他带来的那穿洋服的家伙又是怎样的人物呢？还有那个大大的皮包……

老头子还想对他多说一点话，但是他带着那穿洋服的家伙出门去了，由地保陈百川作着向导，——这其间，村子里的人们都拥出来了，他们对于这样的情形，是疑异——然而又不能不立即加以承认，一切的事实是这样的像一个铁盒子似的牢不可破，而里面是装了些什么？——要是如此等于如此之外还有别的东西存在，那就是一个不可解的谜！

"那么一切都由你一个人去处理好了，我有什么成见呢？……不过，那个女人，到底是已经逃了出去了，会不会去控告就不得而知……"

看热闹的人们越来越多了，在福禄轩的门口充塞着——

有一个瘦小的汉子，对老头子这样说：

"那（女人逃走了的事）是谣言呀！有什么证据呢？……至于小河里的死尸，那又是另外的一件事！"

"如果真的像你这样说，那就好了，刚才林老师来了，还带来了一个人，不知是哪里来的官员，大概是一个验尸官，我看他有一点……要去验尸的模样！"

"他是一个验尸官吗?"

"那还消说,他不是验尸官是什么! 这是靠得住的,我曾经看过许多杀人的案子,这样地验了尸,都把案子破了! ……唉,我委实不晓得林老师所开的到底是什么方子! 要证明收容所里的灾民是不是会减少了一个,那只消把他们点算一下就得了,——收容所里到底有多少灾民,不是大家都知道的吗?"

在这里,事实的最重要的关键是: 首先第一,收容所里是不是真的有一个女人失踪,是可以有法子证明的,而这个失踪的女人是不是和那小河里的死尸有关,那还是其次的事……

那汉子的影儿于是在老头子的面前一闪,又混失在那混乱杂的人堆里去了,——人堆里起初还很安静,许多人默默地在看,谁都不声不响。一下子林老师带着那穿洋服的高个子走了,他们似乎就无所禁忌起来,只管嘈杂地在嚷——地保陈百川发着命令,叫他的伙伴们要把收容所看守得更严密些,……他们现在要到小河那边去了,那些看热闹的人们是一个也不准在他们的背后跟着走。

好久没有下雨了,那小河,现在正是干涸了的时候。河底的石头给太阳晒得发白,只有河心里开了一条小小的沟渠,一丝丝的流水,荡着最微弱的波纹,发着最低的音响,——那具被抛进了河里来的女尸,正在这小沟渠的岸边直躺着,——还不曾走近她的身边,就闻到了一阵阵扑鼻而来的恶臭。她的头发散乱。突出了的双眼,像两颗玻璃珠子,呈着蓝色。在猛烈的阳光下发射着令人震栗的微弱而死凝的光焰,上身的一件破烂的黑布衫,像缚在瓷器上以便于操提的绳子似的,在她的颈上捆缚着,几乎卷成了一团,下身的裤子已经脱落了一半,那黑灰色的肚皮高高地肿胀着。缚得紧紧的裤带子是陷进肉里去了,看不见,只显着一条深深的横的小缝。无数的苍蝇，在出着油腻的地方，像皮鼓上的铁钉儿似的一颗颗牢固地在钉着……

医生开开了他的大皮袋，拿出了一大瓶的药水，洒在尸体的上面，这药水有着非常浓烈的亚摩尼亚一样的气味，掩盖了从那尸体发出的恶臭，——他穿上了一件绿色的橡皮的吊褂子，像一个临着刀砧的屠夫，那大皮袋里还放了一个箱子，箱子里装满着制造"人体骨骼标本"的利器，这利器，有着说不清的非常复杂的式样，单单把那尸体的头盖上的皮肉剥掉，一共就不知更换了多少次，而每一次所更换的都各有不同的式样，却是一样的锋利，几乎是切萝卜似的，一来一往，都显得分外的快捷而且简便，刀梢一碰着骨头的时候就瑟瑟地发响……陈百川在北边的河岸上望风，东奔西走地在制止看热闹的人们的接近，老林则当起医生的助手来了，他目眩神晕，像坠入了催眠术似的，无生命地听从着医生的使唤，而且做得很紧张、很出力，——医生的刀、医生的手、医生的无表情的表情，现在是具体地表现了最洗炼最精彩的一面，那是一点也不着慌，不纷乱；所有的动作都一一地配上了适度的轻重和分寸，比之书本上所写的还要有条不紊、井井有条，……老林在旁站立着，如果还有一条灵魂是属于他自己所有的话，那么他真要把这最末的一条灵魂也打发出去了。——这医生的敏捷、精警的手腕，是怎样的令他拜服而且惊叹！

这样不到两个钟头的工夫，那臃肿秽臭的尸体，已经变成了一架白皑皑的骨骼，这骨骼现在给分成了许多零件，从大皮袋里取出了一大捆的棉花，用棉花包扎着，再又一件件按照着次序装进那大皮袋里去。——这里还有一把活动的小铁铲，现就是这小铁铲要使用的时候了，——医生使唤着老林："在这边挖一个窟窿吧！"

老林依照着做了。铲子很好，他的手也够力，好容易把一个窟窿挖成了，于是那再来的工作是：

"把这些挖出来的肉都埋进去吧！要埋得干干净净，外面看不出一点什么来！"

这其间，医生清洁了所有的用具，洗了手，……于是这最后的工作就轮到了地保陈百川的身上。

"现在可以下来了！……这大皮袋不能装得太多，把那木箱分了出来，对不起；请你帮我拿吧！"

地保陈百川当这些箱子是什么！他双手拿两个。

太阳早就下山了，夜幕慢慢地覆盖下来，——他们回到福禄轩来，已经是上了灯火的时候。

看热闹的人们都散回去了，福禄轩的门口虽然还有几个人停着，在蠢笨地作着反复互换的探询，但是大概都得不到什么要领。天黑了，又看不清楚。一下子林老师带着同来的人回去了，这些都非常飘忽，——地保陈百川在找一个人替他们挑箱子，为着等待这个挑箱子的人，他们在福禄轩停留的时间还不到五分钟之久。

他们走后，在福禄轩的暗淡的灯光下，地保陈百川对陈浩然那老头子问："你知道林老师今天起的什么主意呢？"

"我实在一点也不知道。"老头子回答。

他随即对地保陈百川问："他们今天在那小河边究竟干的什么事？"

地保陈百川于是把自己看到的情形告诉了他一点，那却是怪异极了，简直是不可思议的一回事。

"关于那个死尸的事，我们暂且不管吧，我呢，是一点成见也没有……不过，那女人却到底逃走了，如果她真的跑到什么地方去控告去……唉……（他沮丧地摇着脖子）也就无可如何！——有人又说是谣言，这到底是怎么一回事呀？我这几天在夜里总是睡不着，饭量也减了一大半，脑袋，是痛得劈劈的响，如果我把这些情形写一封信给国宣的话，我看……"

这其间，福禄轩的门口，有一个瘦小的黑影在徘徊着，有时又把身子紧贴着墙壁，隐匿了，也可以说，他自始至终是这样地严守着自己，从也不曾用清晰的面孔在人们的面前出现；这里显然有一种不能放手的企图，他要采取着一种断然的手法，激起了惊人的突变……天上的星儿是一点也没有，这又是一个作恶的天气，大概明天就要下雨了——明天……

突然，在"蓬厂子"那边，有一种怪异的声音响了。——隐隐地，似乎有什么人遇到了严重的灾害，他们正撕破了喉咙在叫喊，这喊声不久就沉寂下去，而这里正发动了一种震撼一切的狂烈的音响：

"火！……火！……"

"救命呀！……救命呀！……"

随着这喊声的升高，黑空里迸出了一阵令人眼眯的浓烟，这浓烟，夹带着攫夺一切，威吓一切的烈焰——

"虎呜——虎呜——"

"救命呀！……救命呀！……"

老头子从福禄轩的门口踉跄地走了出来，像白天里出现的一只小耗子，挺着耳朵，　着眼睛，要在千分之一秒钟的时间里把所有的一切都听，把所有的一切都看，——但是他的神经似乎有些错乱，竟然发狂地叫着，忽而又好像清醒过来了，他放低了叫的声音，凝视着那咆哮起来的火，他要平心静气地对着那火的烈焰发问，但是火的烈焰却用了凶恶残暴的全貌喝退了他，叫他只好衰颓地把背脊屈曲起来，蠢笨地瞠着双眼。他昏了过去，——一到稍微清醒过来的时候就像泥土里的可怜的昆虫似的，发出了低微的声音在叫着——

"百川！……百川！……"

仿佛是说："百川！这又是你错了，百川！……"

但是地保不知哪里去，他的影子老早就已经不见。

全村子的人们都出动了，——还有各家所有的木桶，不过到外面的小河边去汲水是来不及的，那么倾尽了水缸里所有的水吧，……火势是太凶狂了，简直是从地上喷了出来的一样，——汉子们在火光里卑怯地跳跃着，蠢笨地嘈嚷着，火的烈焰好像驱骡人的手里执着的一条恶毒的鞭子，无情地发着威吓的命令，——又好像一支扫把，把一些救火的人们扫过这边，又扫过那边，要把火扑灭，那实在只有徒然……。

现在，这里是一堆堆的焦黑的尸骸在留存着。灰末，腾着烟的熟了的肠子，焦炭一样的骨头……数不清那遇难的人数，也忘记了以前在收容所里"收容"着的灾民究竟有多少！

——慈善家，陈浩然那老头子的心地是软弱得很，他实在经不起这个震人魂魄的灾难——不过，凡是有慈善家的世界，就不能没有灾难；这里正有一件令人感动的事应该做：再拨一点款子下来吧，就是三堆黑骨头共一口棺木，也得把它们好好地埋葬！

（《火灾》，1937 年 3 月，上海潮锋出版社）

马兰将军之死

　　石藤的聪明，使他作为这戏剧的"导演者"，在孩子们之群中出现了，——而马兰又是怎样的一个人物呢？他雄伟、壮健，并且有光明灿烂的灵魂；他像一个骠骑、一个武士，不，一个将军！

　　"马兰，"石藤把他派定了："你就做一个将军吧！"

　　"振枢做新闻记者，——"他接着说；"你们要齐齐整整地排成一列，学着马兰的兵队固有的驯服与遵从；听着，听我的指令！……汉章做国王，那么，杨望呵，来吧，我要你做马兰的勇猛的兵队，还有陈岳、吴鹿、吕祖贻——够了，马兰的兵队不能过分地多的，过多了他们就难免要变成骄傲而且无用！那么，绍通做民众团体的代表，而朝征做长夏城的怀有二十世纪的战斗热情的市民，……"

　　当那排成了一列的行伍分散之后，马兰接受了汉章国王的意旨，随即对他的守御长夏城的兵队下命令，——

　　"马兰将军统率下的将士们，"他挥动着他的竹制的指挥刀，开始了第一声的怒吼："为着汉章国王的尊荣，你们必须从长夏城的前线立即撤退！……撤退呵！……"

马兰的兵队骚乱了，波动了，在长夏城的灰色的低空中发出了一片沉郁的噪音。

马兰下了命令，乘着飞机，——飞机"肘拉一肘拉"地叫了一阵，到汉章国王那边去，向汉章国王复了命。而马兰的违反命令的兵队们，却在背后窃窃地低声私语，——

"我的身上有三分之二的血和肉，是长夏城出产的葡萄酒所化成的，我的全身，正充溢着长夏城的泥土的潮湿的气氛和香味，而现在，我亏负了长夏城的守士的尊荣的名目，为着严守马兰将军的命令，长夏城哟，我要把你远远地抛弃了；我空应许了对于你的守护，——我对于你的守护的应许是空的！……"

"我的兄弟们，请不要笑我叹息、消沉，我的确衰丧，无力，不能趁这时奋发、振起，不像长夏城的温暖的气息所孵成的雄雏！……"

"那么，这一瞬的时间过后，我们埋在长夏城的深邃、富饶的酒窖将被发掘，骁勇的仇敌要在长夏城的最高的晒台上，高擎着他们的荣耀的战旗，……"

他们说着，一个个陷入了痛苦的深渊，暗暗地悲泣着，用手掩盖着自己的颜面，而长夏城的无数千万的市民们，却像将被赶赴屠场的羊群，惊慌了，惶乱了，正在作着绝望的祈求，——

"主呵！我祝祷你的神勇，你的壮健，你的全能；你给我们以铁的援助吧！负心的马兰，枉费了他的食具，他的长靴，他的金黄色的庄严的戎装，为着逃命，将率领他的兵队远离我们而走了！——主呵，你赐给我们以神圣的力，……千员的战将，百万的神兵，……"

他们的祈求是获取了；所谓神圣的力，也不过止于解脱他们的危难，使他们在一种强固的信念中生存，——长夏城的胜利的战局，既经奠定，而使长夏城的市民们从沦亡中获救的倒不是主的神将，却是日常在长夏城的街道上往来出入，为他们所熟习的一队极平凡、极普通的兵队。他们再也不是马兰的兵队；他们的勇敢的行动，已经越出了马兰的命令所制御的圈围。

现在，汉章国王的身心，正为这突如其来的长夏城的战报所震撼，——

"坏了呵，坏了呵！"他惊骇得像为山间的野兽所威吓的女儿，浑身只是簌簌地打颤；"马兰的兵队闯了祸，马兰的兵队竟然敢于走入敌人的哨兵所密布的田野，惊扰了敌人的安静的营幕，使他们以狮子的雄姿，激动了忿怒之火；他们将卷土而来，把我的锦绣的河山裂成粉碎，——我在逃亡的途中，也要咬牙，切齿，永远记得马兰所给予我的罪累！"

他随即把马兰叫到面前，严厉地喝着，——

"马兰，现在要看你能不能补偿你自己的罪过，你必须立即到长夏城的前线去，去制止长夏城的守土暴乱的行为，使这些——王国的祸患之种们，在三十分钟之内，一无遗漏地从长夏城的界线向外撤退！要不是这样，我赐给你一把利刃，你必须用这利刃在回来的路上自刎，因为我再也不愿会见你的凶恶的面颜！"

马兰的飞机又"肘拉——肘拉"地叫了起来；马兰的飞机披着阔大的银灰色的翅膀，下降了；马兰以绝对尊严的将领的权威，出现在长夏城的守士们之前。

——不呀，马兰的尊严，还是缺少得很，他必须走进他的兵队在长夏城的郊外所张挂的营幕，然后，他看见他的兵队一个个从脸相上消失了过去下属对上官的狗一样的驯服与遵从——他们正像勤劳的工蜂，热烈地搬运着弹药，筑着堡垒，挖着濠沟，擦亮着枪刺，一队代替着一队地开赴前线，去应付那必死的决战；他们已经发狂了，他们所争取的是火线上的死亡率的九与十之对比，是九十九失败之后的一个胜利，而战斗的火是炎炽地燃烧起来了，他们喝醉了仇敌之血，正覆盖着白热的炮火在做梦……马兰，他必须发现了自己的职权之丧落，他就是依据着山神的金身出现，也不能再在这叛逆的部属中重复树起原有的尊严，然后，他离开了他的队，——为着找寻他的疾苦的灵魂的避难所，他独自走进了长夏城的街道，陷入了长夏城的盈千累万的市民的重围，——

　　长夏城的市民带着从死的劫难中重又安然地归来的喜悦，用着讴歌赞叹的歌舞者的热情在迎接他们的勇敢的战士——他们的战士的唯一的领袖，马兰将军，……看呵，倾城而出的市民们看呵！他没有护卫，不避危险，太阳在他的赭褐色的颜面上照耀着，他显得特别的壮健而且尊严，人类的高贵的热血在他全身的脉搏里奔驰，凭仗了他的力，长夏城的伟大的战功建立了，后世的子孙们，将在那花岗石的纪念碑上指着他的尊荣的名号，他们要说，马兰遗给了我们以镇慑一切仇敌的神勇，如今我们一个个都依据着他的壮健的雄姿长大了，我们可以用我们的灿烂的光耀去制御宇宙间一切的灾殃，一如符咒之制御不可知的邪魔，因为马兰的灵魂以一化百，以千化万，他在我们的躯壳中潜隐地长大了，他影响于我们的身心和容貌，正如我们的父母所传授的血缘！……看呵，倾城而出的市民们看呵！他以中世纪的骑士的神勇，耸身越过于长夏城的街道上为应付战争而设置的障碍物，沿着那静止如镜的城河的岸畔，在铁制的河栏的旁边，威武、沉着地走着来了，长夏城的潮湿而又馨香的柔风拂动着他的衣襟，露出了里面的红色的织绒，愈加显见得他的戎装的庄严和尊贵；他的面孔带着为巨深的忧患所冲洗的战斗者的沉郁和悲愁，但是他坚决、镇静，没有一种外来的力能够动摇他的眼睛 所放射的每一根钢的光芒；他一定为着视察长夏城的战地，因而走出了他的深远而无从臆测的决胜千里的幄帷——他扮成一个小卒、一个军曹，要用低下的外衣来掩蔽他的远射的光辉，从而忘记了自身的伟大，不知这盈千累万的市民们所欢呼迎接的来者，正是长夏城的守士的唯一的领袖——英勇的马兰！

盈千累万的市民位，以长音节的呼声高喊，——

"马兰将军万岁！"

"汉章国王万岁！"

这声音一阵强似一阵，构成了奔腾的巨浪，冲洗着长夏城的灰暗的全貌，长夏城的一间间、一座座的平舍与大厦的屋顶，犹如加添了贵重的宝石，放射出灿烂的光辉。如今长夏城遇到了极度的紧张，遇到了为空前未有的喜悦所激起的痉挛，它停止了全部的交通，停止了脉搏的跳动，用窒息的胸怀去拥抱马兰将军的绝对的尊严。

——不，马兰的尊严，还是缺少得很，他记得，他怎样地走进了他的兵队在长夏城的郊外所张挂的营幕，并且，他清楚地瞧见，他的兵队一个个从脸相上消失了过去下属对上官的狗一样的驯服与遵从——他们正像勤劳的工蜂，热烈地搬运着弹药，筑着保垒，挖着壕沟，擦亮着枪刺，一队代替着一队地开赴前线，去应付那必死的决战；他们已经癫狂了，他们所争取的是九十九个失败之后的一个胜利，而战斗的火是炎炽地燃烧起来了，他们喝醉了敌人之血，正覆盖着白热的炮火在做梦，………长夏城的战祸是再也无从遏止了，——而汉章国王的命令，却使他的内心起着深隐不白的悲苦和惊惶，——

"马兰，现在要看你能不能补偿自己的罪过，你必须立即到长夏城的前线去，制止长夏城的守士的暴乱的行 为，使这些王国的祸患之种们，在三十分钟之内，一无遗漏地从长夏城的界线向外撤退！要不是这样，我赐给你一把利刃，你必须用这利刃在回来的路上自刎，因为我再也不愿会见你的凶恶的面颜！"

马兰困惑、慌乱，暗藏着狼狈的心，逃出了长夏城的盈千累万的市民的重围。

他必须变换了原有的服装，躲进长夏城的一个最下等的旅馆，然后，他准备着在第二天的早上从长夏城出走，向着远远的、远远的地方逃亡。……他必须以仓惶、失措的行踪，作为一切消息的探采者们所需求的秘密而被发现，然后，他再也无从逃出，新闻记者和民众团体的代表们包围了那奇迹的旅馆，拥入了他的卧房；在那灰暗、缺乏光线的房子里，新闻记者燃起了 Kodak 之火，用着最准确的镜头，去摄取马兰的神勇的容颜，一面录取了马兰的珍贵的言辞，用着特大的字粒在报纸上发表出来，使王国全境的人民们知道，马兰是怎样地以热烈而又沉着的情绪，为长夏城的胜利的战局之奠定而发言，——马兰，他必须对于眼前的情景作起更准确的权衡，他既不能回到汉章国王那边去复命，又不能从长夏城的险境远脱而实行逃亡，另一面，长夏城的狂热的市民们对于他的现成的爱戴和拥护，却又重重地刺激着他的麻痹的神经，使他的动摇偏颇的身心得到了强固的镇静，然后，他真的强健了、威武了，——

他必须从逃亡的路上重又折回，回到他的部属所结集的营垒，双脚稳稳地践定了，践定在长夏城的勇敢战士所据守的火线上，然后，他真的强健了、威武了，他一面向着汉章国王竖起了反叛之旗，一面把长夏城的战绩作为一己所有地一样接在手上，……

——当这一出戏剧终了时，石藤正有点困乏，他用着疲累的眼睛，严肃而又冰冷，分析着马兰一身所有的假造的英勇和尊荣；他解释着，——

"兄弟们，这一出戏剧，也和别的我们所看的戏剧一样，它必定有所说明，它正在说明着马兰将军是怎样的卑劣无耻——"

但是他的解释立即中断了，他发见马兰失去了坚强自信的喜悦的笑脸，换上了羞惭、愧赧的面颜，——马兰的光亮的灵魂变成昏暗，他的眼睛凝固了，嘴唇颤动了，脸孔泛着恐怖的青色，面额上冒着一颗颗的、湿落落的冷汗，经过了一度痛苦的挣扎，他终于决然地从孩子们之群中向外逃奔，——

孩子们骚乱了、惊慌了；他们失声地叫喊着，仿佛有一种怪异的力从空中下降，它伸长着凶恶的巨臂，要毁灭人类生命的平安的权衡，……孩子们一个个地追赶上去，而可怜的马兰正在这时候逃进了那沿着城河一带繁茂地生长着的竹林，——长夏城的整个市郊正为严冷的暮霭所笼罩，西边的太阳变成了一个充血的脓包，丑恶地，一片一片地霉烂下去，一些混杂在灌木丛中的村落，起着轻淡的炊烟，在低空中环绕着落叶的残枝，作着搂抱的调戏；仅存的绿叶失掉了反射的光泽，而夕阳的最后的一缕金光也已经绝尽，……

晚上，人们点燃着搜索的火炬，由马兰的母亲作着带领，向着城河沿岸一带的竹林里突进，——马兰的母亲的哭声，顺着河水的长蛇一样的波澜，向着为黑暗的夜阴所覆没的远处荡漾；沉入了壮丽的夜景中的城河，正叹息着它的亘古不灭的悲愁，那苍郁的竹林，却变成了特别的诡谲而且深邃，它要一口缄闭了人类向着一切灾祸呼救的回声，学着一个奸狡的骗者之所说，"什么我都不响，然而什么我都分明！"

（选自《将军的故事》，1937 年 6 月，上海北新书局）

圣者的预言

　　一个来自远方的怪异的预言家，圣者，他用着比魔鬼更适宜于随机应变的神秘的姿态，蒙蔽着一切的人们，从暗中活动起来了。当他经过梅冷城的郊外，从那为低矮的灌木丛所掩没的小路径，向着那高出于梅冷城最高的屋瓦的山冈上显现的时候，他的步声，和有着肉块的野兽的轮爪踏在地上时所发的步声一样的低微，他的急促的气喘也已经静止了，那比螃蟹的长长的眼珠子还要长的眼睛——这可怜的盲者所藉以鉴别一路的凶恶与平安的木棍子，像食蚁兽的怪异的嘴，伸长着，往前面伸长着，不是看而是嗅，在那焦黄色的泥土和砂石中嗅出了他的前程，他的活计，不，应该说，他的狭小的唯一求生的路径；那高大雄伟的身躯，犹如一只昂然突起于空间的高背的骆驼，从上端看来，他似乎犹如断根的树干般立即倾倒下来的危险，但是从下端看来，他稳定了，他的急促仓惶的步武，刻刻地在挽救着从那倾倒的危险中所生的灾殃和忧虑，这样，他从那高高的山坡，飘飘然，向着梅冷城的东南面的大路上走了，——

而在他的四周展布开来的正是那广阔的、为单纯的绿色所深染的麦田，再远一点，梅冷城的白色的建筑物，隐约地烁现在一线疏落的青青的林影间；那破烂、疾苦的村舍，盖着轮癣一样的赤色的屋瓦，萎缩，衰颓，像从一切灾难中逃出的虾蟆，一只只饥渴地张着干瘪的嘴脸；那高擎于天际的红日却益发显得晶明而且精警，它拨开着张盖于低空的雾霭，像一盏为弯腰仗拐的老者的手所捧持的灯，把这一个露出了破绽的地球反来复去地照，犹如鸡蛋商人在照一颗发腐了的鸡蛋。

于是他从田野的静穆中响动了，他的步武稍微停顿起来，不时的把左手按着自己的胸口，咳！——咳！……仿佛用一种暗号在对他的隐没了的灵魂告密似的，一声声，诡谲地咳嗽着；两只无从换取的——早为上帝所赐误了的眼睛，却保有着越过了一切的障翳的功能，嵌摄在那高高突起的前额的底下，在鲜明的阳光里，冒充着幸运者所有的宝物的闪耀。当他在大路边停息下来的时候，他仿佛是一只为寒风摇动了神圣的独角的蜗牛，突然地静止了，而他的耳朵正从远远的地方听到了一阵小孩子的嘈嚷声，——他用着他的耳朵去靠近空间，正如小窃儿用他的眼睛去靠近壁缝。

这当儿，从他的前面走来了一群天真活泼的小儿郎，——他们来自一个新的活跃的世界，握有比人类固有更多的威权；他们到处遍撒着烽火之种，——他们对他发出了亘古未有的绝对的言辞，叫他听从了卑怯和畏惧的指使，从今日起，他的头上有了严肃而无可违背的意旨，那便是对于当地全境、全国以至于全世界的村民的绝对幸运之预言。

"圣者"，年轻人的行列中的一个，他依据着不惜对敌对者施行卑俗的侮辱的态度发言："我们的高贵的村民将从火辣的痛苦中获救了！从今日起，你再也不能一如往常似的对他们作不祥的预言，他们的谷，收一粒得一粒，他们要说，我们在自己的土地中生长了，并且钉着根，像钉根钉得最牢的草头香一样，他们快活了！他们已经一手扫除了所有一切的灾殃和祸患！……"

他从恐怖的颤抖中重复获得了身心的坚固和安宁，他对那严肃的警告点头，弯身，拱手，——对那严肃的警告作着一切无尽的应答和遵从。

他的手里抛绝了所有一切的厄运的预言，换来了所有一切的幸运的预言，这样，他继续以预言家的职守向着他那隐没了的灵魂告密，说他还是一样安然地活在人间。

他带着新的幸运的预言，到梅冷城郊外的村舍间来了；他该不会有什么奇特的感觉，这村子正为一片忧郁的哭声所震撼——这村子，也和梅冷全境到处所见的，被付与了绝灭的厄运的村子一样，破坏了，毁灭了！……今朝，那神圣的从梅冷城开出的军队在这村子所举行的大血祭可算完毕，而那累累地在池塘的岸畔横陈着的死者们，却用了绝望的悲愤在指示着残酷的战斗之反复和无尽。今朝，新时代的战士们以中世纪的义侠劫杀了从梅冷城派出的罪恶的官吏，在回来的路上和巡逻的敌军作了激烈的遭遇战，他们的失败已经陷入了二与三之对比的可悲的宿命，为战斗的热诚所圣化的村舍，它壮健了，英勇了，它正视着梅冷城的屋瓦上所起的烟尘，一面吩咐他们利用那藓苔似的低矮的树林，利用那潦乱地向着不定的方向峻急奔行的小山溪，利用那到处横阻的山阜，迂回曲折的小路径，在这综错复杂的地形加重了战斗的神秘性，从不断的失败和逃匿中给与他们一切所有的便利和最后的光荣，等到追袭的敌军到来时，它却坚决地，对一切的查探和诘问保持着山岩一样的绝对的矜高和缄默，这样，它激动了敌军的暴烈的怨火，——他们在一个早晨中屠杀了这村子所有从十七岁起到三十五岁的壮健的村民。

现在，他的鼻子充塞着恶臭的血腥，这血腥在他的鼻子里起着猛烈的刺激，犹如香辛料在消化不良的肠胃中所 起的作用，他呼吸畅达，步武稳定；但是他不能不停息下来，对着一个可怜的老太婆的哭诉谛听。

"圣者，"那老太婆如一片从枯枝坠下的落叶似的投在他的跟前，紧紧地执着他的衣襟："你告诉我吧，为什么，我的儿子，我的肉，他从小就在身上带着山神的符咒，远远地隔着一切的灾殃和祸患，由我在前面作着带领，我要带领他走进地上的乐园，他长大了，他从一个嬉玩的小孩子，依据着我一手所创制的一个人的模样，变成了又高大又强壮的人，他挑得起一百斤的燕麦，从我们的村子到田主的家有二十多里远，但是他的壮健的年纪害着他，他不能像衰颓的老者一样，庸碌了一生，耗尽了他的宝贵的少年，——我的天，他不就是因为活着，所以罹遭了这可悲的劫难？……"

——他的嘴里响着神秘的无声的笑。

"但是呵，"他的头上有着严肃而无可违背的意旨，那便是对于当地全境，全国以至于全世界的村民的绝对幸运之预言："我们的高贵的村民将从火辣的痛苦中获救了，你们的谷，收一粒得一粒，你们要说，我们在自己的土地中生长了，并且钉着根，像钉根钉得最牢的草头香一样，你们快活了，你们已经一手扫除了所有一切的灾殃和祸患，……"

他的话还未说完，老太婆惊讶着，她吻着他的手，她大大地受了感动，他的话使她从巨深的悲苦中得到慰解，她拉着他一同走遍了这哭声震地的村子的四周，把他介绍到那为巨深的灾难所持劫的全村子的人们之前。

"我们的圣者，"她用颤抖的声音向着村子的人们高喊："他保佑着灵魂与肉体的平安，从天上下降了，在我们的不幸的人群中出现，你们听呵，听我们的圣者的预言，……"

全村子的人们都集拢来，他们紧紧地把他围在中心，严重的灾难使他们深深地摇动了生命之根，只要能够从他的嘴里得到一声慰解就可以满足，——即使这慰解是十足的欺骗，欺骗在他们的需要，正如饥馑之切求食粮。

但是这当儿，他突然地昏乱了。人群中有一个壮健的村民，这一定是那壮健的村民中的仅有的一个，向他高举着诘难之手，接着，他用着逆袭的手法，拔出了手枪，对准他的脑袋开放；他的高大的躯干倒下之后，那开枪的村民代替着他的位置，他暴然而且忿怒，用一种燃烧的白热的言辞讲演：

"兄弟们，我们中了那预言家的狡计，我们为了一时的安慰，向他出卖了亘古至今，山堆累积的悲惨和冤仇！听吧，这是我的预言，我的正确不移的预言，我预言你们在这以赤血换取一切的年代中的总的毁灭，毁灭！在这里，谁能保证我们片刻的平安？我们的平安必须付与血的代偿，从毁灭中去取得可靠的兑现。这是历史的深坑——我们坚强起来吧！谁想在这深坑中架起桥梁，谁就应该作起桥梁之基，投入这深坑的里面，把自己埋葬！"

（选自《将军的故事》，1937 年 6 月，上海北新书局）

新唐吉诃德的出现

他远远地听着，怎么样，怎么样。

他们就是，别的都不是，然而我自己是差不了许多的！

不错，正确，对的呀！

他每每缩在一间暗室里偷偷地窥伺着，虽然得不到什么，却发现了自己。

于是，他的头上泛起了一个光圈，他的脑膜像玻璃一样的有光泽而且透明；世间简直没有一件不能深切地加以理解的事，他清楚极了。

他披上了新的唐·吉诃德的盔甲，这盔甲是理智的排泄物：嫌疑，颜色的沾染，对着假设的审判厅承认，吸引警士的耳目的矫装，诸如此类。

还有，在一点点的甚至最微末的不如意中受着各种各样的刺激。

——十字架负在我的背上，我是今世的耶稣呀！

他慨叹地呼喊着。

有一天，一位探目到他的家里来了。

——你是什么人？

那探目问。

——我是你的劲敌，你的叛逆者，你的最勇猛的对手！

他发现了敌人，犹如敌人发现了他自己一样。

于是，他给探目带走了；自然他已经给抛进那伸着红舌头的火焰的深坑中，而最可惊异的是一颗蚕豆大小的子弹，子弹穿过了他的背心，又像小狗弄狗洞一样在那血淋淋的创口跳跃着、戏玩着。

他变成一个鬼，不是鬼吧，总是人死了之后变成的东西，在路上走着，看见那边的广场上围着一堆人，是一个术士在演把戏。那术士远远地望着前头，视线在半空里画出了一个庞大的黑影，这黑影是一个鬼的形骸，为那被难者的灵魂所依附。

当着众人的面前他出现了。

他张开双手，接受着众人的花圈和敬礼。

他说了一些话，给予了他们许多的教训，和一切说话的人所敢于断言的一般：

——看着我吧，什么都要跟我一样！

这一天，有一群反叛者自己关进了围场里，让兵队监视着，接着是来了一阵猛烈的机关枪的扫射。

这围场的四周长着一些杂草和竹林，杂草和竹林的里面养着十几条巨大的远自热带迁来的蟒蛇。它们的美餐是死尸旁边凝冻了的血块，还有从死尸的肚皮里流了出来的内脏。

然而，这绝不是他的功绩；他的功绩的埋没并不为着受了好人的冒认。

一切的幻想都从他的眼前消逝了。他只是远远地听着，怎么样，怎么样。

他们就是，别的都不是，然而我自己是差不了许多的。

这样，他还是到那暗室里去窥伺着吧，虽然得不到什么，却把他自己发现了！

到了最后的一天，他们同一个严重的场合中和敌人相见了。

自然最可惊异的是一颗蚕豆大小的子弹。——他是真的死了，连一个鬼也变不成！

（选自《将军的故事》，1937 年 6 月，上海北新书局）

第七连

——记第七连连长丘俊谈话

我们是……第七连。我是本连的连长。

我们原是中央军校广州分校的学生，此次被派出一百五十人，这一百五十人要算是"八·一三"战事爆发前被派出的第一批。我便是其中的一个。

在罗店担任作战的××军因为有三分之二的干部遭了伤亡，陈诚将军拍电报到我们广州分校要求拨给他一百五十个干部。我们就是这样被派出的。

我了解这次战争的严重性。我这一去是并不预备回来的。

我的侄儿在广州华夏中学读书，临行的时候他送给我一个黑皮的图囊。他说：

"这图囊去的时候是装地图、文件。回来的时候装什么呢？我要你装三件东西：敌人的骨头，敌人的旗子，敌人的机关枪的零件。"

他要把这个规约写在图囊上面，但嫌字太多，只得简单地说着：

"请你记住我送给你这个图囊的用意吧！"

我觉得好笑。我想，到了什么时候，这个图囊就要见到一个意想不到的场面，它也许给抛在小河边或田野上……

一种不必要的情感牵累着我，我除了明白自己这时候必须战斗之外，对于战斗的恐怖有着非常复杂的想象。这 使我觉得惊异，我渐渐怀疑自己，是不是所有的同学中最胆怯的一个。我是否能够在火线上作起战来呢？我时时对自己这样考验着。

我们第七连全是老兵，但并不是本连原来的老兵。原来的老兵大概都没有了，他们都是从别的被击溃了的队伍收容过来的。我们所用的枪械几乎全是从死去的同伴的手里接收过来的。我们全连只配备了两架重机关枪，其余都是步枪，而支援我们的炮兵一个也没有。

我们的团长是法国留学生，在法国学陆军回来的。瘦长的个子，活泼而又机警，态度和蔼，说话很有道理，不像普通的以暴戾、愁苦的臭面孔统率下属的草莽军人，但他并没有留存半点不必要的书生气概。如果有，我也不怎么觉得。我自己是一个学生，我要求人与人之间的较高的理性生活，我们的团长无疑的这一点是切合我的理想的。我对他很信仰。

有一次他对我们全营的官兵训话。当他的话说完了的时候，突然叫我出来向大家说话。我知道他有意要试验我，心里有点着慌，但不能逃避这个试验。这一次我的话说得特别好。普通话我用得很流畅。团长临走的时候和我热烈地握手。他低声地对我说："我决定提升你做第七连的连长。"

这之前，我还是负责整顿队伍的一个普通教练官。

从昆山出发之后，我开始走上了一条严肃、奇异的路程。在钱门塘附近的小河流的岸边，我们的队伍的前头出现了一个年轻、貌美、穿绿袍子的女人。我对所有的弟兄们说：

"停止。我们在这里歇一歇吧！"

排长陈伟英偷偷地问我："为什么要歇一歇呢？追上去，我们和她并肩地走，为什么不好？"

"这是我自己的哲学，"我说，"我现在一碰到漂亮的女人都要避开，因为她要引动我想起了许多不必要而且有害的想头，……"

我们的特务长从太仓带来了一个留声机，我叫他把这留声机交给我，我把所有的胶片完全毁坏。因为我连音乐也怕听。

我非常小心地在修筑我自己的路道，正如斩荆棘铺石块似的。为了要使自己能够成功为一个像样的战斗员，能够在这严重的阵地上站得牢，我处处防备着感情的毒害。

有一礼拜的时间，我们的驻地在罗店西面徐家行一带的小村庄里。整天到晚没有停止的炮声使我的耳朵陷入了半聋的状态，我仿佛觉得自己是处在一个非常热闹、非常嘈杂的街市里面。我参加过"一·二八"的战争，"一·二八"的炮火在我心中已经远了、淡了，现在又和它重见于这离去了很久的吴越平原上。我仿佛记不起它，不认识它，它用那种震天动地的音响开辟了一个世界，一个神秘的、可怕的世界，使我深深地沉入了忧愁，这世界，对于我几乎完全的不可理解，……

十月十八日的晚上，下着微雨，天很快就黑下来，我们沿着小河流的岸畔走，像在蛇的背脊上行走似的，很滑，有些人已经跌在泥沟里。我们有了新的任务，经过嘉定，乘小火轮拖的木艇向南翔方面推进。……二十日下午，我们在南翔东面相距约三十里的洛阳桥地方构筑阵地。

密集不断的炮声、沉重的飞机声和炸弹声使我重新熟习了这过去很久的战斗生活。繁重的职务使我驱除了惧怕的心理。

排长陈伟英，那久经战阵的广东人告诉我：

"恐怖是在想象中才有的，在深夜中想象的恐怖和在白天里想象的完全两样。一旦身历其境，所谓恐怖者都不是原来的想象中所有，恐怖变成没有恐怖。"

二十日以后，我们开始没有饭吃了。伙伕虽然照旧在每晚十点钟左右送饭，但已无饭可送。我们吃的是一些又黑又硬的炒米，弟兄们在吃田里的黄菲子和葵瓜子。

老百姓都走光了。他们是预备回来的，把粮食和贵重些的用物都埋在地下。为了要消灭不利于战斗的阵地前面的死角，我们拆了不少的房子。有一次我们在地里掘出了三个火腿。

吃饭，这时候几乎成为和生活完全无关的一回事。我在一个礼拜的时间中完全断绝了大便，小便少到只有两滴，颜色和酱油无二样。我不会觉得肚饿，我只反问自己，到底成不成为一个战斗员，当不当得起一个连长，能不能达成战斗的任务？

任务占据了我生命的全部，我不懂得怎样是勇敢，怎样是懦怯，我只记得任务，除了任务，一切都与我无关。

我们的工事还没有完成，我们的队伍已开始有了伤亡。传令兵告诉我："连长，又有一个弟兄死了。"

我本已知道死亡毫不足怕，但传令兵这一类的报告却很有扰乱军心的作用。我屡次告诫那传令兵：

"不要多说。为了战斗，等一等我们大家都要和他一样。"

两个班长都死了。剩下来的一个班长又在左臂上受了伤。

我下条子叫一等兵翁泉担任代理班长，带这条子去的传令兵刚刚回来，就有第二个传令兵随着他的背后走到我的面前说："代理班长也打死了。"

三天之后，我们全连长约八百米突的阵地大体已算完成，但还太浅，缺少交通壕，又不够宽，只有七十分米左右，两个人来往，当挨身的时候必须一个跳出壕外。

这已经是十月二十三的晚上了。

雨继续在下着，还未完成的壕沟装满了水，兵士们疲劳的身体再也不能支持，铲子和铁锹都变得钝而无力。有一半的工事是依附着竹林构筑起来的，横行地下的竹根常常绊落了兵士们手中的铲子。中夜十二点左右，我在前线的壕沟里作一回总检阅，发现所有的排长和兵士都在壕沟里睡着了。

我一点也不慌乱。我决定给他们熟睡三十分钟的时间。

三十分钟过后，我一个一个地摇醒他们，搀起他们。他们一个个都滚得满身的泥土，而且一个个都变成了死的泥人，我能够把他们摇醒，搀起的只有一半。

二十四日正午，我们的第一线宣告全灭，炮火继续着掩没了第二线。我们是第三线，眼看着六百米外的第二线（现在正是第一线）在敌人的猛烈的炮火下崩陷下来。失去了战斗力的散兵在我们的前后左右结集着。敌人的炮兵的射击是惊人的准确，炮弹像一群附有性灵的、活动的魔鬼，紧紧地、毫不放松地在我们的溃兵的背后尾随着、追逐着。丢开了武器，带着满身的鲜血和污泥的兵士像疯狂的狼似的在浓黑的火烟中流窜着。敌人的炮火是威猛的，当它造成了阵地的恐怖，迫使我们第一线的军士不能不可悲地、狼狈地溃败下来，而构成我们从未见过的非常惊人的画面的时候，就显得尤其威猛。它不但扰乱我们的军心，简直要把我们的军心完全攫夺，我想，不必等敌人的炮火来歼灭我们，单是这惊人的情景就可以瓦解我们的战斗力。

恐怖就在这时候到临了我的身上，这之后，我再也见不到恐怖。我命令弟兄们把所有结集在我们阵地上的溃兵全都赶走，把我们的阵地弄得整肃、干净，以等待战斗的到临。

大约过了三个钟头的样子，我们的阵地已经从这纷乱可怖的情景中救出了。我们阵地前后左右的溃兵都撤退完了，而正式的战斗竟使我的灵魂由惶急而渐趋安静。

我计算着这难以挨煞的时间，我预想着当猛烈的炮火停止之后，敌人的步兵将依据怎样的姿态出现。

炮火终于停止了。

一架敌人的侦察机在我们的头上作着低飞，不时把机身倾侧，骄纵成性的飞行士也不用望远镜，他在机上探出头来，对于我们的射击毫不介意。

飞机侦察过之后，我们发见先前放弃了的第二线的阵地上出现了五个敌人的斥候兵。一面日本旗子插在麦田上，十一年式的手提机关枪立即发出了颤动的叫鸣。

由第三排负责的营的前进阵地突然发出违反命令的举动。对于敌人的斥候，如果不能一举手把他们活捉或消灭，就必须切诫自己的暴露，要把自己掩藏得无影无踪。我曾经吩咐第三排要特别注意这一点，但他们竟完全忽略了。第三排的排长的反乎理性的疯狂行动使我除了气得暴跳之外，简直无计可施。这个中年的四川人太勇敢了，但他的勇敢对于我们战斗的任务毫无裨补，他在敌人的监视之下把重机关枪的阵地一再移动，自己的机关枪没有发过半颗子弹，就叫他率领下的十个战斗兵一个个地倒仆下去。第一排的排长想率领他的一排跃出壕沟，给第三排以援助，我严厉地制止了。我宁愿让第三排排长所率领的十个人全数牺牲，却不能使我们全连的阵地在敌人的监视之下完全暴露。但我的计算完全地被否定了，在我们右边的友军，他们非分地完全跃出了战斗的轨道，他们毫不在意地去接受诡谲如蛇的敌人的试探，他们犯了比我们的第三排更严重的错误。为了要对付五个敌人的斥候兵，他们动员了全线的火力，把自己全线的阵地完全暴露了。

敌人的猛烈的炮攻又开始了。

敌人的准确的炮弹和我们中国军的阵地开了非常厉害的玩笑。炮弹的落着点所构成的曲线和我们的散兵沟所构成的曲线完全一致。密集的炮火使阵地的颤动改变了方式，它再不像弹簧一样地颤动了，它完全变成了溶液，像渊深的海似的泛起了汹涌的波涛。

我们的团长给了我一个电话机。他直接用电话对我发问："你能不能支持得住呢？"

"支持得住的，团长。"我答。

"我希望你深切地了解，这是你立功成名的时候，你必须深明大义，抱定与阵地共存亡的决心！"

我仿佛觉得，我的团长是在和我的灵魂说话，他的话（依据我们中国人和鬼的通讯法）应该写在纸上，焚化。而我对于他的话也是从灵魂上去发生感动，我感动得几乎掉下泪来。我不明白那几句僵尸一样的死的辞句为什么会这样的感动我。

"团长，你放心吧！我自从穿起了军服，就决定了一生必走的途径，我是一个军人，我已经以身许给战斗。"

于是我报告他第三排长如何违反命令的情形，他叫我立即把他枪毙。但第三排的排长已经受伤回来了，我请求团长饶恕了他。那中年的四川人挂着满脸的鲜血躺在我的近边，团长和我的电话中谈话他完全听见的。他以为我就要枪毙他，像一只癫狂的野兽似的逃走了，我以后再也没有碰见他。

夜是人类天然的休息时间，到了夜里，敌我两方的枪炮声都自然地停止了。弟兄们除了一半在阵地外放哨之外，其余的都在壕沟里熟睡起来。我的身体原来比别人好，我能够支持五天五夜的时间人还比较清醒。我围着一条军毡，独自个在阵地上来往，看着别的人在熟睡而我自己醒着，我感受到很大的安慰，我这时候才对自己有了深切的了解，我很可以做这些战士们的朋友。

我的鼻管塞满着炮烟，浑身烂泥，鞋子丢了，不晓得胶住在哪处的泥浆里，只把袜子当鞋。我的袋子还有少许的炒米，但我的嘴脏得像一个屎缸，这张嘴老早就失却了吃东西的本能，而我也不晓得这时候是否应该向嘴里送一点食品。

第二天拂晓，我们的第二排，由何博排长率领向敌人的阵地出击。微雨停止了。晓色朦胧中我看见二十四个黑色的影子迅速地跳出了战壕。约莫过了二十分钟的样子，前面发出了激烈的机关枪声，敌人的和我们的都可以清楚地判别出来。这枪声一连继续了半个钟头之久，我派了三次的支援兵去接应。一个传令兵报告我排长已经被俘虏了。我觉得有些愕然，只得叫他们全退回来。

原来何博太勇敢了，到了半路，他吩咐弟兄们暂在后头等着，自己一个人前进到相距两百米的地方去作试探，恰巧这时候有一小队的敌人从右角斜向左角的友军的阵地实行暗袭，给第二排的弟兄碰见了，立即开起火来。但排长却还是留在敌人的阵地的背面。天亮了，排长何博不愿意把自己的位置暴露，在我们的阵地前面独战了一天，直到晚上我们全线退却的时候方才回来。他已经伤了左手的手掌，我和他重见的地点是在南昌陆象山路六眼井的一个临时医

241

院里。因为我也是在这天受了伤的。

这天的战况是这样的。

从上午八点起，敌人对我们开始了正面的总攻。这次总攻的炮火的猛烈是空前的，我们伏在壕沟里，咬紧着牙关，忍熬这不能抵御的炮火的重压。对于自己的生命，起初是用一个月、一个礼拜来计算，慢慢地用一天，用一个钟头，用一秒，现在是用秒的千分之一的时间。

"与阵地共存亡"。我很冷静，我刻刻地防备着，恐怕会上这句话的当。我觉得这句话非常错误，中国军的将官最喜欢说这句话，我本来很了解这句话的神圣的意义，但我还是恐怕自己会受这句话的愚弄，人的"存"和"亡"，在这里都不成问题，而对于阵地的据守，却是超越了人的"存"、"亡"的又一回事。

我这时候的心境是悲苦的，我哀切地盼望在敌人的无敌的炮火之下，我们的弟兄还能留存了五分之一的人数，而我自己，第七连的灵魂；必须还是活的，我必须亲眼看到一幅比一切都鲜丽的画景：我们中华民国的勇士，如何从毁坏不堪的壕沟里跃出，如何在阵地的前面去迎接敌人的鲜丽的画景。

但敌人的猛烈的炮火已击溃了右侧方的友军的阵地。

我们出击了，我们，零丁地剩下了的能够动员的二十五个，像发疯了似的晕濛地、懵懂地在炮火的浓黑的烟幕中寻觅着，我清楚地瞧见，隔着一条小河，和我们相距约二十米的地方，有一大队的敌人像潮水似的向着我们右侧被冲破了的缺口涌进，他们有一大半是北方人，大叫着"杀呀！杀呀！"用了非常笨重、愚蠢的声音。挺着刺刀，弯着两股。

我立刻一个人冲到我们阵地的右端，这里有一架重机关枪，叫这重机关枪立即快放。

这重机关枪咭蔷地响了五发左右就不再继续——坏了。

那射击手简单地说着，随即拿起了一支步枪，对着那密集的目标作个别的瞄准射击。

我们一齐地对那密集的目标放牌楼火。但敌人的强大的压迫使我们又退回了原来的壕沟。

右侧方的阵地是无望了，我决定把我们的阵地当做一个据点扼守下去，因此我在万分的危殆中开始整顿我们的残破的阵容。而我们左侧方的友军，却误会我们的阵地已经被敌人占领，用密集的火力对我们的背后射击。为了要联络左侧方的友军，我自己不能不从阵地的右端向左端移动。

这时候，我们的营长从地洞里爬出来了。他只是从电话听取我的报告，还不曾看到这阵地成了个什么样子。他的黧黑的面孔显得非常愁苦。他好像从睡梦里初醒似的爬出来了，对我用力地挥手。一颗子弹射中了他的左脚，他呛咳了两声就倒下了。

敌人的炮口已经对我们直接瞄准了，从炮口冲出的火焰可以清楚地瞧见着。

我开始在破烂不堪的阵地上向左跃进，第二次刚刚抬起头来，一颗炮弹就落在我的身边。我只听见头上的钢帽嚯的响了一声，接着晕沉了约莫十五分钟之久。

我是决定在重伤的时候自杀的，但后来竟没有自杀。我叫两个弟兄把我拖走，他们拖了好久，还不曾使我移动一步。这时候我突然发觉自己还有一副健全的腿，自己还可以走的。我伤在左颈、左手和左眼皮，鲜红的血把半边的军服淋得透湿。

当我离开那险恶的阵地的时候，我猛然记起了两件事。

第一，我曾经叫我的勤务兵在阵地上拾枪，我看他已拾了一大堆枪，他退下来没有呢？那一大堆的枪呢？

第二，我的黑皮图囊，我在壕沟里曾经用它来垫坐，后来丢在壕沟里。记得特务长问我：

"连长，这皮袋要不要呢？"

我看他似乎有"如果不要，我就拿走"的意思，觉得那图囊可爱起来，重新把它背在身上。不错，现在这图囊还在我的身边。

一九三七年，十二，二十一，汉口

（选自《第七连》，1947年6月，上海希望社）

我们在那里打了败战

——江阴炮台的一员守将方叔洪上校的战斗遭遇

我们在那里打了败战。这是一个沉痛、羞辱的纪念。

在这次战役中，我的部下，我的朋友，我认识他们的，和他们共同甘苦的，在一个阵地上共同作战的，他们，可以说有百分之九十五都战死了。我不能看见他们的壮烈的牺牲而一无所动。而可恨的是我们并不曾从这牺牲中去取得更高的代价。请作个计算吧，我们得到了什么呢？我们能够在江阴炮台守了多少日子呢？我们对于东战场整个危殆的战局尽了挽救的责任没有呢？并且，我们在对敌人的反攻中曾经把战斗力发挥到最高度没有呢？

惭愧，悲愤，不是一个真能战斗的战士的态度。胜利或失败，全是力与力的对比——一切且由历史去判决吧！我们的战斗不断地继续着，而我们的历史也正在不断地书写着。我们，中华民族，如果在和日本帝国主义的对比下完全失败了，那么，历史的判决是公平的，我只能对着这判决俯首，缄默。……

一九三七年十一月中旬，当苏州、无锡相继失陷之后，我们从隔江的靖江开到江阴来了。我们以三天的工夫渡江完毕，在江阴的西南至东南，沿夏港镇、五里亭、青山、南闸镇、花山，板桥镇至起山、断山之线，构筑环形阵地。这个环形的起点是在江边，终点也在江边。我们的退路是在大江，即是说，如果一旦支持不住，我们只好一个个沉进大江里去。我们对着那长驱直进，势如破竹的劲敌作这个背水阵。看吧，我们准备已久的唯一的江阴炮台，是有资格作这个背水阵的，……我们很英豪么？老实说吧，我们除了不死的灵魂之外，其他可以说一无所有。

向着南闸镇以南的上空望去，相距约二十公里远，敌人放上了一个灰色的系流气球。我们的敌人是何等强暴，何等精密，他们小心地侦察我们，试探我们，虽然已猜中我们是瓮中之鳖，而他们还是一分一寸地前进，进一个村子，烧杀一个村子，计算一个村子。

不过这其间，敌人的二千磅的飞机炸弹却已使我们频频地陷入于苦境。

花山前线的我军在十一月二十六日就开始和敌人接触了。

二十七日晨六时三十分，我奉命派一营向花山的阵地出动，驱逐一部分由花山左翼绕向南花山咀进袭的敌人。

营长孟广昌临行的时候对我说："只有这一次了，这一次无论战胜战败，恐怕都不能生还。……"

我们的战斗员对于战斗毫无过分的奢望，一种强大的洋溢的雄心也只能限于一次的使用。

我紧握着孟营长的手这样对他说："同志。早些出动吧！那么，就是这个时候了。……"

所有的兵士们都听见了。我的发言力求沉着而坚定，绝不使我们的伙伴在颜色之间现出任何激动。他们一个个都挂着铁的脸孔，我一伸手可以触摸着他们旺盛如火的抗战热情。但我们之间已经神会意达了。我们凛然地，然而微笑地接受这严重、神圣的任务的降临。

在花山的阵地上据守的原是友军许团的队伍，在二十六日最初的然而很猛烈的战斗中他们失去了花山两个山头，敌人几乎占领了花山阵地的全部。孟广昌真能遂行他们的任务，他们驱逐了南花山咀的敌人，自动把花山的阵地完全克服。而与花山相毗邻的南闸镇的友军在敌人的压迫之下却已经把南闸镇的阵地抛掉了。沿着从无锡至江阴的公路向南闸镇进袭的敌人是敌人的强大的主力。

十一月二十八日的夜是一个深沉的、漆黑的夜，夜的黑暗包围着我们，使我们深深地意识着处境的严重而陷于寂寞和孤独。炮弹在空中掠过，仿佛有无数鬼魂追随着他的背后，激发而紧张的声音久久不歇地震击着宁静的四周。

我们，是两个营，由我亲自带领，向南闸镇的东边进行夜袭。下半夜四点了。敌人对于我们的进袭毫无戒备，在一座新建的平房的门前，我们奇迹地发见于一簇黯弱的火光，它在那新的白色的墙上作着反射；像一道污浊的河水使我们的目光陷于迷乱。五分钟之后，我们从一条田塍越过了又一条田塍，痴情地、恋恋不舍地接受那火光的诱惑。这样一切都了然了，原来有六个敌人的哨兵，正围在那平房的门前烤火。

由韩营长所率领的第四连的兄弟一齐地对那浮动在火光中的黑影发射了猛烈的排枪。我们把一营的阵线特别的缩小，像一支枪刺似的直入敌人的腹部，以消毁敌人固有的强暴和威猛。第四连的兄弟迅急地向那平房的前面跃进，他们把握住一个时机，一点余裕，在倏忽的一瞬中把自己所发射的火力一再提高，使从那平房的侧门涌出的敌人一个个倒仆下去，一个个沉入了忧愁的梦境。

于是激烈的战斗开始了……

从左侧边高起的河岸上发出的机关枪几乎把我们的胜利的第四连完全吞没。这一阵猛烈的机关枪发射之后，我们的阵地短暂地沉默下来，清楚地听见全南闸镇四周的敌人像突发的山洪似的涌动着。从敌人的阵线里发出的喊声长绵地、可怕地把我们环围着、掩盖着。坦克车故意把我们兜弄着似的从远远的地方沉重地吼叫起来，又从远远的地方消失了去。

我们动摇下来了。

在南闸镇北面和敌人对垒的友军和我们失了联络，自动向北撤退，敌人因而得以从南闸镇的北边开出，爆破东北边的一条桥梁，使我们除了在他们正面的压迫下宣告溃败之外再无进取的路径。当我们第九连的一部分正向着这桥梁突进的时候，敌人把这条桥梁爆破了，这桥梁就是这样地埋葬了他们。

排长贾风麟，由一个上等兵作着随伴，在追袭一个夺路而走的敌人。而他们的背后，是敌人的机关枪的子弹在紧紧地追蹑着。那个上等兵走在他的前头，挺着雪亮的刺刀，把夺路而走的敌人控制在自己的威力内，以施行最直截的劈刺。当他的刺刀的端末正和敌人开始接近的当儿，敌人的机关枪射中了他的胸脯，他倒下了。排长贾风麟仿佛对于那猎取物的偶然的幸运发出微笑，他追上了他，一下刺刀把他结果了，而敌人的机关枪又继着击倒了他，

排长蒋秀，当敌人的坦克车冲来的时候，他迅速地和坦克车接近起来。他攀附着坦克车的蚕轮，用驳壳枪对着车上的展望孔射击，而卒至给蚕轮带进了车底，辗成肉酱，……

我们一连冲锋了两次，两次的冲锋都遭了失败。天亮了，敌人开始了炮击，密集的炮弹把我们的右翼的战士完全驱进了死亡的墓

门，我们却不能不在这艰苦危境展开第三次的激烈的战斗。由中校团副所带领的五十多人的残余队伍，迅急地参入了敌人的队伍里面，和敌人作直接的白兵战。连长冯德宣还带领着他的完整的一排，在突进中过一条小河，不幸在河里淹死了。而中校团副宋永庆也正在这时候负了重伤。

战斗一直继续了六个钟头。到了正午，我们两营的官兵死伤了五分之三，再不能支持了，只好退回了五里亭本阵地。

从这次战斗中，我们夺得了许多战利品：旗子、机关枪。有一件从敌人的死尸上剥下来的中将的绒外套，这外套的肩章上有两粒金星，金星因为旧了，显得黯淡无光，我们断定它的资格已经老了。一把柄上刻着富士山的军刀，一枝写着"河田原"字样的旗子。我们推测这"河田原"就是那打死了的师团长的名字。下午，有一架敌人的红色的小飞机在南闸镇南边的公路上下降，一下子又飞去了，也许这飞机是载新师团长来的，去的时候还可以载回那战死了的师团长的尸首。

南闸镇失去了。和南闸镇失去的同一天，花山也失去了。敌人这一天的总攻是把花山也划在里面。孟广昌营长战死了，他的一营几乎全都遭了伤亡。

从二十八至三十，这三日中敌人的进攻继续不断。

十二月一日拂晓，敌人沿着从南闸镇至江阴的公路，对江阴作最猛烈的进攻。由小笠山至青山之线，也开始了激烈的战斗。小笠山和青山都失去了，战斗又迫临到我们这一团的身边，我们这败残下来的零星的队伍又给卷入了炮火的漩涡。

下午六时，敌人冲入了江阴的南关，西郊和东郊一带都相继沦陷了，而君山的要塞炮台也落于敌手。

当我听到君山炮台失去的时候，我猛然地记起了那摆在炮台上的要塞炮。

这要塞炮到底开过了没有呢？曾不曾击沉了敌人的一条炮舰？

就在十二月二日的夜里，我们突围了。我们沿着江滨冲出，还不曾到镇江，镇江已经失守。

到达南京的时候，我们一共只存了四十六人。

一九三八，一，六，汉口

（选自《第七连》，1947 年 6 月，上海希望社）

我认识了这样的敌人

——难民 W 女士的一段经历

一九三七年八月十一日起以后的三日中，上海的紧张局面似乎为了不能冲出最高点的顶点而陷入了痛苦、弛缓的状态。十一日午后半日之内，开入黄浦江内的敌舰有十四艘之多，什么由艮号、鬼怒号、名取号、川内号，报纸上登载着的消息说是现在停泊于上海的敌舰已经有三十多艘了，以后还要陆续开来。十一日晚上，又有三千多名的陆战队由汇山码头、黄浦码头先后登陆，显然是大战前夜的情势了。而我们却为了三次的搬家弄得头晕眼花，对这日渐明朗的局面反而认不清楚。我们，我的表姊，我的表姊的姑母，和我，三个人闲适地，毫不严重地搬到法租界金神父路群贤别墅的一位亲戚的家里来，也不带行李，好像过大节日的时候到亲戚的家里去闲逛似的，一点逃难的气味也没有。这是我们第一次的搬家。这位亲戚的家里已经给从闸北方面迁来的朋友挤得满满的了。我们连坐的地方也没有。那天晚上睡在很脏的地板上，一夜不曾入眠。第二天我们搬到麦琪路来，是用五块钱租得的一个又小又热的亭子间。住在这亭子间里还不到半天，不想我们的二房东为了贪得高价而勾上了一个新住客，吃了我们一块定钱，迫使我们立刻滚蛋。我和这位不要脸的房东吵了整整三个钟头。结果我们暂时迁入了虞洽卿路的一个小旅馆里，我的表姊的姑母已经不胜其疲困而患了剧烈的牙痛病。

这已经是十三日的早上了。

我们起得特别早。其实我三天来晚上都没有好睡，睡着了却又为纷乱、烦苦的恶梦所纠缠，没有好睡过，我厌恶这小旅馆，这小旅馆又脏又臭。天还没有亮，我就催我的表姊和那位老人家起床了。连日的疲困叫她们无灵魂地听从我的摆布。我叫了两辆黄包车，我和表姊坐一辆，姑母坐一辆。

姑母的牙痛似乎转好些了。她莫名其妙地问我："天亮了吗？"

我糊里糊涂地回答："天亮了，却下了大雾。"

这样我们匆匆地回到东宝兴路自己的家里来了，我们竟是盲目地投入那严重的火窝。

姑母年老了，她的牙痛病确实也太剧烈，回到家里，已经不能动弹。

表姊的丈夫是一个船员，还不到二十七岁就在海外病死了，她不幸做了一个年轻的寡妇。

在一间阴黯潮湿的楼下的客堂间里，表姊独自个默默地、不声不响地在弄早饭。姑母在那漆黑的楼梯脚的角落里躲着：也不呻吟，大概是睡着了。她们都变成了这么的灰暗，无生气的人物，仿佛任何时候都可以取消自己的存在，她们确实是有意地在躲避这种生的烦扰，正在迫切地要求着得到一点安宁。

同屋的人全搬走了，二楼、三楼、亭子间都已经空无所有。渐渐地我发觉我们整个弄堂的人都走光了，从那随便开着的玻璃窗望进去，都是空屋，平常这时候弄堂里正有洗马桶的声音，以及粪尿的臭气在喧腾，现在都归于沉寂。如果我听不到自己在地板上走的脚步声，我会疑心这里是一个死的荒冢。

我独自爬上了三楼的晒台上，接触到那蔚蓝，宽宏的天体，——从那庞大、复杂的市尘里升腾起来晕浊的烟幕，沉重地紧压着低空。从英租界、法租界发出的人物、车马的噪音隐隐地鼓荡着耳鼓。我轻松地叹了一口气，我知道上海还有一个繁华、热闹的世界，我觉得自己还是这可厌然而可爱的人世的近邻，我获得了我的自由，我应该不要求任何救助。

我竟然欢喜得突跳起来，因为我发见和我们相隔不过两幢屋的新建的红色的楼房上，我的朋友还在住着。

她名叫郑文，是我在复旦大学的一位同学。我不是大学生，却曾在复旦大学住过一下子。我在一九三五年加入了复旦大学的暑期班，选的学科是欧洲近百年史和英国文学，担任我们的功课的是那个像伤感女人一样时时颦蹙着脸的漂亮的余楠秋教授，考试的时候，我得了一个F。余楠秋教授在讲台上羞辱我说，我自从当教授到现在还没有见过一个学生得到F的云云，却不把我的名字宣布，似乎还特别地姑息我。我觉得很难为情，一个暑期还没有念完就自告退学了。郑文女士就是我在暑期班里的朋友。

她是一个湖南人，年轻而貌美，弄的北欧文学，对易卜生和托尔斯泰很有研究，有一种深沉、凛肃、聪慧的气质；绝不是平常所见的轻荡、浮华、嬉皮笑脸、整日里嘻嘻的笑不绝口的女友。她曾经秘密地作了不少的诗文，她的深刻、沉重的文字是我所爱读的。

她今年已经二十三岁了。她有着甜蜜、宁静、不受波折的恋爱生活，一个礼拜前正和她的满意的对手结了婚。她的对手是一个军官学校出身，后来离开了军队生活，从事实业活动的英俊的男子。他每月有一百八十元的收入，他们的小家庭是那样的快乐、新鲜。我从玻璃窗望见他们的华丽的客厅，电灯还在亮着。那高高的男子穿着黑绒的西装，梳亮着头发，默默地在那客厅里乱踱着，眼睛望着地板，两颊发出光泽，不时地随手在桌上拿了一本书翻了翻，显见得文弱、胆怯，不像一个军人。我越多看他一次越觉得他离开军队生活正有着他的充分的理由。我躲在晒台的墙头边，像一个侦探兵似的有计划地窥探着他。他的烦恼，沉郁的样子每每使我动起了怜悯。记得有一次，他带着他的新夫人和我到亚尔培路中央运动场去看回力球，在法租界的静寂的马路上，在无限柔媚的晚凉中，他左边伴郑文右边伴着我，我们手拉着手地走，他的温厚和蔼的态度在我的心中留上了异乎往常的新鲜的印象，我好像以前并不和他熟习，正在这一晚最初第一次遇见他一样。这一晚他很兴奋，回来的时候，在汽车里，他告诉我们他在军队里的许多新奇的故事，倚着我的身边剧烈地发出笑声，竟至露出了他的一副整齐得，美丽得无可比伦的牙齿。

表姊的早饭弄好了，我打算吃完早饭之后，就去找郑文，她们那边有许许多多的新消息，她们会使我的慌乱的情绪得到安静。我一看到她们就已经有很大的安慰了。我想，我为什么这样大惊小怪呢？郑文他们还没有走，闸北、虹口的恐慌局面全是我们中国市民的庸人自扰。

九点钟过去了，早饭还没有开始用。马路上突然传来了隐约的枪声。

我敏感地对表姊说："不好了。中国军和日本军开火了！"

表姊沉着脸，厨房里的工作使她衣服淋湿，烟灰满头，她也不回答，只是对我发出詈骂。硬说我怕死，又炫耀她在二十一岁守寡。

枪声又响了。

这回的枪声又近又密，但是瞬息之间，这枪声即为逃难的市民们惊慌的呼叫声所掩盖。

我非常着急，我不晓得我的表姊为什么要在这时候发我的脾气，使我再不能和她心同意合地商量出一个好办法，让我们立刻逃出这个危境。

我摇醒姑母，她冷冷地呼我的名字，只叫我安静些。我告诉她现在这危迫的情势，她绝不发出任何意见，仿佛现实的场面和她的距离很远，而她却正在追寻自己的奇异的路程。

枪声更加猛烈了。小钢炮和手榴弹作着恶声的吼叫。而可怖的是我们近边的一座房子突然中弹倾倒，——起火的声音。

我抛开了碗和筷子，独自个走出门外，打算到郑文的家里去作个探问。当我从弄堂口绕道走过了第二个弄堂，向着一条狭巷冲入的时候，我发见从西宝兴路发出的机枪子弹，像奇异的蛇似的，构成了一条活跃的、恶毒的线，又像厉害的地雷虫似的使马路上的坚实的泥土洞穿，破碎，于是变成了一阵浓烈的烟尘，在背后紧紧地追蹑着我。

郑文的房子虽然距我们很近，却并不和我们同一个弄堂，从我们的家到她们那里，要兜了一个大大的圈子。

我不懂得我自己是从哪里来的勇敢，这确然是一种盲目的勇敢，叫我陷身在危境里面，而完全地失去了警觉的本能。突然望见三个全副武装的日本陆战队从我对面相距约莫五十米的巷子里走出，黑色的影子，手里的刺刀发出雪亮的闪光。我还以为他们是北四川路平常所见的日本陆战队，却不知他们像发疯似的起了大杀戮的冲动，已经在我们的和平的市区里发动了狂暴无耻的劫掠行为。

我慌忙地倒缩回来。表姊像一座菩萨似的独自个静默地在吃饭，姑母还没有起床。刚才的险景使我惧怕，然而同时也使我自尊。我不晓得这时候我的面孔变青变蓝，但是在我的表姊的面前半声也不响。

我迅急地走上了三楼的晒台，对淞沪铁路一带发出枪炮声的地区瞭望，发现天通庵至西宝兴路一带已经陷入了炮火的漩涡，有好几处的房子已经中弹起火，杂乱的枪炮声正向着远处蔓延着。

我的眼睛变得有点迷乱，那三个日本陆战队的影子永久在我的心中闪动着。我疑心我已经给他们瞧见了。仔细观察一下子，我们这里四周还是安然无事，至少我们的弄堂里还没发生任何突变。

附近的巷子里猛然发出了急激的敲门声，我下意识地把耳朵耸高，眼睛缩小，身子和晒台上的墙头靠紧。门声一阵猛烈一阵，我绝望地眼看自己零丁地、悲凉地活在这倏忽的、短暂的时间里面，在期待着最后一瞬的到临。

忍受着吧！忍受着吧！

我这样打发自己，却屡次从绝望中把自己救出，觉得自己置身其中的世界还是安然得很。这是那冗长的，不易挨熬的时间摆弄着我，过于锐敏的预感又叫我陷入无法救醒的蠢笨。

时间拖着长长的尾巴过去了，密集的枪炮声继续不断。我发见了一幅壮烈的、美丽的画景。中国人，赤手空拳的中国人用了不可持劫的义勇，用了坚强的意志和日本疯狗决斗的一幅壮烈的、美丽的画景。

可怕的突变的到临和我们锐敏的预感互相追逐。一阵猛烈的门板的破裂声响过之后，我清楚地听见，有三个人带着狂暴的皮靴声冲进郑文的屋里去。郑文怎样呢？我对自己发问着。而残酷的现实已经把我带进了险恶的梦境。

三个黑色的陆战队。

沉重的皮靴，雪亮的刺刀。

在那宁静的厅子里，我的朋友的丈夫，那高高的、文弱的南方人，和日本的三个全副武装的陆战队发生了惨烈的搏斗。这情景非常简单，那南方人最初就已经为他的劲敌所击倒了。但是他屡仆屡起，那穿着黑绒西装的影子在我的眼中突然地扩大，在极端短暂的倏忽的时间中我清楚地认识了他抵扼着脊梁，弯着两臂向他的劲敌猛扑的雄姿。三个日本陆战队和一个中国人，他们的黑色的影子在白昼的光亮里幻梦地浮荡着；他们紧紧地扭绞在一起，那南方人的勇猛的战斗行为毫无遗憾地叫他们的劲敌尽管在他的身上发挥强大的威力。最后他落在劲敌的手中，三个日本陆战队一同举起了他的残败的身体，从窗口摔下去，那张开着的玻璃窗愕然地发出惊讶。

我的灵魂随着那残败的躯体突然下坠，我不能再看这以后的场面了，我在晒台上晕迷了约莫二十分钟之久。

晚上，约莫七点光景，我们逃走了，我们开始了这个与死亡互相搏斗的艰险的行程。

走出了弄堂口，我们遇见了五个逃难的同胞。一个高高的中年男子，带领着邻居的一个小学生和三个女人。他低声地对我说："跟着来吧！我们要三个钟头的时间从火线里逃出，……未逃出的还多得很。……"

我点头对他道谢，又示意请他走在我们的前头。

街灯一盏也没有了。马路上完全沉进了黑暗。八个人联结着走过了一条街道，为了落地的子弹太密，我们在一处墙角边俯伏了一个钟头。

我整整一天没有吃饭，也不觉得肚饿，而且一点疲倦也没有。

我不知从哪里来的机智、警觉，常常从八个人的队伍中脱离出来，独自个到远远的地方去作试探。这地方应该距北站不远。北站在哪里却弄不清，我们已经迷失了方向。

我记得我们是沿着一条阔大的马路上走来的，现在却发觉这阔大的马路已经突然中断，它变成了一条小巷，这小巷显然是敌我两军战斗的紧要地带，子弹像雨点般的只管在我们的身边猛洒着。对于这些在低空中飞舞的子弹我已经不再惧怕了，甚至忘记了它们。我知道，在最危险的一瞬中还必须确实保持我珍贵的灵魂的镇静。而求生的希望却愈加鼓勇着我，我的愤恨、暴烈的情绪紧张到最高度，我没有惧怕的余暇。一个钟头之后，我们离开了这个小巷，却只好循原路走回去，原路，我们刚才正尝过了它的滋味，在那边飞过的子弹不会比小巷里稀疏些。那么，要怎么办呢？这马路一边是接连着的关闭了的商店，一边是高高的围墙。围墙的旁边有一根电杆，电杆上高高地挂着一条很大的棕绳，我不晓得那棕绳挂在那里原来有何用处，我猛然地省悟到它也许可能帮助我们逃出这个险境。

那中年男子同意了我的提议，他最初缘着那棕绳攀登电杆，跨过围墙，一面给我们后面的人作如何攀登的样子，一面去试探。他告诉我们围墙的那边可以下去。

第二个也攀登上去了。

于是第三个。

第四个。

那小学生还算矫捷，他攀登得比别的人都快些。但是他像一个石块似的跌落下来了，有一颗子弹射穿了他的头颅。

这一颗子弹把小学生击落下来并不是偶然的。当人缘着那棕绳攀登的时候，棕绳显然为远处的兵队所瞧见，兵队，直到现在我还不明白他们是我们自己人还是敌人，但是这棕绳现在成为射击的目标却已经千真万确。

姑母上去了。这一次的子弹射得高些，不曾射中了她。

接着是表姊。

最后才轮到我。我发觉那棕绳已经为子弹击中而断了一半，子弹还是在电杆的四周缠绕着、飞舞着。我是不是要停在围墙这边不走呢？为了那棕绳，那唯一引渡我们逃出险境的桥梁将要中断，我更不能不赶快继续攀登。其他什么危险也只好置之不顾。我终于也越过那围墙的外面。

约莫是下半夜两点钟的时候。

除了那丢在围墙边的小学生之外。我们的人数并不就剩下了七个，还要少，大概只剩下五个了，找没有这样的余暇去点数他们。

从一条狭巷里走出，我们沿着一条大马路前进，突然遇到了一个散乱的庞大的人群，他们都是从火线上逃出的难民，原来他们在昨晚很早就到达了靶子路口，在那边挨了整半夜，不能通过，后来受了日本兵的驱逐，又走回来了，他们之中已经有一大半受了枪伤。

表姊哭泣着，紧拉着我。阻止我的前行。

我们在这几天之内所遭受的折磨太厉害了，在这和死亡搏斗着的险恶的途中，我们如果稍一气馁。就要立即遭疲惫的侵袭。我千方百计地安慰表姊，叫她顺从我的意思。这时候我已经能够辨认街道方向了，我打算向宝山路口进发，绕过北站的西边，出麦根路。

但是我的计划完全失败了。

这一次和我们同行的人可多了，那个庞杂的人群几乎全都跟着我们走。不知怎样，我们又迷失了方向，我们竟然向广东路、虹江路方面冲去，然后逐渐向右边拐弯，还是到了靶子路口。

散乱的枪声包围在我们的四周，我知道这里的敌军正和我们的军队起了战斗。有一小队的中国军从我们的前头向东开过，他们约莫有二十人左右，在迷濛的夜色里，他们的黑灰色的影子迅急地作着闪动。我一发现了他们，心里就立即紧张起来。他们的匆匆的行动使我不能清楚地认识他们，我只能在脑子里留存了他们一个抽象的轮廓，一个意志，一个典型。

于是急剧的变动开始了。

在我们的近边，相距还不到五十米，那二十多个中国军和敌人开起火来。猛烈的枪声叫我们这庞杂的人群惊慌地、狼狈地向着各方面分散，这是一个严重的可惊的场面，除了枪声，一切都归于沉默。不时地只听见我们的军士作着简单的尖声的呼叫。表姊，姑母和我，我们三个人都分散了。从此她们便一直失了下落，我再也不能重见她们。我不晓得她们是在什么时候从我的身边离开去的。有一个中国军禁止我呼喊，我还是疯狂了似的呼喊着，但是黑暗中我再没有法子找到她们。

我只好独自一个人走了，我被夹在中国军与日本军的中间，为了发现前面有两个女人的影子，疑心她们是我的表姊和姑母，因而冒着弹雨追赶上去，竟至陷入了敌我两军战斗的漩涡。

日本军冲上来了。

"老百姓走开！老百姓走开！"我们的军士在背后叫喊着。

我躲入了一间大商店的门口，在猛烈的弹雨中已经失去了刚才走在我前头的两个女人的影子。

天亮了。我仿佛从梦中苏醒，我发见自己的所在地是老靶子路。满地的弹壳、死尸——敌军的、我军的、难民的，鲜红的血发出暗光，空气里充满着血腥。

远远地，我听见了人的步声。探头向着五洲大药房方面探望，我看见一小群的中国难民沿老靶子路向着我这边走来。他们一共有五个人，一个四十岁光景的老太婆，四个年轻的男子。这四个男子最大的在二十五岁光景，他们的年纪都差不多，最小的在十五六，只有他还是一个中学生的样子。他们的服装很整齐，看来是中等以上的家庭，我猜想这四个年轻人一定是那个老太婆的儿子。

他们向着我这边走来了，一步一步地走，很慢，很谨慎，步声低至不可再低，他们正用整个的灵魂来控制这个不易脱身的危局。我非常替他们担忧，我想他们逃得太迟了，像这样的几个壮健的青年男子，如果给日本军瞧见，一定不放走他们。

果然，在他们的背后，蓦地有一个黄色的日本陆军出现着。我不晓得这个鬼子兵是从哪里闪出来的，他的身体长得意外的高大、可怕，手里的刺刀特别明亮，这刺刀似乎比平常所见的刺刀都长。他走得意外的迅速，仿佛是一阵狞恶的寒风的来袭，他对于这些已经放在手心里的目的物应该有着最高的纵身一击的战斗企图。

那鬼子兵迅速地追蹑着来，那直挺着的雪亮的刺刀使我只能够屏息地静待着。天呵，这到底是怎么一回事！这是一种严酷的痛楚的顶点，中华民国的无辜的致命者，在日本恶徒的残暴的一击之下倒下了。我们用什么理由来回答这胜利与失败的公判？我们是屠宰者刀下肉么？我永远求不出此中的理由！

那最先倒下的是二十五岁左右的最大的男子。这五个人的整齐的队伍立刻混乱了，在这急激的变动中我不明白那作为母亲的老太婆所站的是什么位置，而趁着这严重的一瞬，那强暴的鬼子兵又杀倒了她的第二个儿子。

第三个年轻人在最后的一瞬中领悟到战斗的神圣的任务。他反身对他的劲敌施行逆袭，他首先把劲敌手里的武器击落，叫他的对手从毫无顾忌的骄纵的地位往下低落，公正地提出以血肉相搏斗的直接的要求。

第三个男子把他的对手击倒下来。

他胜利了。

但是他遭了从背后发出枪弹的暗袭。

中学生，那年纪最小的男子我叫他中学生，他是那样的沉着、坚决，他的神圣的战斗任务全靠他的勇敢和智慧去完成。他获得了一个充分的时机，泰然地、从容地在旁边拾起了敌人的枪杆，用那雪亮的刀，向着那倒下还在挣扎的敌人的半腰里猛力地直刺。

但是一秒钟之后，这惨烈的场面竟至突然中断，这时候我才从这战斗的危局中猛然省悟，我发见有一小队的鬼子兵散布在中学生的四周，他们一齐对中学生做着围猎。我的心已经变成坦然、冰冷的了，我目睹着中学生在最后一瞬的苦斗中送了命。

老太婆紧抱着中学生的尸体疯狂地向着我这边直奔而来。我看着她马上就要到我的身边来了，我意识着我所站的地位，我的悲惨的命运正和她完全一致。于是我离开那可以藏身的处所，走出马路上，用显露的全身去迎接她。

我对她说："你的儿子死了，不必拉住他了。"

她的面孔可怕地现出青绿，完全失去了人的表情，看来像一座古旧、深奥而难以理解的雕刻。她对我的回答是严峻的，使我沉入了无限悲戚的幻梦。

她把儿子的尸体舍去了，像一只被袭击的狼似的冲进下一间门板开着的无人的商店里，直上三楼，从天台上猛摔下来，她的脑袋粉碎了，她落下的地点正在我的面前，溅得我满身的白色的脑髓。于是我坦然地离开了这地区，从北江西路向河南路桥逃出。我的灵魂已经很坚定了，我要每一分、每一秒预备着敌人对我的侵袭。

一九三八，一，二十八，南昌

（选自《第七连》，1947年6月，上海希望社）

暴风雨的一天

暴风雨迅急地驰过了北面高山的峰峦，用一种惊人的、巨粗的力摇撼着山腰上的岩石和树林，使它们发出绝望的呼叫，仿佛知道它将要残暴地把它们带走，越过百里外的高空，然后无情地掷落下来，教它们在无可挽救的灾难中寸寸地断裂而解体……暴风雨——它为了飞行的过于急骤而气喘，仿佛疲惫了，隐匿了，在低落的禾田和原野上面，像诡诈的蛇似的爬行着，期待失去的力的恢复；时而突然地壮大了起来，用一种无可抵御的暴力的行使中，为了胜利而发出惊叹和怒鸣，用悲哀的调子在歌赞强健、美丽的自己……

暴风雨迅急地驰过了北面颤抖而失色的原野，用它的全力在袭击那为繁茂的树林所环抱的村子的四周。

在马松燊的屋子的近边，有一株两丈多高的松树倒下了，和地上相触而折断的丫枝带着新泥土直射到到半空里去，在半空里卷旋着，像一群鸽子似的互相追逐，然后一齐地被击落下来。暴风雨，在它无限制的力的行使中似乎还蕴蓄着不能排解的悲愤，为了胜利而发出惊叹和怒鸣，用悲哀的调子在歌赞强健、美丽的自己……

马松燊的母亲，那六十多岁的老太婆用她晕漾的眼睛在注视这大自然的可怕的变动，哭泣而叹息，使自己坠入深沉的忧愁。

"好了！好大的风雨，不要再来了！松燊在外面要受不住了！"她喃喃地说着，颤巍巍地跪下来，又开始作着祷告：

"要是风雨再大些，松燊那孩子会不会莽撞地走回来呢？唉，我实在担心，松燊一定找不到一个藏身的地方，那么他就要被迫走回来了！菩萨可怜我吧，我屡次告诫他，他总是不听话，要壮大着胆子呵，如果风雨再大些，也不要走回来！"

马松燊今天很早就出去了。他是一个壮健、勇敢的孩子，小小的年纪，已经参加了芒山地方的农民所组成的队伍，执行着对日本侵略疯狂的残酷无情的战斗。芒山镇和这里相距不过七里多远，从那边开出的日本军随时可以出现在村人们的面前，村人们像一群兔子，随时有被猎取或击杀的危险，在这里，有三个时间表示了最高的恐怖：黄昏和清晓，这都是敌人袭击村子，捕捉农民的好机会；而最严重的是暴风雨中，当所有的人们在山谷与原野之间失去了隐身的处所，不能不缩回到自己的屋子里的时候。

暴风雨像地壳里喷出的山洪，一阵猛烈似一阵，禾苗和田野都布列着它的疾速地驰骤而过的足印。远远地，围绕在这村子四周的群山似乎互相碰触起来了，隐隐地发出痛苦、抵扼的嗓音，仿佛从千万人的嗓子里发出的歌声，为了痛苦的忍耐而使歌声突然地向高处升起，直入云霄，刚强沉毅，企图在最牢固的障碍上面发出暴烈的回应，然后停息下来，让人们用最大的虔诚在追慕这歌声的余韵，把暴风雨失去的力重新唤醒，继续它的为了胜利而发出的惊叹和怒鸣……

马松柴的屋子的墙根紧张而颤抖，近边的高大的柏树，在暴风雨的袭击中痉挛而俯伏，用它的树梢帚子似的在屋顶上拼命地作着扫动，屋顶的瓦片跟着暴风雨的飞舞而升腾了。马松燊的母亲庆幸马松燊那孩子有着在外面和暴风雨相对抗的好胆量，然而当她稍微嫩弱下来的时候．她却为了马松燊那孩子在暴风里的吹打中还不能不露身在野外这事而沉入了阴暗的幻梦……她仿佛瞧见马松燊突然在山腰上倒下来了，为了暴风雨的暴烈的叫声过于升高，石头和马松燊的身体作着交绊，在山腰上默默无声地滚动着。她知道，在这样的情景中，马松燊的灵魂像一只失群的孤单的燕子，暴风雨要夺去它的生机，又从而无情地鞭打他、蹂躏他，教他永远地不能救出痛苦的自己……

马松燊的母亲像一只熊，她蜷伏在灰暗的屋角里，用晕濛的眼睛凝视着从屋顶的漏隙里打下的雨水，屋里全都潮湿了，地上的孔隙变成了无数的水池，急骤的雨水继续从屋顶喷射下来，借着天空的秽浊的光亮的照映，透明的雨点犹如那带了脆弱的火末在夜间飞散的萤虫。

……现在，松燊那孩子也许忍熬不住了！老太婆心里想：要是他这下子就走回来，怎么办呢！日本兵就要神出鬼没地开到了！他还能逃走吗？他为了修补一张凳子，在砍木头的时候冷不防把左脚的拇趾砍伤了，以后每一次逃走都要滴出血来！这样的大风雨的时候，要是还不懂得忍耐，那就糟了！

但是这当儿，她又清楚地瞧见着，这也许是真的，暴风雨重重地震撼着她的灵魂，使她坠入了更深的忧虑。马松燊在山腰上跌倒了，为了暴风雨的暴烈的声音过于升高，石头和马松燊的身体作着交绊，在山腰上默默无声地滚动着着……

马松燊的母亲悲切地坚决地无视了暴风雨的袭击，从她的屋子里挣扎出来。她开始觉察了自己的愚昧。这风雨太猖狂了，这是一条暴涨而澎湃的风雨的大河，她觉察了自己刚才所作的祷告是错误的。敌军也许还没有在这时候冒着暴风雨从芒山开出的勇气，松燊那孩子应该走回家来，为着好好地防护他自己。

不久之后，马松燊的母亲的出现惊动了所有全村的人。这里全村的人们本来应该和马松燊一样离开了屋子，远避到山谷或原野里，然而他们都走回来了，为了抵不住那猛烈的暴风雨。现在他们正从各人的屋子里爬出来，带着惊异的目光，把那老太婆包围着；那老太婆像一只给击碎了筋骨的狗似的躺倒了，在一条小沟渠的旁边躺倒了，暴风雨猛烈地在她的身上鞭打着，她也不在乎。她仿佛正用了期待死亡的虔诚在寻求最后一瞬的安宁。她的衣服全湿了，银白色的头发满结着砂石和烂泥。这是一个奇迹，在所有的生物都向着自己的巢穴躲藏的暴风雨中。只有那羸弱不堪的老太婆独自出现。

哦，你们都回来了！你们都安稳地躲在自己的屋子里了！可是松燊呢？松燊没有母亲的吗？松燊是不要的吗？……你们好安稳呀！

她作着对一切的仇敌寻求报复神情，用令人颤栗的严峻的声音质问着。然而她的声音低微下来了，她的身上突然地起了可怕的变动，她脓白色的双眼，睁得又圆又大，对那疯狂了的紫黑色的天空紧紧地凝视着。人们骚乱起来了，他们把老太婆的尸身搁开不管，在暴风雨的鞭打中。为着寻回失去的马松燊而动员了他们的全体。

暴风雨继续不停地用它的巨粗而惊人的力震撼着大地。他们寻遍了山谷、田野、树林，他们终于发现了，那马松燊，壮健、勇敢的孩子，今日正担任了南路的哨位，一点也不错，他绝不曾在山腰上跌倒下来，还是壮健地、勇敢地在活着，在村子的南面，在一个高耸的阴绿色的小丘的巅峰上，马松燊的黑灰色的影子像一块插在田塍上的小小的界石，在暴风雨的侵袭中屹然不动地站立着，时而在迅急地掠过的烟云中隐没了，时而全身毕现，把他无视暴风雨的短小的雄姿泰然地完全显露……

一九三七，十，十二，济南

（选自《第七连》，1947 年 6 月，上海希望社）

一个连长的战斗遭遇

——我们构筑的阵地，我们自己守着！

营长，高华吉少校，狰恶的面孔显得衰落而毫无光彩，垂着头，目光隐隐地流射着忿怒和暴戾，仿佛心里正怀下了一种异样的巨重的痛苦，如果这时候只剩下他自己一个人，他也许要为了孤独而掉下眼泪。

但是他找到了林青史。

他鼓着那粗大的，起着脊棱的颈脖，雷一样地吼叫着。

"唐桥方面为什么忽然又发出了地雷声，那又是爆破桥梁的么？"

林青史是第四连的连长，他穿一副新的黄色军服，挂着短剑，年轻而漂亮，太阳光照在他的身上，叫他的军帽的黑皮舌头的边和上衣的纽扣发出新鲜、洁净的闪光，垂下着两手，少女一样的胆怯而庄严，在高华吉的面前静穆地直站着。

从这里刚才所听见的什么爆破桥梁的地雷声起，以至关于别的琐碎、纷杂、难以归类的突然事件的询问，高华吉的愤愤不平的气势似乎始终不可遏止。他又问了林青史家里的一些情形。

"这里有四十块钱，都拿去吧！我接到你的家里从嘉定转来的电报，说你的父亲病重将死，叫你回去，……回去……我想……"

他变得很和蔼的样子，情绪也似乎平静了些，擦一枝火柴吸起烟来了，嘴里发出的声音杂乱而模糊。

林青史的直立不动的身子，在鲜明的太阳光下整个地发射出令人炫目的光彩。直着鼻子，合着细小美丽的嘴唇，垂下着视线，长长的睫毛呈着金黄色，像一座石像一样的静穆。

"电报……电报……"他用了庄重、良善的目光凝视着营长的凶恶而残暴的面孔，低声地这样说："那是假的。我了解我的父亲，他恐怕我要在火线上'战死'，所以叫我回去，他只有我这一个儿子。"

"是的，我也这样想。那么，都拿去吧！把四十块钱都拿去吧！你的家里这时候会得到一点钱用，是适当的。"

说着，把四十元的钞票放在林青史的手里，非常舒适地摆动着两手，脊背变得有点驼，跨着阔步向左边的小河流的岸边去了。

他不断地回转头来，高举着的右手稍微弯曲着，上身向前面倾斜，伸长着脖子，背脊更驼些也不要紧，这样还了林青史的敬礼。×××师第一线的阵地近在两公里外，猛烈的炮火疲乏地发出力竭声嘶的音波。炮弹掠过了高空，把天幕撕裂着，正如撕裂着一张绸子。

林青史的心里有点悲戚，他的洁净的面孔略呈绯红，黑色的灵活的眼珠在长长的睫毛下转动着，胆怯而稚弱，简直要对着那强暴的炮声羞辱自己的无能。他踏着葫芦草，在一条湿漉漉的田塍上走着，四边没有树林，让自己的身体在鲜丽的太阳光下完全显露。前面，第四连的兄弟们，像忙碌的蚂蚁似的在浅褐色的土壤上工作着，田圃上的向日葵一排排以纯净、坦然的笑脸对太阳作着礼拜。

新的土壤喷着热的香气，还未完成的散兵壕在弟兄们迟钝而沉重的脚步下羞辱地发出烦腻的水影。散兵壕又狭又浅，铲子和铁锹都变得钝而无力，弟兄们疲困得像筐子里的赤虾。

一个沙哑的声音这样唱：

　　——我们这些蠢货，

　　要拼命地开掘呵，

　　今天我们把工作做好了，

　　明天我们开到他妈的什么包家宅，

　　后天日本兵占领我们的阵地。

歌声没有节拍，好些地方完全像说白一样地进行着。别的人沉默起来了，想要发出强大的呼叫，但是神经过敏地感到了绝望和空虚而归于静寂。

"有一天会到来的，我们构筑的阵地，我们自己守着，……"

"不，话应该这样说，我们构筑的阵地，要让我们自己来守！"

于是林青史和他们做了这么一个结论。

"有一天会到来的，……"

林青史在松而带有湿气的泥土上坐下来，把军帽子推到脑后去，黄色的裹腿松脱了，一条蛇似的胡乱地缠着，也不去管它。他不但疲困，而且简直是毫无把握的样子，松懈得要命。从营长的面前保留下来的端庄的体态像一件沉重的外衣似的从他的身上卸下来了，他仿佛坠入了更深的疲困和忧愁。

他沉重地叹息着。

一颗炮弹飞来了，落在左侧很近的河滨里，高高地溅起了满空的烂泥。相隔不到五秒钟，又飞来了第二颗，落在阵地的右端，炸死了三个列兵。

这是一个时运不济、命运多舛的莫名其妙的队伍，它常常接受了一个新的奇特的任务，这新的奇特的任务又常常中途从它的手里抛开，换上了更新、更奇特的。

……谁也不知道。

特务长说是联络友军。

连长在每一次的阵中讲话中也不曾提及。

营长是那样的暴躁而忙乱；像一只断头的油虫，东撞西碰，自己就有点捣搅不清。

十一月十八日从昆山到浏河，二十日从浏河到嘉定，二十二日从嘉定到大桥头，同日又从大桥头到广福。现在又从广福到包家宅来了。

早上，天下着微雨，白色的雾气一阵阵从土壤里喷射出来，压着低空，竹叶子簌簌地低泣着，挂着白光闪烁的泪水。

这里的阵地前面有一座独立家屋，它构成了射界里的两百米那么大的死角。凡是阵地前面的死角都把它消灭了吧！

十五个列兵，由班长作着带领，携带着铁棍和斧子，唱着歌，排着行列，与其说是为了战斗的利益倒不如说是为了泄愤，在对那独立家屋施行威猛的袭击。

他们发挥了强大的威力，像一下子要把整个天地的容颜都加以改变似的，用了最大的决心和兴趣在处理这个微小得近乎开玩笑的任务。六个列兵像最厉害的强盗似的爬到屋顶上去了，强暴地挥动着沉重的铁棍，屋顶的瓦片像强大的恶兽在磨动着牙齿似的响亮地叫鸣着，屋顶一角一角地很快地洞穿了，破坏了。年长月累地给紧封在屋子里的沉淀了的气体、人的气息和烟火混合的沉淀了的气体直冲上来，发出一种刺鼻的令人喷嚏不止的奇臭。弟兄们的凶暴的兽性继续发展着，他们快活了，这是战地上常有的快活的日子……

酒呵，……火腿……

屋子里叫出了模糊的声音。屋顶上的人，豁达地大笑了。瓦片和碎裂的木片像暴风雨似的倒泻下来，在这样的场合，就是把屋子里的人压死了也是一种娱乐。另外，有八个列兵排成了整齐的一列，一、二、三，把那江南式的、单薄的、弱不胜风的墙壁的一幅推倒下去了，暴戾而奇怪的声音高涨得简直是一齐地在喝彩。失去了支持的屋顶摇摇欲倒，互相间的凌辱和唾骂也继之而起了，屋顶上的人和下面的人很快地构成了对峙的壁垒，为了执行破坏的工作而发生的兴趣迅急地在起着奇特的变化和转移。

冒着碎片的暴风雨，从屋子里奔出来的是一个壮健、矫捷的上等兵，他仿佛在夜里独断独行似的充分地发挥他为了和人群相隔绝而更加盛炽起来的狭窄、私有、独占的根性，张开着强大的臂膊，低着腰，像凶狠的狼似的在劫夺他丰饶的猎取物。新制的柑黄色的衣橱的抽屉被搬出来了，这里有女人的裙子、孩子的玩具、真美善书局发行的黑皮银字的《克鲁泡特金全集》、席勒的《强盗》、小托尔斯泰的《丹东之死》，还有象牙制的又小又精致的人体的骷髅标本，而最重要的还是酒和火腿。

所有的人们都被吸引着来了，女人的袜子套在鼻尖上，书籍在空中飞舞，衣橱的抽屉成为向敌对者攻击的武器。

学生出身的班长远远地站立在旁边，发晕了似的坠入了复杂、烦琐的想象中去了。

他非常真挚地欢迎这一切新颖的景象的到临：对克鲁泡特金、席勒、小托尔斯泰和对女人的裙子、孩子的玩具一样地尊重和注意。他非常怜悯地对那被残暴地围攻下来的上等兵作着这样的慰问。

"还有别的么？你的酒呢？火腿呢？"

　　在这样的场合，把酒喝，把火腿吃，不会比把它们放在脚底下踩踏，把瓶子敲碎，或者全都抛进河浜里去更有意义。……

　　雨逐渐地加大了，未完成的散兵壕装上了水，从消灭死角的事继续下来的兴趣早已失掉了。弟兄们废弛地把铁锹和铲子都抛开了，躲在近边的竹林里，放纵地，有意地空过这个时机，因为雨的逐渐加大而使日本飞机不能活动的这个时机。严重的任务还是暂时地在另一处把它寄存着吧。……

　　"动工！动工！"

　　学生出身的班长叫起来了，又吹着哨子。他的个子又矮又小，在阵地左端的未完成的掩蔽部的高高突起的顶上，木桩一样地直站着；他要作为一个真实的头目，一个标志，让雨在头上淋着也不在乎，用他的毫不浮夸、毫不动怒的样子在对着所有的弟兄们施行吸引，又像作着怜惜似的这样说："慢些来吧！这儿的雨正下着……"

　　弟兄们仿佛非常抱歉地、非常和睦地回答他一个"不要紧"，于是高举着脚跟，踮着脚尖，散乱地离开那竹林，沉重的铁铲和锹子像最难驱除的病魔似的侵蚀着他们每一个强健的体格和姿势，又像蛇似的死绊着他们，叫他们把铅一样沉重的头颅倒挂在胸口，像一条条奇异的毛虫似的 死钉在那黯淡无光的土壤上面。

　　下午五时卅分，高华吉营长召集全营的官兵训话。

　　他垂着头，说话的声音没有抑扬，有时忧愁地望着远方，目光严峻地发出痛楚的火焰，每当他说出了一句话，就皱着眉头，像咽下了一口很苦的药一样。

　　"……'一·二八'的当日我们在杨行战胜了敌人，和我共同作战的兄弟们，能忠心于我，忠心于军令的：无论已否战死，都成了我最亲爱的朋友。因为战斗需要勇猛，……我屡次要求你们拿出强盛的威力，——对于战斗军纪，须以殉道者的洁净、诚意、永不追悔的态度去遵守，我今日还是这样地要求你们。……"

……雨停了，天空一团漆黑。队伍回避着公路，在一条湿漉漉的田径上走着，通过了×××师防线的侧面。猛烈的炮火把整个的阵地掩盖着。敌机在黑空里盘旋侦察不停，照明弹一颗颗由高空溜下，犹如流星下坠，在那艳丽的亮光照耀之下，繁茂的灌木丛像碧绿的云彩，一阵阵在前面涌现着。为了防御空袭，队伍停止、掩蔽，竟至五六次之多。到达新阵地的时间在下半夜三时左右。

天还没有亮，营长命令到张家堰阵地前方侦察地形。林青史匆匆地叫何排长集合全连到村子背后的竹林下举行晨操，数周来忙于行军和构筑工事，一切应有的教练都无形中废弛了。

五时卅分到达营部，各连长都已经齐集。高华吉营长站在门口吸烟。严峻、黯淡的样子不稍改变，大约是为了等待林青史一人而把时间耽误了吧。林青史的稚弱而漂亮的面孔略呈浅绿，事实上，营长并不为了林青史的迟到而有所介意。他看林青史来了，还递给林青史一根烟卷。

阵地侦察完毕，阵地编成也大致决定了。第四连担任营左翼一排阵地之构筑，真是意外的事，这次的工作那样微小，是出发到现在所不曾有的。营长恐怕耽误了时间，再三吩咐林青史应于明天晚上把工事完成，还要在散兵壕加筑强固的掩盖，右边和第五连所构筑的阵地相连接的交通壕也归于第四连开掘。虽然增加了这个工作，而时间却还是充裕得很。

第二天早上五点钟光景，敌机的强烈的马达声惊醒了弟兄们深浓的睡梦。从拂晓至天亮，落于×××师右翼阵地的重量炸弹不下两百多枚，炸弹的爆裂使整个的地壳沉重地发出颤抖。机关枪声也激烈地发作了，看来敌人的强大的攻击已经开始，在火线上的中国军究竟和敌人怎样战斗的情景，晕濛不明地被隔绝在一个神秘的炮火连天的世界里面。狂暴的战斗的惰性使炮火的音响停滞在一种坚凝不散的状态。而且逐渐地加重，至于使空气疲乏地发出气喘。

林青史下令各排推出警戒兵到驻地前方严密警戒，以防备第一线的溃退。但是直到午前十一时，前线的阵地还是屹然不动。

高华吉营长到连部来了。

营长、林青史、首连长郭杰、三连长周明，还有上尉营副等等，为了视察昨日构筑的工事，他们匆匆地又离开了连部。正午十二时视察完毕。临走的时候，营长吩咐林青史，限于今晚八时前把工事完成，因为恐怕又有了新的任务。

正午以后，前线似乎比较平静些了，但是炮火依然猛烈得很，间或有一二炮弹飞来，狂暴的爆炸声中，可以听得弹片落在水里，为了骤然遇冷而叫出的向人追索的可怖的嘶声。飞机还是在阵地上空盘旋着，弟兄们永远是那样的一种愚蠢的样子，一点也不懂得掩蔽，对那"司空见惯"的敌机保持着浓烈的兴趣，百看不厌。这样一来，阵地的目标完全暴露了。等到炸弹下降才知道危险，已经无济于事。对着这可恨的蠢笨，林青史曾经屡次地加以斥责，却还是没有效果，只好处罚十多人在树林里立正二十分钟。对弟兄们施行暴力教练这还是最初第一次。

一点钟光景，全连又出动了，为了继续那未完成的工事。

铁铲和锹子残害了整个的队伍的姿容，弟兄们铁青着面孔，瘦削的脖子阔大的衣领上不由自主地动荡着，臃肿的军服使他们变成了无灵魂的傀儡。

一个沙哑的声音开始这样唱：

我们这些蠢货，……

"唱吧！第二个声音接着这样叫：兄弟们，唱吧，我们都懂的，……"

沙哑声音又开始这样唱。渐渐地得到了人们的附和。

> 我们这些蠢货，
>
> 要拼命地开掘呵，
>
> 今天把工事做好了，
>
> 明天开到他妈的……
>
> 喂，这又是一个什么去处？张家堰！
>
> 他的妈什么张家堰，
>
> 后天日本兵占领我们的阵地！……

刮了整整一夜的狂风，禾苗和树林都显出了枯干的样子，天气骤然变冷了，前线的炮声稍微稀疏些，机关枪还是无时停止。……对于战斗的激发紧张的想象，为稳定下来而毫无变化的现状所击碎，离开了幻梦，归还了原来的自己，英勇、杰出的人物似乎也变成了平庸无奇。……

营长带领着各连长在新阵地视察了一周，把所有的工事都加以分配。第四连担任营第一线右翼一排及营的前进阵地的构筑，恐怕时短工多，特加派团担架排兵士十名协助搬运木料，阵地前面的障碍物和坦克车的陷阱，团部已另派工兵营前往开设去了。

回来后立即将队伍移来新阵地后头不远的陆家窑，这里距张家堰只一华里，张家堰阵地定于明日移交十一师据守，未交代之前还是由第四连负责，这样麻烦的事逐渐加多了。九时卅分光景，林青史已经把属于本连的工作区分完妥，第一二排筑营之前进阵地，第三排第一线右翼一排阵地，各排除了土工之外还得采集木料，担架兵十名协助一三排工作；各排长随即依着这分配各自动工，前进阵地则由林青史亲自开始。

……一如战士们所期待，凶恶的战斗场面终于在阵地前面展开了：

从阵地望去，相距约六百米远，中国军第一线左翼突然现出了一个缺口，溃败下来了，像决堤之水似的溃败下来了。这里的炮火的猛烈是空前的，在那直冲天际的跟随炮弹的炸裂而喷射的泥土和烟火中，溃败的中国军似乎把方向迷失了，只管在愚蠢地寻觅着。他们的战斗力完全为日本的强大的炮火所攫夺，他们的服装，他们的手中的武器，甚至他们整个的身体仿佛对于他们残败下来的灵魂都成为可悲的赘累。敌人的炮弹已经开始延伸射击了，密集的炮弹依据着错综复杂的线作着舞蹈，它们带来了一阵阵的威武的旋风，在迫临着地面的低空里像有无数的鸥鸟在头上飞过似的发出令人颤抖的叫鸣，然后一齐地猛袭下来，使整个的地壳发出惊愕，徐徐地把身受的痛苦向着别处传播，却默默地扼制了沉重的叹息和呻吟，……

第四连的阵地和第一线的距离突然缩短，敌人的炮火的延伸射击使第四连的兄弟们在互相间的愕然的目光对视之下，竟然神会意达地把握到一个必须立即进行的任务。

班长，一个久经战阵的湖南人像尺蠖似的把铁般坚硬的背脊屈曲着，他握着枪杆，迅急地从一个散兵壕跳过又一个散兵壕，暗暗地在弟兄们的心里煽起了战斗的火焰，企图着在自己的一举手，一动脚之间给予弟兄们一个神圣的教范。全连的弟兄们最初就在壕沟里布成了一个完整的阵容，他们什么都预备好了，而所缺少的只是一声前进的命令。

湖南人的班长低声地呼叫着：冲呵！……

一个青年的列兵，坚定的目光透过了炮火连天的田野，高大壮健的身躯比一个最成功的不动姿势还要静止，看来他的灵魂是早就已经和战斗合抱了，在战斗中沉醉了，落在后头的只不过是一个死的躯体而已。

冲呵！……

年轻的列兵发出短促的语句像回声似的应和着。

炮火更加猛烈了，溃败的中国军在纷乱中似乎已取得了正确的方向，取得了失去的自尊和活力，他们仿佛并不贪图获得友军的援助，虽然在极端危险的处境中还是以获得友军的援助为耻辱，他们反攻了。不错，从这里可以显明地看出，他们在溃败中还是把面孔对着仇敌，为子弹所击中的都是面对着仇敌倒仆下去，无疑地他们在毕命之前的千分之一秒的时间中还能够把握到非常充分的战斗的余裕。

这之间，第一线的战局正起了急激的转变，第一线的屹然不动的正中和右翼的中国军对于他们整个的阵线还是负责到底的。右翼的中国军已经开始为挽回这危殆的战局而迅急地适时地反攻了：战斗的实况显然是这样说明着，第一线给冲破下来的缺口还是由第一线负责去填补。要知道，战斗的力量正如珠宝一样的珍贵，谁不爱惜自己的战斗力，谁就免不了要做出错误的徒然的举动！

由于热炽如火的战斗企图所激发，第四连的兄弟们毫无多余的偏情和私见，他们的态度是坦然的，无论在援助友军或打击仇敌的意义上，他们都以能痛快直截地执行战斗为至高无上的光荣。

他们于是一个个跃出了他们的壕沟；当然，这壕沟向来对于他们都是毫无用处的，为了那些层出不穷的新的奇特的任务，他们已经屡次把构筑完竣的漂亮的工事完全抛掉，……

现在，一切的责任都集中在林青史一人的身上了。

林青史的面孔在那黑色发亮的帽舌下严肃而缩小，颜色是青白的，在鲜明的太阳光照映之下，仿佛白蜡一样的透明，双眼发射出洁净而勇猛的光焰。他在表情和动作上都似乎是隔绝了所有的部属而独自存在的一个。他藏身的地点是在阵地左侧的营的前进阵地后方的最左端，对于这急激的场面他是一无所动地然而目不转睛地在察看着。他知道，如果在不必要的场合，特别是没有命令而使用兵力，在战斗军纪上是一种有害的不合的行为。

"弟兄们，你们想蠢动么？你们能够把战斗军纪完全抛弃不顾么？……"林青史发出明亮的锐利的声音这样叫。

"不！我们要出击！"

"出击吧！"

"如果不出击，我们是不是还预备开走？我们再不开走了，我们构筑的阵地，我们自己守着！"

"是呵，我们除了出击再没有更新的任务！"

"不，不！"林青史厉声地作着怒吼，"你们这样说是错误的。我要你们绝对遵守战斗军纪，谁想出乱子我就枪毙谁！"

炮火太猛烈了，整个的阵地坠入于难以挽回的骚乱的危境。林青史的声音显得低微而无力。

弟兄们爬出了战壕，一个个像鸵鸟似的昂着头，他们的杀敌的雄心依据着蠢笨的姿态而出现，他们一个个都像抱着最单纯的意志而死去了的尸体，敌人的猛烈的炮火吸引着这尸体的行列，叫他们无灵魂地向着危险的阵地行进，什么都不能动摇他们。

他们的强大的决心使林青史怀疑了自己发出的命令。这个出击是不对的么？沉迷于战斗的士兵们已经发出了他们难以制止的疯狂行为，在这个神圣的行列中，林青史，一个优秀、漂亮的少年军官，他是不是要做他所带领的部属的尾巴呢？他十二分地了解弟兄们这时候的心理，他和所有的弟兄们的强固的灵魂是合一的，对于战斗所怀抱的热情，他要比所有的弟兄们都高些，……

他们行进了，……

第四连全连的兄弟们，成为一个小小的队伍，像一队来自旷野的鬼魂似的，在孤单和悲苦中跃动着他们黯淡无光的影子。他们是愚蠢的，但是他们带了无视一切的惊人的勇猛，在直冲天际的跟随炮弹的炸裂而起的泥土和黑烟的林丛中，他们毫不纷乱地保持着完整、活跃的队形，用 第一排勇猛的影子领导着第二排勇猛的影子。

于是这里发现了一个奇迹。林青史，那漂亮的少年军官像蛇似的胆怯而精警地跃出了战壕，青白的脸孔变成了灰暗，仿佛直到这一秒钟止还不能解决他内心的痛苦和忧愁，他并没有放弃他的"不准出击"的命令，但是他只能发出一种模糊不明的声音，他一面叫着"停止"，一面用锐利的目光注视着前头的劲敌。他的坚决的行动完全否定了自己发出的命令的内容。

……舍弃了自己构筑的壕沟，越过了敌人的炮火延伸射击的界线，把握了战斗的时机，无视了敌火的威猛。第四连的兄弟们，在第一线的残破不堪的阵地上，像夜行的野兽似的，单薄地，寂寞地踏上了他们的壮烈而可悲的行程……

第一线的中国军对敌人的前进部队的袭击已经遂行了他们的任务，战斗从午前十时起，一直继续了八个钟头之久。中国军在苦斗中提高了自己的战斗效能。第四连的参战从最初起就澄清了阵地的纷乱局面，澄清了敌火的强暴和污浊……

但是新的任务像诡谲的恶魔似的神秘地和不幸的第四连互相追逐。这其间，营长高华吉接到了把队伍移向小南翔方面去的命令，他要把全营的队伍集中，却找不到第四连的影子；第四连失踪了，对于第四连的行动，营部始终没有得到一字一纸的报告。

太阳在西方的地平线落下，蓝灰色的天空显得松弛而疲乏，第一线的枪炮声还是继续不断，但是从这里听来已经逐渐地疏远了。营长驼着背，伸着颈脖，军帽子放在后脑上，拼命地在吸他的烟卷。有时候从嘴上把他的烟卷摘开，眯着双眼，疯狂地把烟卷注视了整半天，仿佛抓住了他的凶恶而珍贵的目的物，正预备着用全身的力气来对付他一样。

队伍集合了。

营副，那高大壮健的浙江人用一种沉重的声音报告已经到临了出发的时间，……

高华吉少校有着他的奇怪的性格，他在发怒的时候变得良善而和蔼，说话的声音很低、很珍重，俯着头，眼睛看着地上，一字，一句，非常清楚地这样说：

"如果第四连七时不归队，就宣布林青史的死刑。"

在这一次的战斗中，第四连全连战死和失踪者二十七人，三个排长都战死了，剩下来的战斗兵和官长一起算，得八十七人，收容的地点是在刘家宅，在张家堰的南方，距他们的本阵地约二十公里。失去和营部的联络，又找不到半个伙伕，伙伕造饭的地点和他们的本阵地本来就有五公里的距离，伙伕大概已经做了友军的俘虏。

刘家宅这个村子是一个很小的，小到只有一家人家的村子。老百姓都跑光了，屋子里发了霉。地雷虫在墙脚边大肆活动。八十七人空着肚子，有钱也买不到食物，连剩下来的一点炒米也吃完了，受伤的弟兄得不到医药，……

连部三次派出传令兵去找寻他们的营部，都没有着落。

早上五点二十分光景，连长林青史开始对弟兄们作这样的讲话：

"……我希望你们了解我是怎样的一个人，我愿意在今日的艰苦的处境中做你们一个最好的长官；他坦然地、非常坚定地这样说，我们今日碰到这样的难题：第一，我们要不要继续战斗呢？……第二，我们没有上官的指挥，没有可靠的给养，我们和原来的队伍完全断绝了关系，但是我们的战斗力没有失掉，至少我们的手里还存有着武器，……我们有没有继续参加战斗的可能呢？"

为了避免敌机的侦察，八十七人的队伍全装在那三丈见方的屋子里，挤得很紧。弟兄们很嘈杂，似乎并不曾深切地了解林青史的意思，林青史的话只能够引起他们暗暗地互相发出疑问。一般的情绪陷于苦恼和疲乏，他们并不表明自己的意见，但是他们的意见却是确定了的，这确定的意见绝对地不能遭受任何违反。

林青史于是把他的话继续着："现在，我们真的到达了我们的目的地了，我们的目的地就是战场，我们再不受一些无谓的任务所牵累，我们的脚跟所站立的地方，我们自己守着，……我们今天饿肚，我们不相信明天也是饿肚，天一黑，敌机不来袭击，我们有充分活动的时间和机会。我们唯一的任务是坚决保持我们的有生力量，不要把自己的队伍拆散，我们希望在最短的时间中恢复和营部的联络，但是我们不能在这个时间中躲在一边，我们必须和敌人继续作积极的、艰苦的战斗。"

十一月二十五日的晚上，天空布满着浓云，四下里完全漆黑，队伍离开了刘家宅沿一条小河流的岸边向南翔方面开动。战斗的中心似乎从大场转移到真如来了，前线的炮火依然是那样威猛。八点三十分光景，他们经过了一个村子，遇见了二十五个从大场方面溃败下来的友军。

这二十五个在极度的疲劳和饥饿中遇到了丰饶的食物：他们在这个村子里得到了一只猪，一缸藏在地底下的老酒，……这种情景实在令人难以想象。当第四连的兄弟们开进这村子来的时候，他们发现那二十五个像死尸似的 在屋子里躺倒着，屋子里浮荡着一种沉重的奇怪的噪音，二十五个无灵魂地成为了腐烂而污浊的沉淀物，仿佛正在对着那战场上的恐怖的重压苦苦地发出令人怜悯的哀求。但是有一件事必须注意，在这样的风声鹤唳的情景中，一切的人与人的关系都埋藏着爆烈的炸药，残酷的战斗将如鼠疫似的传遍于全人类，可怕的杀戮行为普遍地发生于人与人之间，有时候也不问仇敌和友人。

"我们要不要缴他们的械呢？"特务长低声地问。

兵士们也蠢动起来，作着跃跃欲试的样子，他们想拥进那屋子里去，好几支电筒在门口乱射着，但是林青史立即加以制止。

林青史独自个走进屋子里去，他轻轻把一个醉得像烂泥一样的"死尸"摇醒起来，于是这里发生了很凑巧的事情，林青史遇见了他在广州燕塘军校的一位朋友，……

他名叫高峰，原是一个高大壮健的少年人，现在带了花，面孔黄得像一个香瓜。他的左手的掌心在战斗的时候给击穿了，用自己带来的纱布包扎着，包扎得并不妥当，有时候突然有多量的血从创口涌出来，叫他全身像患了疟疾似的冷得发抖，他用一种微弱的声音对林青史这样说：

"……我觉得所有的军人大抵都是悲苦的，一个人从军校中毕业出来，挂着短剑，穿着军服，看样子也和别的所有的同学一样，都是英勇的、壮健的，有时候在马路上走过，也引起了许多人的羡慕……一上了战阵，战死和受伤都不关重要，不能达到任务是一件最痛苦的事情。我的理想是很高的，我有我自己的不能告人的简直可以说是虚妄的一种很大的抱负。从这一点我曾经长时间地尊重自己，同时也曾经对别的人骄傲过。我似乎无形中得到一种 暗示，我觉得世界上不幸的人太多了，也许是到处皆是，但是这里面绝不会有一个我。这个幻梦薄得像一重薄纸，但是我决意用尽心力来保全它，我相信我有自己的聪明，我能够清楚地辨别我所走的路程，这路程既大又远，我几乎无时无刻不在这里保持着一个伟大的长征者的身份，……"

这是第二天的晚上。通过了高峰和林青史的友谊的关系，二十五个和八十七个从最初起就存立了和好，屋子里还剩下好些米，好些大头菜，勉强疗治了第四连的兄弟们的饥饿。林青史坐在门槛上，把军帽子脱下来，垂着头，芜长的头发发出暗光，像一个怕羞的小孩子。高峰躺在林青史对面的一张竹椅上，说话的声音逐渐地变得壮健而洪亮，他仿佛非常满足于自己所能叙述的一切，特别是关于一个沉痛的悲剧的叙述。

"三月前，他接着说：我在广东×××的部队里当一个少尉副官，我的老婆和所有的朋友都写信来对我庆贺，我并不认为这就是我的荣耀。我觉得自己好像在浓雾中行进，踪迹是秘密的，没有人了解我的来路和去处。有时又觉得自己好像一个海岛，这潜伏在海里的是一个大山脉，但是露出海面的只是一个很小的黑点，正为了这缘故，所以无论怎样大的风浪都不能把它动摇分毫。这个幻想确实是可笑得很，但是我需要这样的幻想，我甚至愿意接受这个幻想的欺骗。不久我们的队伍开到前线来了，我做了一个排长，我知道我也许能够在战斗中培养成一个杰出的人才。……十一月十八日的夜里，我们一排人在刘行前方放军士哨，遭遇了一队强大的敌人的袭击。三十五人（除了我自己）在顷刻中全都死尽了。这个现象十分地使我惊愕，我认不清战斗是怎么一回事，战斗像一个强盗，一个暴徒，当稍一松懈时候，它突然在前面出现了，而最使我痛苦的是当战斗一开始，我们就被限制在被袭击的地位。我们的枪是在手里拿着的，但是我们始终找不到战斗的对手，……"

林青史困惑地沉默着。他的睫毛很长，眼睛格外乌黑，青白的面孔显得有点憔悴。高峰的声音倦怠地模糊下去了，他发出了轻微的叹息和咳嗽。

"那天夜里我从阵地逃了出来。"他的话继续着，"我混在一队败兵的里面，……有三天的时间我几乎完全失去了知觉，失去了理智，我不知道那时候是否应该活着；我对不起我的职务，对不起我的长官和朋友。"

前线的炮声渐渐地又接近着来了。这屋子里的空气是黯淡而坚凝的，林青史用一种很低的声音非常郑重地这样说：

"战斗是严重的，我仿佛认识了它既庄严又残酷的面貌，这面貌每每使我胆寒，我真不敢对着它正视，我承认我直到今日还是弄不清楚，正好比我迷在梦中，……这些现在都且搁开不管吧，只要能够恢复我们的战斗的勇气，我们用不着处处用严厉的辞句来追问自己，我们有什么需要向自己追问的呢？我们说，我们已经站牢在火线上了，我们正在和敌人战斗着，是的，……战斗到什么时候我们战死了，我们个人的任务也尽了，兄弟，这是很简单的一件事，很简单的……一件事……"

黄昏的时候，据村子南面的瞭望哨的报告，有一队日本兵从南面不远的一个村子里，沿着左边的一条公路开出了。这个消息立刻使屋子里的人起了很大的骚动，堕失了战斗意志的败北鬼们，像鼠于似的，眼睛闪耀着火，在屋子里窃窃地私语着，狼狈地作着流窜，……高峰从地铺上爬起来，面孔痛苦而灰暗，鼻梁的中段显得过分的阔板，这过分阔板的鼻梁几乎要把他作为一个人的表情完全毁坏。他沉默着，像一个木偶似的站立在林青史的面前。

"我们是不是要避免这个战斗？"

"我们逃吧！……"

"我们还能够作战么？"

许多人都急急惶惶地暗暗地在这样考虑着自己，追问着自己，仿佛各人都有不同的意见和主张，但是都没有响出半声，提心吊胆的骚乱的情绪完全为一种可怕的沉默所掩盖，而所有的眼睛都集中在林青史一人的身上。

林青史站在他们八十七个的队伍的中间，这八十七个虽然也是残败的一群，却还能够保持他们的严紧的阵容，至少他们还存有着坚定的信心，到了日暮途穷的绝境还能够不辞一战……

林青史坚定地，非常简短地这样说了：

"同志们，跟着来吧！能够走得动的都跟着来吧！不能够走得动的我们也并不抛弃你们，……因为现在战斗的地点就在这村子的圈子里，一个钟头之内一切都清楚了，如果我们能够战胜敌人，我们总有一个新的转机，不然我们失败了，我们也只好同归于尽！"

于是这里发生了神奇的事迹，少数的伤兵静静地躺在屋子里，大多数的战斗员，不分来历的不同，不管所属的部队的各异，他们默默地排列起来，默默地跟随在林青史的背后，虽然有些人的心里还是疑惑不定，不能很快地立下战斗的决心，……

整个的队伍都沉静下来，听不见一点声息，忧郁的原野显得空洞而辽阔，一百多个在村子前后左右的树林里、罅隙地、小河边、田径下，像田鼠似的把自己掩藏得没影没踪。

从南面来的敌人是一个颇为强大的队伍，黄色的，默默地闪动着的影子融化在黄昏的暗灰色的气体里面。在阵地上，像这样漂亮而整齐的敌人的队伍是很常见的，这个队伍像一条出穴的凶恶而美丽的蟒蛇，使所有惧怕它的和不惧怕它的人们都十分地被它所吸引。

这一队敌人大概是从江桥方面来的。看来江桥是毫无声息地陷落了，而且谁也不能断定南翔是否还在中国军的手里。

苏州河北岸的战斗也许全都结束了，失去了战斗力的中国军看来已经撤退完了，不然日本军不会这样骄傲，他们挺着胸，排着整齐的行列，战斗斥候也不放出半个，枪杆、刺刀，以及身上的军服看来都是簇新的，他们的体格看来都十分壮健，肩膀张得很阔，虽然有些矮得不成样子。他们这样舒舒服服地在阔路上走着，仿佛来的时候既然和战斗没有关系，如今走向那里去也绝对地不会遇到战斗，……

黄色的行列在公路上行进，雪亮的刺刀在暮景中发射出暗白色的光焰。掩藏在小河边的十五个挺着枪尖，面对着近在二十米外的公路桥梁，这是预定了的，他们一定是从公路上过桥的。日本兵最初发现的第一批敌手，骄纵的日本兵在这里最初发现的第一批敌手便是他们。

十五个战斗兵依托着小河边的潮湿而发松的泥土，沉毅地发出了猛烈的排枪，枪声震撼了四周的原野，仿佛有一阵暴烈的狂风在这里吹过，空间里久久不歇地起着剧烈的骚动。这里相隔约有千分之一秒钟的静默，这是一个痛苦的令人颤抖的时间。在这千分之一秒的时间中，十五个，这最初把身躯投入战斗的勇士们，必须写完这个惨淡的课题：他们必须把自己从胆怯与柔弱中救出，一再的使自己的惶惑的灵魂得到坚定，从而站牢着脚跟，在胸腔里 燃烧起炎热的战斗的烈火，用狮子一样地狞恶可怖的面目去注视当前的敌人，……

水门汀的灰白色的桥梁像一只发怒的野兽似的抖动那庞大的身躯，仿佛在那上面发出了一重浓雾，那抖动的桥梁在倏忽之间完全模糊了自己的影子。排列在公路上的日本兵的整齐的队伍像一列美丽、奢侈的玩偶，他们在那神秘的千分之一秒的时间中，丝毫不能使自己的队形有所变动，只听见一声声的狂叫的粗犷的声音，从那怪异的队伍中发出，而埋伏的中国军正也在这里把握到非常充分的战斗的余裕。

有二十七个中国军用猛烈的火力作着前导，从一个稀疏的树林里闪出了他们的蓝灰色的姿影，他们在战斗中完全舍绝了所有一切的掩蔽，一个个走过那青绿色的田圃，把自己的蓝灰色的影子完全显露。在那灰暗的晚色中可以清楚地瞧见。二十七个的跃进的姿影说明了这急不容缓的战斗时机，他们跃进了，他们交出了一切，把一切都给予了战斗。猛烈的枪声震荡着耳鼓，震荡着四周的静默的原野，沉重地紧压着低空。地面上突然升起了一阵阵的厚厚的尘土，这尘土几乎要把低空里的一切全都掩蔽。

有三个年少的中国军从村子的背面走上了村子与公路之间的高高的土墩，他们急激地放射了排枪，这暴烈的战斗场面叫他们如梦初醒似的发出了惊愕，他们用全身的力量去凝视当前的劲敌，却似乎还不能够把射击的目标把握得更准些。

二十七个的跃进的姿影说明了这急不容缓的战斗时机……他们跟随着夜阴的来临而模糊了光辉焕发的面目，他们对敌人的攻击犹如雷电的迅急，而他们这时候所战取的却仅仅是从田圃到公路间的三十米的行程，……

在村子西侧的一间小屋子的门口，林青史碰见了高峰和八个带匣子枪的战斗兵，……

"上屋顶！……上屋顶！……"林青史厉声地这样叫，严峻的目光在高峰的惨淡的面孔上碰出了火焰。

由两个兵士的肩膀作为扶梯，第一个兵士攀登上去了。

于是第二个，第三个。

高峰的受伤的左手剧烈地发出颤抖，他频频地向着林青史点头，一如恍然地有所领悟，对于自己身受的巨重的任务毫无异言。他是攀登上去的第四个，他的矫捷和机警使林青史暗暗地发出惊愕。……在狂噪的枪声中可以清楚地听见，高峰，那恢复了战斗力的勇敢的战士，用非常洪亮的声音这样叫：

"上！上！还要高些，要爬上屋顶的脊梁！望得见么？敌人在哪里望得见么？放！猛烈地放！……"

敌人的猛烈的火力集注在这屋顶的上面，机关枪的子弹依据着纵横交错的线在屋顶上往来驰骤，破碎的飞舞的瓦片发出巨兽一样的凶恶的叫鸣。

于是有三个战斗兵在同一个时候中从屋顶上滚下了，残破的屋顶在敌火的攻击之下簸颠地仿佛要从地面上升起，敌人的机关枪的子弹有时候集中倾注在屋角上，屋角崩陷了，石灰的浓烈的气味和血腥混合，构成了一种沉重难闻的气体。

当战斗结束下来的时候，林青史像一匹疲累的马似的垂下头来，高耸着肩膀，脚胫变得有点跛，上身在空间里剧烈地作着抖动。他默默地走出了村子的东边，和他的部下相见的时候，把高举着的手轻轻地稍微摆动了一摆动，仿佛有意地要对他的部下实行躲闪，至少他这时候不高兴和他的部下交谈，一和他的部下碰头的时候总是匆匆地从这边跑到那边去。

从这公路上开过的日本兵至少有一个营以上的兵力，这里有七个步兵的野战排，一个附属的通讯分队，七个野战排除了一小部分给逃脱了之外，其余的和那附属的通讯分队在中国军的袭击之下完全歼灭了。桥以南一里多的公路上以及公路的两边堆满了尸体，被击倒下来的马匹、枪械、弹药、通讯器材。中国军冷落地从激烈的战斗中突然走进了这个悲惨、可怕的地区，像行动在旷野上的狼群似的，显得寂寞、疏散而松懈，然而野蛮地作着贪婪的追寻。

　　细雨好像浓雾，天上的云层染着淡黑色，炮声在人们的晕濛的耳朵里成为沉重而喑哑。……靠着一条小河流的岸边，有着一个很小的古旧的、破落的市镇，小河流从南到北，黑的烂泥，黑的污水，像一条骨腐肉落的死蛇似的静静地躺着，无限止地发散着令人窒息的奇臭。巨重的炸弹落在一屋桥梁的上面，桥梁翻倒下去了，不知从哪里来的一堆新的泥土，像山丘似的填满了小河流，靠近着桥梁的碎石筑成的街道——这小市镇唯一的街道裂开了很宽的缝隙，而令人触目惊心的是，用这道缝隙作界线，靠近着小河流的这一边的地面和房子全部落陷下去了，这里一连有八座房子在炸弹的可怖的威力之下变成了断壁碎瓦，从这里向东走不到十五米，有一匹马和五个兵士的腐烂的尸体在横陈着，……

　　"……饿得很呵！"一个黑面孔的兵士这样叫，他坐在一个很大的木制的车轮上，一只手用力地捂着深深地凹陷着的肚皮。

　　在他的左边站立着的是一个瘦小的湖南人，他的军帽子低低地压着额头，一副沉郁的面孔总是过分地向上仰，他把身上背着的一支日本的十一年式的手提机关枪搁在脚边，默默地对那黑面孔的兵士点了点头。

　　队伍暂时地在这死的市镇里歇息下来，他们带来了胜利，带来了疲困和饥饿。他们散乱地在街上躺下了，疲困和饥饿给予了他们不能忍耐的严重的折磨，……

　　细雨逐渐地加大了，兵士们有一半躺倒在烂泥上面，许多人失去了草鞋，失去了袜子。

　　"饿得很呵！"

　　"这里一点水也没有！"

"同志们，我们得转回嘉定去，我们在这里兜圈子有什么用呢？"

"不，嘉定太远了，到南翔去吧，到南翔去要近得多！"

"喂，你们在日本兵的身上捡到酒么？"

一提到这个，人们哈哈地笑起来了。

"是呵，我捡到了一瓶威士忌。"

"不要互相瞒骗吧！还有面包和火腿，……"

于是有人在"面包"和"火腿"这香喷喷的名词下本能地伸出了乞讨的手。

"分点来吧！分点来吧！"

"都吃下了……"

"那么再不准叫饿了！"

"同志们，一样的，吃了也是一样的，……"

这时候，有两个兵士抬过了高峰的尸体。他在这次的战斗中受了重伤，在路上死去了。在他们的后面，有林青史、特务长，还有八个战斗兵，那光荣的牺牲者的同志和友人们，在背后跟随着。林青史挥着臂膊，他低声地这样叫："同志们，都起来吧！立正吧！……要的，要立正的。……"

兵士们踉跄地从地上爬起来，新的漂亮的武器抛掷在地上，松懈了的弹药带像蛇似的胡乱地在腰背上悬挂着，有的一只手拉着解脱了的绷腿。仿佛在峻险的山岭上爬行似的佝偻着身子。血的气味重重地压迫着他们，使他们不敢对那英勇的战士的尸体作仰视。

于是人类进入了一个庄严而宁静的世界，他们的灵魂和肉体都静默下来，赤裸裸地浸浴在一种凛肃的气氛里面，摒除了平日的偏私、邪欲、不可告人的意念，好像说："同志，在你的身边，我们把自己交出了，看呵，就这样，赤裸裸地！"

两个兵士稳定地、慢慢地走着，屏着气息，仿佛注意着已死的斗士的灵魂和他的遗骸的结合点，不要使他受了惊动，要和原来一样地保存他的一个意念，一个动作，一个姿势，……

残酷的战争夺去了英勇的斗士的身躯。他是这么年轻，他默默地躺在那用竹椅做成的担架床上，血的头发，血的耳朵，血的鼻子，未死的战士们会永远熟悉他的相貌，永远熟悉他存于胸臆间的灵魂和意志。

两边的兵士都低下头来，两个兵士越发变得迟钝起来，沉重的尸体在自造的担架床上剧烈地抖动着。然而一切都更加静默了，凛然地站立着的弟兄们仿佛一致地对他们的斗士的灵魂作着最亲挚的问讯。

同志，安息吧！安息在我们的心中，只要你能够获得一点安慰，凡是你所需要的我们都无条件地交给你！在这残酷的战斗中我们要锻炼出钢般坚硬的肩背，用这肩背来荷载你以及所有的战死者们的骸骨！……

猛烈的炮声震撼着上空，苏州河以北的地区始终不曾停止过战斗。可怕的变动又开始了。三十七架的日本飞机，带着震撼一切的威武掠过了上空，在北面相距约两公里外的地区，施行了疯狂的爆炸，在溟濛的天色中可以清楚地望见，三十七架的日本飞机在北面相距约两公里外的地区的上空，像春天的燕子，非常活跃地在舞动那黑灰色的影子，臣量的炸弹的爆炸声和炮声混在一道，构成了一种巨大的惊人的音响，四周的田野间有无数的老百姓像打破了巢穴的蚂蚁似的在奔窜，……

二十分钟之后，一切的情况都清楚地判明了。

林青史非常静穆地喃喃地说；

"如果奋勇地再干一次……怎么样呢？"

弟兄们非常吃力地在听取着，一个个像神经麻木的老头子似的十分地不容易领悟，但是他们的态度是忠诚的、恳切的，对于林青史的话他们几乎用了整个的灵魂去接受。

林青史于是下了急行进的命令，他告诉所有的弟兄们，现在唯一的目的是如何迅速地去接近正在和友军战斗中的敌人。

如果中途遇到了空袭呢？

如果中途遇到了敌人的截击呢？

是的，这些都是可虑的。但是，还是迅速地行进吧！迅速地行进，……迅速地……因为在这里，队伍可以忍受任何巨重的意外的损害，却绝对地不能空过这战斗的时机！

队伍成为散乱而不完整的连纵队，严重的疲困和饥饿继续折磨着每一个的灵魂和体力，他们迟钝地踏着沉重的步子，这行列有一个特征，就是，坚定，沉着，一点也不暴躁，然而这是危险的，要是再进一步，那就近乎松懈了，甚至要堕失了战斗的热炽的意图。

意外地，队伍刚刚通过了一个村子，很快地就加入了战斗。他们是不会把自己隐藏起来的，停止和掩蔽在这里都绝对地成为不可能，敌人的广大的散兵群在两边藏着疯狂地袭击这个队伍，从四面发出的可怕的呐喊声企图动摇他们的意志。但是他们只是来一个彻底的不理会。他们的路线是要像一把刀似的直入敌人的阵地的脏腑，这个路线绝不为了其他的突发事件而改变分毫……他们于是造成了一个战斗的险境，并且把自己骗入了这个战斗的险境里面，敌人的四方八面的攻击使他们陷进了绝望的重围。从最初起，战斗就走上了肉搏的阶段，他们一个个挨近着身子，清楚地目击着彼此所遭受的运命，……

在一幅长满着扁柏的坟地上，五个中国军占据了一个优良的据点，他们步枪发射了非常单薄的火力，却非常准确地使每一颗子弹都能够击倒一个敌人。有三架机关枪在一座高拱的桥梁上以十五米的短距离对准那坟地射击，扁柏的扁叶子纷纷地断成了碎片，像蝗虫似的在空中作着飞舞；但是一瞬的时间过后，三架机关枪立即暗然地停止了呼吸，这里有三个中国军在对那桥梁施行威猛的逆袭，他们所用的是手榴弹，三架机关枪唱出的颤动的调子在手榴弹的爆炸声中突然中断，桥梁上的八个日本兵有五个倒下了，继着是用白刃战来完结了其余三个的可悲的运命。从这里向南望，近在二十米外，从西到东，流着一条很小的小河流，灯心草和水莲的焦红色的残躯掩盖了流水，小河流的彼岸是一列新建的白墙壁的小屋子，有一排左右的中国军沿着那白墙壁的脚下作着跃进，另外，在那一列小屋子的背面。又有一排的中国军，用一幅棉田作着掩护，向着同一的方向在寻觅他们的对手。他们的样子看来大概都差不多，弯着腰，曲着两股，上身过分地突向前面，没有绷得很紧的弹药带和干粮袋，在凹陷着的肚皮下剧烈地作着抖动，疲困和饥饿又阻挠着他们的行进，有的身上带了两杆枪，还有别的战利品，那么在这样的行程中他们只好显得更加没有把握，简直随时随地都有被击倒下来，或者像一块大石块似的晕濛地撞进河浜里去的可能，……

于是战士们的眼前映出了一幅巨大的、美丽而庄严的画景，在一个洞着水池的岸边长起来的竹林下，散乱地摆列着七尊敌人的被炸毁了的重炮，这是一个惊人的耀眼的发现，跃进的中国军不能不呆住了。这里只有一堆堆横陈着的敌军的死尸，能够留存了性命的敌军都逃去了，能够坚定地继续作战的炮兵一个也没有，中国军非常惊愕地否认这个突发的意外的情景，他们几乎要停歇下来，向来所有败走的敌军退还这个偶然的胜利。

这次和敌人正面作战的是×××师三十六团。当战斗结束之后，林青史带回了他们残存的队伍，下午七点钟光景，在陆家池找到了三十六团的团部。

三十六团的团长，一个高大、壮健的云南人，他对林青史这样说：

"你们这一次打得好极了，但是你知道么，这一次的胜利对于我们整个阵线可以说毫无意义，我们要撤退了，我们是一个掩护撤退的队伍，任务是无论在胜利或失败的局面下都必须把它完成的，……"

林青史请求他帮助他们三日的粮食，但一点也没有得到答应。

林青史从三十六团的团部回来后不到十分钟，三十六团开始撤退了。但是在撤退之前，他们还有附带必须要干的一件事，就是迫使林青史的队伍立即缴械。

一个营长这样转达了他们的团长的意见，林青史质问他为什么要缴械的理由，他说是"你们的来历不明"。

就这样，三十六团的弟兄们开枪了。他们用了五个连的雄厚的兵力来参与这个富于娱乐性的战斗。

林青史决定给他们来一个猛烈的逆袭。但是不好，他们的队伍太疲劳了，他们在这次战斗中剩下来的只有五十多人，他们再也不能担任这个最后一击的任务。

于是像一簇灿烂辉煌的篝火的熄灭，英勇的第四连就在这个阴鸷的晚上宣告完全解体了，而可惜的是，他们不失败于日本军猛烈的炮火下，却消灭于自己的友军的手里。

一如以上所述的情形，林青史，那漂亮而稚弱的少年军官，在这一次伟大的战斗中是这样地完成了自己的任务。

但是他并没有完结了他的性命，他竟能够从那险恶的处境中安然逃出，他像一只骆驼，必须负载着这巨重的担子走尽了他的壮烈而痛楚的路程。

他独自一个人在黑夜中摸索，好几次猛扑在积满着污泥的罅地里，身上的衣服全湿了。这里是饥饿、疲困和寒冷。天色微明的时候，他发现自己像一只被击伤的狗似的躺倒在一条潮湿的泥泞的公路边。他听见有一队中国军在公路边开过，而在这个中国军的队伍中，他发现了一个熟人所发出的声音。他是第三营——和林青史同一团的第三营营部的特务长，他知道林青史的直属营部的所在地。

细雨还在下着，炮声疏落而辽远。过度的喜悦使林青史恢复了体力，他非常激动地对他的朋友述说了数日来在火线上苦斗的情形。特务长，那和蔼的中年人深深地被感动了。

"中国的新军人果然在旧的队伍中产生了！"他这样赞叹着。

但是他又告诉林青史，营长高华占已经对上峰呈报了林青史的罪状，林青史如果回到他们的营部，恐怕要被处决，为了保持林青史的宝贵的战斗历史，为了保持抗日的有生力量，他劝林青史对那严峻的军法实行逃遁。

林青史在数日来的战斗中有着慷慨激昂的精神生活，以至忘记了自己行动上的错误，听了他的朋友的报告之后，知道自己犯了极大的罪过。他完全转变了一个人，数日来的英勇的战绩完全地被否定了，除了谴责自己之外，他再没有新的认识可以叫他从一个死的囚徒的地位获救。他虽然知道自己的运命的危险，但是为了成全自己的人格，他绝不逃遁，他坚决地回到营部去，在营长的面前告了罪。

自然，营长是不会饶恕他的。一见面就立即把他枪决了，而林青史对这严峻的刑罚却一点也不为自己辩护。

一九三八，四，十二，建德

（选自《第七连》，1947年6月，上海希望社）

王凌岗的小战斗

——二十八年九月二十二日独立支队战斗报告

写了一篇简单的报告书给刘主任，队伍刚刚从镇江行动过来，有些疲劳，决定一个上午的休息，我偷一点空到庄湖头去找一位农民同志，他好几次碰到我，说准备了一双鞋子给我，无论如何要我到他家里去坐坐。这回宿营地距庄湖头只半里，再不去就恐怕没有机会了。这是二十二日的早上，因为农民同志太客气，留了我吃芋头，在他的家里花了一个半钟点，回到团部来是九点一刻，这时候还没有什么情况，接到王凌岗桥发现敌人的报告是九点三十分的事。

在从庄湖头回来的路上，碰到一位通讯站的通讯员，他是从王凌岗那方面来的，他告诉我，黄土庄的一位农民同志托他带信给我，无论如何要我到他家里坐坐，这里的农民同志大概总是这个样子，他并没有告诉我王凌岗桥发现了敌人。

忽然一阵骡子的痛苦的叫喊，接着是骡和马打起来的声音，小鬼们也乱叫乱喊起来，原来是独立支队的支队长来了。支队长的马和王主任的骡子打起来，骡子爬在马背上，咬住了马的颈项，马不能抵抗，突着双眼，只得惶急地驮着那骡子团团地乱转。两个饲养员气得乱跳乱叫，我们许多旁观的人一面觉得有些惊险，一面哈哈地大笑起来，花了半天的工夫好容易才把骡子和马分开来。人群也慢慢散开，嘴里说的骡子、马的故事，耳朵里听的也是骡子、马的故事。陈×同志，那个胖子又趁着机会夸耀起他的骡子来，什么双耳是直竖的，脚蹄子又像个什么，群众纪律又好，从来不吃老百姓的稻田，而且不打架子，句容南乡的一位王先生曾经出八十块钱要买他的骡子云云。这样哄笑了好久，我们才把注意力集中到今日的情况，问清了王凌岗桥方面发现的敌人。

据说王凌岗桥方面的敌人是来自宝堰的，人数约一百多，昨夜到了东和，今早天未亮从东和南下到达王凌岗桥，还有来自丹阳的两百多，到达香草的时候分成两路，一路沿香草河南下，一路向柳茹方面进袭。这时候延陵方面还没有什么消息，延陵方面发现敌人还在三十分钟以后。独立支队的驻地就靠近王凌岗桥，已经干起来了，鬼子的重机关枪和小钢炮的吼声都听见了，独立支队的炊事班、文书、小鬼，这个不参加战斗的小队伍已经随支队长开到我们团部这边来。段团长下了命令，叫×连向柳茹方面警戒，×连掩护非战斗队伍到北冈，×连在团部近侧待命，各连部都准备着战斗。

我们看了×连的阵地，回到宿营地左前方的高墩上来，清楚地望见五里外彪塘方面的小山上敌人的哨岗，正在和柳茹方面的敌人作旗语。延陵街上的屋顶也竖起太阳旗来了，他们是来自直溪桥和珥陵的。这是一个很小的土墩，上面有很久以前做好了的工事，二连长、连副、刘营长、杨副营长，还有段团长、王主任、团部的通信员都在这里，几乎把一个土墩全挤满了。段团长拿着镜子在观察延陵方面的情况，一句话也不说，对于营长、副营长、通讯员的报告都不发出任何的诘问。柳茹方面的老百姓像潮水似的往东跑，香草河畔的枪声时而紧张，时而缓和，从独立支队方面来的通讯员不断地报告王凌岗方面的战况，敌人此刻还是被阻遏在桥的东边，他们受了独立支队的麻雀战术的攻击，竟至放弃了过河向北冈方面包抄我们后路的意图，终于来自宝堰的那一路也开到柳茹方面和香草河东岸的敌人作了汇合，于是战斗的重心显然要移向×连以及团部附近的阵地上来了。

这已经是上午十一点时分了，猛烈的太阳把我们晒锝满头是汗，准备战斗的预备队一小队一小队地疏散在柳树丛下。×××的指导员陈×同志，那个胖子，白色的草帽挂在背上，满面通红，他离开了他的骡子，像离开了爱人似的没精打采起来。他养骡子到现在不晓得有多少时候，但关于骡子的知识他比任何人都要丰富些，每每看到他有意无意地动员了很多的人集中到他骡子的周围，比脚画手地评论，自己站在旁边很满意地倾听着，结果把这些人所发挥的伟论都总结起来，作为自己的知识，教别的人怎样来赏识自己的骡子。当他骑着骡子跑在我的前头的时候，他总爱对我这样说："东平，跑快一点呀！"一离开了他的骡子就落在我的后面，这时候一面走一面自言自语着："我是游击战争出身的，我过去一天至少要跑一百二十里。"

我和陈胖子一道，总要找点时间说笑话，哪怕是情况最紧张的时候。半个钟头之后得到报告，延陵方面的敌人正在向西移动，有进占九里、对我们形成总包围的企图。于是段团长叫刘营长带了一班人到九里镇去占领阵地。王主任、陈胖子和我们都随着这一个班来到九里。

我们预备在九里给敌人碰一个大钉子，叫他们向庄湖头方面图谋进取，以陷入我们×连的火网。在九里东面的洋桥边，我们布置了一个非常漂亮的伏击。独立支队在王凌岗和敌人整整开了半天的火，陈同志那胖子叹息着：

"怎么搅的，我们的游击战变成阵地战了，这还要得吗？"

现在他来参加这个伏击的布置，自觉特别满意。我们的嘴里念着战术的三原则四特性，此刻正要来发扬这伏击性的时候。

我曾经在延陵九里一带工作了半年的时间，现在用自己很熟悉的九里镇作为和敌人战斗的场所，我十二分表示欢迎。我们在河边的高墩上，用镜子向延陵的来路窥望，只见一片金黄色的稻田，看不到敌人的半个影子，使我们松懈起来，竟有人提议到街上坐坐茶馆再说。街上挤满了人，要从街上通过都不容易，但我们的影子在街上出现之后，他们觉悟到战争迫在眉睫，转眼间所有的商店都关起来，一大半的人都自动地疏散到九仙和大路头方面去了。

一个机关枪架在一个长着高粱的小小的土墩上，对正着那高高的洋桥。战斗斥候报告从延陵来的敌人已近在半里外，他们走的规规矩矩的一路纵队。蒋庄方面的洋桥上，段团长带领的二个班正在过桥，无形中作了一个很好的配合，往九里进袭的敌人只望着蒋庄洋桥上的队伍，而且开始跑步了。意思是和段团长的两个班争夺九里的阵地，看那个先到九里。

指导员王孝凤同志，那年轻而漂亮的浙江人低声地这样叫："敌人就在前面了，机关枪要对准着洋桥，……"

"射击要准呵，枪一响无论如何要着他们从桥上往河里滚！"副连长这样叫。

那机关枪的射击手开始了对洋桥作瞄准，他是一个老于开机关枪的班长，长的个子在那疏落的高粱和机关枪构成一条直线，机关枪在他的手里像一只预备猛扑的狰狞凶恶的狗，然而十分的柔顺和驯服。

副连长大约因为对敌人的行列过度注视的缘故，把眼睛弄花了，他竟然神经质地提出一个令人迷惑的疑问：

"同志们，这到底是一个什么队伍？是东洋鬼子，还是我们的队伍？"

有个别同志的确为这疑问所松懈，甚至这样附和着：

"真的，不要发生误会呀，先派一个老百姓去看看去！"

"我，王主任，"陈同志那胖子这时同声地叫着。

"你们不要发疯，哪里来的自己的部队？把枪口对准，预备着放！坚决地放！"

然而战斗像一条绳子，当最紧张的时候竟突然中断。我们的背后来了一连的两个班的预备队，是从蒋庄方面来的，他们不明白我们在九里洋桥的部署，匆匆地赶来了，当敌人迫临桥下的时候，这个预备队竟在我们的侧方暴露了目标，完全破坏了我们的部署。

于是我们的伏击成为滑稽的计划。敌人停止下来，伏在对岸的河根底下，开始用掷弹筒向预备队施行攻击，而我们只好气得目瞪口呆，面面相觑。

掷弹筒猛烈吼叫，一阵阵的黑烟和尘土从我们的近边紧压着来，左侧方的预备队，已经在坟场上隐伏下来，高粱下的机关枪以三支步枪作掩护对着洋桥扼守，敌人再不过桥了，要把敌人一下歼灭已成为不可能了。

我和陈胖子离开了洋桥的阵地，走进了九里街上，遇到了刘营长，打算用一个排迂回到九里的南边，向北进击，使洋桥东边的敌人脱出死角，然后加以消灭。但为了警戒宝堰方面的敌人，抽不出这一个排。而洋桥东面的敌人已开始向原路撤退了。

这个战斗弄得我们脚痒手痒的，十分的不满足。

"妈的准备下次再打呵。"大家都这样说。

离开九里是太阳快要下山的时候。

一九三九，一〇，五

（选自《茅山下》，1949 年 8 月，上海生活·读书·新知联合书店）

逃出了顽固分子的毒手

——持团特务营政治工作人员钱一清同志的报告

我被派到特务营工作，是特务营营长马峰及其全家被庄梅芳反共分子惨杀的前一礼拜的事。

我本来是政治部派到猛团工作的工作队中的一个。

庄梅芳——镇江县长，有一次到猛团团部来，我曾经会见过他。

记得他当时对段团长说了这样的话：

"唉，说到陈司令，他的人格之伟大，学问之渊博，真是哪一个不拜服！对于整个新四军，这样的吃苦耐劳，不断地打击鬼子，谁也不否认它是一个最好的军队！但新四军领导下的地方武装，那就不敢恭维，他们简直是很坏。"

"是的呀，因为我们所领导的地方武装会打鬼子。譬如延陵的地方武装自从成立到现在只七个月，七个月中打了大小三十一次的胜仗，捉到鬼子，缴到鬼子的马，使正规的部队都要愧死；又如持团在镇江所组织的特务营，他们袭击滓泽的鬼子，屡次破坏从镇江到塘桥的公路以及镇江到句容的公路。镇江西门外的十里长山，本来是汉奸和土匪的巢穴的十里长山，从来没有一个部队在那里站得住足的十里长山，现在我们也可以自由活动，成为打击鬼子消灭鬼子的场所，谁能否认地方武装在抗战中的作用呢？现在只有鬼子切齿痛恨这些地方武装，我们却可惜这样的地方武装太少了。问题倒不在地方武装坏不坏，而是如何去培养他们，帮助他们，领导他们，使他们好好地发展，成为抗战的力量。"段团长立即加以反驳。

很奇怪，不仅庄梅芳发出这种论调，别的地方的某些人都一致这样说，而且说的是一模一样，简直是通过电，大家共同遵守一个纲领似的。

那时候谁也想不到庄梅芳是代表反共分子提出了他们的行动的口号——那就是：你们新四军所领导的地方武装很坏，我们要开刀了！

反共分子处心积虑要破坏丹阳、镇江一带的抗日民众武装，他们说：

"你们跟新四军跑，前途黯淡得很，我们不久要大杀共产党，那时候你们要洗也洗不干净了！"或者：

"我们现在打算成立一个武器精良，给养充足的正规的独立旅，我看，你们如果编进来的话，起码就是一个团了。"

他们好像推一个大石块，推得动，扛着跑，推不动，只好看看，觉得没趣，就不再想去动它。然而不动它又怎样呢？不动它，那就要失业，他们是反共的职业者！

于是还是动，岂但如此，而且要开刀了。

然而特务营并不是一个地方武装，而是持团在镇江三区所组织的正规的队伍。然而也要开刀了。庄梅芳临走的时候又对段团长说：

"我要到江北去了。你们新四军刚刚颠覆了日本的军车，铁路上很紧张，不晓得能不能通过呢！"

我就是在庄梅芳到江北去的那天，被派到特务营去工作的。

特务营第三连的一个排驻在西罗，这天晚上，突然开来了一个队伍，把这个排包围起来，缴了械，把连长倪俊以及整排的同志都绑了去。

他们只是解下第三连同志弹药带，又退出了枪膛里的子弹，枪还是交给原来的人去背。

不想其中有几位同志的口袋里还有子弹，他们偷偷地把子弹弄进了膛，突然乒乒乓乓地打起来，骚乱间乘机逃回了一大半。不过倪俊还是被带走，被押到县政府的特务队那边去了。

我对马营长说：

"严重地教训这些反共分子一番！"

全营同志都对马营长说：

"给他们个严重的回答吧！"

这是镇江县政府干的，为了尊重我们的政府，为了巩固内部的团结，我们却轻易不能动武！马营长顾全大局的意见说服了我们。

我们一面向县政府提出抗议，一面报告上级。岂料一波未平，一波又起，在五月二十七日那天的下午，竟爆发了马营长及其全家被杀的严重惨案！

事情的经过是这样的：

九月二十七日的早晨，马营长接到了一个片子，那片子这样写着：

马营长我兄勋鉴：
兹有要事面商，请于是日下午到张村一谈，谨具薄席相候。前被县政府缴去之枪，县政府即将发还贵部，我兄尽可放心也。

谈朝宗 九月二十七日

谈朝宗是镇江伪警察大队长，不久以前才反正过来，现在是在庄梅芳的县政府当大队长了。马营长没有警觉到谈朝宗这次的请客是反共分子设的一个陷阱，谁也想不到庄梅芳这样丧心病狂，就在这天下马营长的毒手。

下午四时半，马营长到了张村，会见了谈朝宗，就喝起酒来，突然从背后开来一枪，把马营长击倒下来。马营长当时很镇静，他挣扎着，一个人冲出门外，用他的快慢机一扫，击倒了首先开第一枪的对手。但终因众寡不敌，在一阵乱枪之下，马营长身中八弹，竟完结了他的一生！

当时和马营长一同被害的有第一连连长和第一连连长的弟弟，马营长的两个特务员。马营长的哥哥在镇江县政府当科长，镇江县政府在同一个时候把他枪杀了，还有马营长的老婆，未满三岁的小孩，都一同惨遭杀害，镇江县政府对付我们的马营长是用这样的铲草除根，最毒辣、最野蛮的手段！

马营长被杀之后，队伍失去掌握，在这一天傍晚时完全被谈朝宗缴械，就是谈朝宗带领镇江县政府三百余名的特务队在进行这一次的屠杀的。

镇江县政府利用谈朝宗作为反共的工具，却不想谈朝宗反而利用镇江县政府来破坏国共的团结，谈朝宗是日本人派来捣鬼的，他的反正是一个骗局，不久他又回到镇江城里当伪警察大队长去了。这不是反共分子的不智，而是他们的丑恶的罪行。

"这是新四军的部队呵！"特务队的兄弟看到自己是与新四军为

敌，觉得很惊异。

"不管他妈的什么'新四军''新五军'，我们都要把他消灭！"
特务队的一个姓孙的教练官这样说。

我跟着队伍一道被带走，当晚谈朝宗好几次派人来找我谈话，
要留我在他们县政府工作，可以特别优待，有很好的职位，这些无
耻的欺骗利诱都被我严峻地加以拒绝。

第二天他们把我带到上塘街上来了。谈朝宗集合了许多区乡保
长——那些两面派，那些反共专员先生们，在开一个胜利的大宴会。
反共分子干了这样的罪恶的勾当，从违反正义的黑暗里去取得胜利，
但胜利中带来恐慌，所以他一边很高兴，一面又在高兴中发出颤抖。

谈朝宗发言道：

"你们都知道了，新四军是共产党，所以我们要打击他，消灭
他，现在我们是这样的干了。我们就要想到，新四军这个部队是不
好玩的，凭良心说话，鬼子都害怕他，新四军如果回头对我们实行
报复的话，我们要如何去应付呢？诸位，今日我提出的就是这么一
个问题！同时我也必须向诸位回答这个问题。我以为新四军即使来
报复也用不着怕，因为现在江南的形势已经变了，我们的中央政府
已经将江苏、浙江两省割给汪精卫去管辖，汪精卫是主张和平的。
汪精卫主张坚决不打鬼子，既然不打鬼子，新四军虽强悍，但是他
失去了作用，必然要变成洪水猛兽，不过洪水猛兽也无奈我何，因
为我们不久就可以把队伍驻到镇江城里去，镇江城不久就要插青天
白日旗！"

当时许多人的面孔都变了色，表现得很惶乱，对于这些为非作
恶的先生们，只要一提到新四军，无论从哪一方面去想都感觉到惧
怕和不快乐，这样在胜利的大宴会中连酒菜都会变成没有味道了。

他们对我们没有什么严密的看守，究竟要把我们怎样处理呢？

老实说，他们对这个问题还是犹豫得很。就在这天的晚上，我们悄悄地逃出来了。和我一同逃出的还有一部分同志。

一九三九，一二，十一

（选自《茅山下》，1949 年 8 月，上海生活·读书·新知联合书店）

友军的营长

在金坛下新河南边指前标地方，驻着友军的一个营。这是一九三九年七月的一个夜里，这个营突然受了从下新河方面来的敌人的袭击。敌人的迂回部队沿社头、张村至红庙之线突进到红庙东北的大河的南岸。敌人的企图：不是叫他们消灭在这大河的岸边，就是把他们压往东面，叫他们一个个沉进长荡湖的水里。而在指前标的正面，这个营并没有能够抵得住敌人的进攻，正在往后面溃退着。情况的危险，作战条件的不利，莫过于这个时候了。

"现在就战死在这里吧！"营长这样对自己说。

他制止了部下的溃退，把队伍集中指前标附近村子的一个大祠堂里面，把这祠堂作为堡垒一样的据守，而以一个排展开到直通指前标的高高的河堤的两边，收容在指前标街上时被击散的部队。

这个排在二十分钟后完全消灭在敌人的炮火之下，从指前标街上至南面一带的村子已经为正面的敌人所占领。

这时候，一个侦察兵从西南面的大河那边回到营长这里，报告营长他找到了五只大木船。

"怎么？你找到了五只大木船？你准备逃吗？……哼，你这个怕死的东西！"

营长拔出了他的手枪对着侦察兵，侦察兵没有半点声息，他静肃得简直停止了呼吸，在黑灰色的夜中看来他的直立的影子像一面碑石。

但是营长并没有扣那手枪的扳机，他突然想到没有理由可以枪杀这个侦察兵，他应该率领他的部下利用那五只大木船立即渡河，而不应该在这祠堂里作孤注一掷的无意义的死守。

他们于是渡了河，安然地突出了强大敌人的包围圈。这正是夜色朦胧，天将破晓的时候，而营长却是这样地走进可悲的路程。

这时候他才觉悟到自己的危险。他带着残兵，惶急地尽速开到新四军驻防地的附近，找到了新四军的司令部，请求新四军司令官给他以援救。

这个营长是浙江人，一个老于战斗的硬骨汉，他个子高大，马一样的长脸孔，一对细小的眼睛蕴蓄着良善和机智。

新四军的司令官安慰他说：

"我们以游击战争的灵活的观点评价你此次胜利的突围……胜利，你注意在游击战争的观点上这胜利二字作何解释，你当不是已经安然带回了两个连以上的兄弟吗？在那样的危险、不利的情势底下，只要你打一个错算，你这个营有立即被消灭的可能。"

"但是我的死日到了。"那浙江人说，他的声音是那样坚定而清晰，仿佛关切地、忠诚地告人以骇人听闻的消息，却不曾在上面夹带半点儿女柔弱的感情。

新四军的司令官却比他还坚定，他询问着：

"那是什么意思呢？"

友军的营长这样回答他，在他们的军队里面，到这天为止，还找不出有这样的解释胜利的"观点"，这里只存在着一味专横暴戾的无情的军纪——生是犯罪的，只有死才得到鼓励和褒奖。这是一个神圣不可侵犯的定律，整个军队的生命都依靠着他，正像天主教徒的灵魂依靠着天主。而且有了这个，就用不着什么战略、战术。军纪——以无数"死"字拼成的连坐法，这就是战略、战术。一切都是趋向着死亡。他们说，死是军人光荣的归宿地，因此军服变成了棺材，哪时出发上前线，哪时就是抬着自己的棺材走进坟墓。

"够了，你的话我完全了解了。"新四军的司令官说："那么你觉得应该怎么办呢？"

那浙江人的坚硬的马一样的长脸孔看不出一点表情。他说他为了从死中求生，他要求新四军的司令官将他收留，他决意从那残酷无理的连坐法逃出，重新地献出他战斗的一生。

但是新四军的司令官劝阻他，以为他是一时的神经过敏，对于一件事情过分地去发生感应，事实也许还不至于那样严重。

新四军的司令官为那可敬的浙江人拍电报给友军的总指挥部，报告这个营长的战斗遭遇，指出胜利的意义所在，希望这个电报会造成一种热烈的、幸运的空气来环护他，使他获救，然而所得到的却是可悲的回应。

那回电大意这样写：此次从下新河方面败退之敝军，承贵军代为收容，非常感谢，但该营长守土失责，有辱我军人人格，应立即把他解回来执行军纪云云。

新四军的司令官坦白地把这个回电交给那浙江人，征求他最后的意见。这时候，浙江人的坚硬的马一样的长脸微微地笑了。

"现在是我自己应该回去了。"他简单地一字一句很镇静地说："可是新四军同志所创造的新天地，却使我永远不会忘记。"

他像小学生似的谨肃地、驯服地和新四军的司令官握手，那坚硬的马一样的脸孔像一个古圣人的雕像，永远刻着那坚定、坦然的微笑的皱纹。

他于是把他的残兵带回去了。而在他回到他们的总指挥部的次日，他被执行了枪毙。

一九四〇．一二．五

（选自《茅山下》，1949年8月，上海生活·读书·新知联合书店）